浮生若梦

「棱郎者，游历四海之地，通晓列国之事，行于云海之商也。」

寒月声 著

花间异闻录

贵州出版集团
贵州人民出版社

图书在版编目（CIP）数据

花间异闻录 / 寒月声著. -- 贵阳 : 贵州人民出版社, 2017.4（2020.3重印）
ISBN 978-7-221-13888-0

Ⅰ.①花… Ⅱ.①寒… Ⅲ.①长篇小说－中国－当代
Ⅳ.①I247.5

中国版本图书馆CIP数据核字(2017)第033868号

花间异闻录

寒月声 著

出版人	苏 桦
出版统筹	陈继光
选题策划	大鱼文化
责任编辑	潘 媛
特约编辑	廖 妍
封面设计	刘 艳
封面绘画	詹小花
出版发行	贵州人民出版社（贵阳市观山湖区会展东路SOHO办公区A座 邮编：550081）
印 刷	三河市华东印刷有限公司
开 本	880×1230毫米 1/32
字 数	220千字
印 张	8
版 次	2017年4月第1版
印 次	2017年4月第1次印刷 2020年3月第2次印刷
书 号	ISBN 978-7-221-13888-0
定 价	42.00元

[目录]

❀ 卷一·愿引 ❀

尘世间，万物皆有灵。非人之物，少数修为尚高者，灵体能为人所见，此谓为"妖魔"。

【1】"闲市"际遇	/002
【2】期冀	/005
【3】妖物潜行	/009
【4】花妖？妹妹？	/012
【5】宛珠	/013
【6】阿策的异常	/015
【7】求救	/016
【8】无忧神君	/018
【9】为人兄长	/022
【10】愿引	/023
【尾声】	/025

❀ 卷二·画中仙 ❀

成则奉仙，败则成魔。心有所向，何惧为魔？

【楔子】	/028
【1】子露夜谈	/029
【2】被封印的神仙	/032
【3】缘起	/036
【4】危机降临	/039
【5】成则为仙，败则成魔	/043
【尾声】	/048

[目录]

❈ 卷三·凤凰羽 ❈

凡事皆有因果，所得皆有代价。十年疑案，凤凰浴火，记忆也未尝不会撒谎……

【1】世子与世子　　　/051
【2】离奇火灾　　　　/055
【3】异境　　　　　　/060
【4】夜迦陵　　　　　/061
【5】火凤凰　　　　　/065
【6】囚鸟　　　　　　/068
【7】真相　　　　　　/072
【8】记忆　　　　　　/073
【9】涅槃　　　　　　/075
【尾声】　　　　　　　/078

❈ 卷四·冬雪 ❈

"落雪步"已终，少女遗世傲立，面朝北方。如同无人荒境中的仙子，清雅而孤独。

【1】冬元节　　　　　/081
【2】意外来客　　　　/085
【3】巫女神乐　　　　/089
【4】阿雪　　　　　　/094
【5】重逢　　　　　　/097
【6】谎言　　　　　　/100
【7】镇魂仪式　　　　/101
【8】逃生　　　　　　/103
【9】落雪步　　　　　/106
【尾声】　　　　　　　/108

【 目录 】

❈ 卷五·咒言 ❈

异旌隐四家，盛世见双虎。东都恒晚夜，妖灵莫还硕。

【1】误会　　　　　　　/111
【2】麒骑卫　　　　　　/115
【3】阿禾　　　　　　　/119
【4】食鬼灵偶　　　　　/125
【5】咒言师　　　　　　/126
【6】陷阱　　　　　　　/129
【7】交易　　　　　　　/133
【8】意料之外的敌手　　/136
【9】肖越　　　　　　　/140

❈ 卷六·血狱骨 ❈

尘世间，万物皆有灵。灵者有欲，梼郎便是令其实现之人。

【1】吸血惨案　　　　　/145
【2】赌约　　　　　　　/148
【3】冷香阁　　　　　　/153
【4】升乐坊　　　　　　/157
【5】智斗　　　　　　　/159
【6】神秘异香　　　　　/162
【7】狱骨　　　　　　　/164
【8】再访　　　　　　　/166
【9】夜探"敌营"　　　 /169
【10】狱兽的命运　　　 /173
【11】灵者有欲　　　　 /175

目录

❊卷七·龙王祭❊

梼郎不属于三界之内，他们非神非妖亦非人，他们推动万物众生的欲望齿轮，自身却并不受欲望的支配。

【楔子】	/181
【1】源点	/182
【2】水神祭	/184
【3】危机伺伏	/186
【4】十年的心结	/189
【5】线索	/193
【6】泷河龙王	/195
【7】苏醒的记忆	/197
【8】泷瀸	/199
【9】又见肖越	/204

❊卷八·赤楚剑❊

瑶曦有仙草，艳羡人间情，熟知红尘苦，嗟叹惜宛行。

【楔子】	/211
【1】营救顾清弦	/214
【2】封印	/218
【3】容器	/221
【4】旧友重逢	/226
【5】无奈的对立	/229
【6】转生仪式	/231
【7】失控	/233
【8】新生	/236
【尾声】	/239

❊后记❊　/243

卷一·愿引

尘世间，万物皆有灵。非人之物，少数修为尚高者，灵体能为人所见，此谓为「妖魔」。

【1】"闲市"际遇

皓空烈日，夏蝉嘶叫，交织成施阳城的七月夏景。

那枚悬挂在晴空上的白金色日轮仿佛能量过剩一般，向外辐射灼人的光线，从地面升起的滚滚热浪，扫荡着交错相通的七街十六坊。

"怎么会……在施阳生活了近二十载的你，连这里都没有来过，人生怎么算完整？"

烈日下，一位身穿着黑色长袍的年轻公子大刺刺地站在"闲市"街道的中央，凭空张开着双臂，似是在拥抱着烈日。衣服上用金线勾勒的莲花在阳光下绚丽夺目，精巧无瑕的做工昭示出他的身份非富即贵，一头飘逸的乌丝也从后面用赤金饰高高束起，而一旁站着的白衣公子却是满脸"我不认识他，他跟我没关系"的无尽嫌弃。

"这里可是世外桃源啊！"苏策享受般地说道。

"人好多啊，还很热……"顾清弦完全看不出这里哪一点能和"世外桃源"这四个字沾上边，三伏天的烈日炙烤着大地，连路旁梧桐树上的蝉都无精打采地叫着。

——我为什么会陪你在这种天气下出门啊！

顾清弦懊悔地在心中咆哮。原本只是在好奇心驱使下，想见识一番传说中的"闲市"——相传，只要你出价合理，就能买到任何你想要的东西的神奇地方。可是……此时的顾清弦只希望能早些回去。

"……我们回去吧！"

见走在前面的人已经开始在旁边的摊位上饶有兴致地打量了起来，顾清弦心中油然而生一种不好的预感。

苏策转过身，看着他。

"既然来了……"

可话还未说完，便被一声清脆的话语凌厉地打断了。

"小心！"

两人同时僵在原地，又同时不知所措地低下头，发现苏策的脚已经踩到一旁摆地摊位的垫布上，离最近的商品也仅仅只有一指距离。

最先反应过来的顾清弦刚想向店家道歉，却被眼前的一幕生生止住了口——面前颇为寒酸的摊位上规整地摆放着各式各样的商品，看起来虽称不上是髯丽绝品，但无论哪一个在顾清弦的眼里都是那么与众不同，仿佛有股蕴藏在它们深处的独特魅力，宛如拥有着灵魂一般，牢牢地禁锢住他的目光。

——仿佛活着一般……

"刚才真是好险啊，若是这位公子再向右走偏一点，我这玉佩恐怕就要告别天日了。"

声音再次响起，只见一个貌似是这摊位主人的身影盘坐在对面。瘦小的身材，与其极不相称的粗布麻衣，还有一顶年头许久、像是被人丢弃的破斗笠。

"老板，刚才真是抱歉。"

"没关系的，正所谓福祸相依，是我应该庆幸……这位公子，你竟是能一眼看出我这些宝贝'过人之处'的有缘人呢。"

老板面向顾清弦，微微抬头，幽碧色的眸子从斗笠边下露了出来。

"公子可知这尘世间，万物皆有灵。其中以人灵最为人熟知，人身不过是一副皮囊，而令其能够活动，并且有识有情，那便是人灵的存在……相同的，无生命之物亦有灵，其中少数修为尚高者，灵体能为人所见，此谓为'妖魔'，而多数物灵是些人类看不见的虚灵。偏偏公子你，却是能够感知到这些虚空之灵的稀有人才……"

"……"

听到这些，顾清弦觉得有些莫名，可当那个摊位主人抬头望向他时，他的注意力便又被吸引了过去——斗笠下的脸很年轻，十七八岁的年纪，一双犹如碧玉的眸子深处沉淀着莫测神秘之感。

"若这位公子不嫌弃，你可以从这些商品当中挑选一件，就当是……以谢这来之不易的'知音之缘'。"

顾清弦眯起眼。

他承认，眼前这个奇怪的人，还有同样奇怪的商品着实把自己吸引住了。他抬手随便指了一个最角落里的布包——不知为什么，他总感觉那里面透着令人熟悉的亲切感。

老板挑了挑眉，将布包中一颗葡萄大小的黑色圆球倒在手心里。

"这是真珠梅的种子，相传它的果实拥有神奇的力量，能够让人到达任何想去的地方……只可惜，它对生存环境要求十分苛刻，相传仅仅只在几处幽静的深山密林中，发现过它的踪迹……"

"看来它在我手里并没有什么用了。"听言，顾清弦心中有些郁闷。

"的确，若对平常人来说，它只不过是颗一直在沉眠的种子，不过……"老板将种子放进一个锦囊中，递给了顾清弦。

"你来种的话，说不定会有意想不到的惊喜……每天日出和日落时分别浇一次水，顺利的话，七天后就能发芽，然后……"

正说到关键之处，一个年轻气盛的声音突兀地打断他的话——

"老板，这个怎么卖？"

苏策半蹲在地上，饶有兴致地打量着刚才那个差点被他踩到的锦盒。这个锦盒无论从材质还是样貌，看起来都十分普通，顾清弦不知道它究竟是哪一点，吸引到这个眼光刁钻的桓阳王五世子了。

"你要买这个？"顾清弦有些疑惑地问他。

"当然……老板，开个价吧。"苏策口气干脆利落，直接将地上的锦盒拿在手里，仿佛那已经是属于他的东西了。

商品并没有想象中的那么贵，倒是老板要求的附加之物让他们觉得不可思议——苏策的一缕头发。听到要求之后，苏策的反应也很是激动，只见他的神情由惊异转到厌恶。

"你该不会有收藏……那种东西的癖好吧？"说话时，苏策的身体还不自觉地远离老板一段距离。

"公子既然心疼的话，大可以不买的。"

只见那老板冲他扬起灿烂的笑容，可是却令人感觉到其中带着丝丝寒意。

"唔……"

"闲市"的确是个神奇的地方，每一个客人都会带着意想不到的心情离开，因此当两人离开的时候，顾清弦的心情与之前相比反而好了不少，倒是苏策低头一脸懊悔地盯着自己的发梢。

望着他们离去的背影，盘坐在地的人用手轻压斗笠边沿，碧绿色的眸子注视着地上的商品，似是在与它们对话一般，喃喃笑道：

"看来，这次施阳之行，不会枯燥乏味了……"

【2】期冀

"清弦少爷，五世子一定是跟你一起出去了吧！"

"五世子今天的功课还没有做完，你怎么能带他偷溜出去呢？当真是'孺子不可教也'!"

"清弦,'麒骑卫'那边五世子又缺值了,竟是你带他出去了,你真是……太令老师失望了!"

"……"

——这到底是怎么回事?!

在自家的门口,顾清弦被桓阳王五世子的御用教师们围了个里外三层,说教一轮又一轮地轰炸袭来。其中原因很简单,就是今天五世子苏策很从容地既翘课又翘班,还脸不红心不跳地在一刻钟前,撇下顾清弦一人,临阵脱逃了。

——那个没义气的家伙!

顾清弦狠狠地在心里诅咒他无数遍。

"都住口!"

一声洪然如钟的话语飘然而至,为人群中心的顾清弦解了围,周围的声音霎时安静下来。

只见一位身穿锦服、身份尊贵的中年人向这边泰然踱来。

众人见状,皆冲其恭敬施礼。

桓阳王苏彻表情严肃,目光扫视他们一圈之后,嗔怪地说道:"各位都知我那小儿子生性顽劣,现在他逃了,跟清弦有什么关系?"

说话间,他不被任何人察觉,悄悄地冲顾清弦使个眼色。

——叔父真是深明大义!

后者感激涕零地以眼神相回应。

"这件事我会处理,你们都离开吧,我有很重要的事情要和清弦说。"

苏彻面色又恢复严肃。

待将那帮人遣送走后,他的王爷"架子"立马散了下来,黯然神伤地哀叹了一口气,问道:"好吧好吧……这次是哪个?轩芜苑、春宵阁还是听雨楼?"

顾清弦若有所思了一会儿。

"看他走的方向，应该是轩芜苑。"

苏彻闻言，回头便冲一旁等待的马夫喊道："去轩芜苑抓人！"

话音甫落，只见桓阳王的马车一骑绝尘而去，只留下在原地望着那飞扬的尘土、暗暗叹气的顾清弦。

"叔父真是太容易冲动了，如果换作是我的话……"

想到这里，顾清弦奋力地摇摇头，好像是要把什么想法从脑袋里甩出去。

"我不可能有阿策这样的儿子，那太可怕了……"

顾清弦将花种种在了自家后院的一个偏僻角落里，可种完之后，他就有些后悔了。

真的能够长出来吗？

望着那块新土掩盖的地方，他都开始想嘲笑自己的愚蠢了。

而事实给出的回答果然是令人失望的，顾清弦日日夜夜都按照老板说的那样给它浇水，可足足过了半个月，那片花田还是没有任何动静。

被骗了吗？这是他的第一反应。可又想想，应该是自己太轻信了吧。渐渐地，他越是每天来按时给花浇水，看着那片一无所有的土地，心中认为会发芽的念想就越少了一分。后来连府中都开始传言，二少爷每天都按时给一片空地浇水，像着了魔一样。

"你还有脸在这儿闲情逸致地浇花？！"

一日，惯例给花浇水的顾清弦身后传来了一个熟悉的声音。

"是你啊，禁闭结束了？"望着许久不见的"损友"那副来兴师问罪的面孔，顾清弦一脸淡然。

"这还没到一个月吧？"

"母亲替我求情了啊！"对方懒洋洋地语气将苏策的心头火又燃高了几寸，"……竟然出卖我，你这个家伙！老头子扬言我再去轩芜苑，就把那里给踏平，真是……还从没见他这么生气过。"

007/

"还不是气你不把他的话放在心上。"顾清弦继续浇花,头也不回地说。

"可我……"苏策见他态度冷淡得奇怪,口中的话题便停下了,"喂,你不会真着魔了吧?"

之前他就有所耳闻——顾家二少爷这半个月来都按时给一片空地浇水,像着了魔一样。

"那个人说的七天期限不是早就过了嘛……"苏策一脸早就料到的表情,"喂喂,别再浇啦,地都快被你浇穿了。用脚趾想,就知道是被骗啦……不可能开花了,你怎么就放不下呢?"

顾清弦手上的动作怔怔停下了,脑海中回荡着之前侍女们的窃窃私语:

"快一个月了呢,少爷还在浇水啊?"

"从小姐去世后,二少爷就再也不摆弄那些花草了……"

"都那么久了,肯定不会开花了。可二少爷心软,放不下呀……"

或许,他放不下的并不是那株梅花——

那时也是一样。

自己盲目地在冰冷的河水中寻找,手脚已经失去了知觉,喉咙也被呛得似火在烧,可身体却在一直向前游,喉咙也在一直嘶喊。直到哥哥将他强拉上岸,在他冻僵的小脸上狠甩一巴掌,他才清醒过来。

他还记得,寒冬里同样冻得瑟瑟发抖的大哥,哭着对他喊道:"已经找不到她了,喊你,叫你,怎么都听不见呢!为什么就放不下!"

"清弦!跟你说话呢,发什么呆呢?"苏策的声音将他一把拉回现实。

"她生前最喜欢梅花的。"

苏策不知道该怎么接下去,和他从小一起长大,自然知道这是一个敏感的话题,当然,不仅仅是对他,顾家已经去世的年幼女儿是整个府中,几乎所有人禁忌的话题。

"啊……还记得有一次我来你家，抱怨家里管得严吗？"

"你抱怨过这么多次，谁还记得是哪一次啊！"顾清弦冲他翻个白眼。

"就那一次呀，她说我们俩可以换一换，我来当你们家的二少爷，天天给她种花，陪她玩。而你就去当五世子，天天埋在书堆里，有读不完的书。"

"我怎么不记得？"

"嘿嘿，她偷偷跟我说的。那时她气你天天就知道跟在你大哥后面去练功上课，还不如我这个阿策哥哥呢……其实那时候，我还真有点想和你换呢……"苏策的眼神微微有些落寞，可他自顾黯然神伤，却没注意到身边人的危险气息逐渐加剧。

"想和我换？呵呵，苏策，没想到你是这种人，竟然对我妹妹……"

"咦，你怎么了？我说想换不是因为那个啊，你听我解释……我待她像亲妹妹一样，完全没有非分之想！你听我解释啊！"

【3】妖物潜行

顾清弦每天起床后第一件事就是将后窗打开，因为这样他就能看到后院的那个角落——刚刚翻新的土壤呈现出比周围都较深的颜色，这一个月来，已成习惯。睡眼蒙眬的顾清弦站在窗前打着哈欠，余光望见晨曦下那片久违的花田中竟出现了一点青翠！

他保持着这一动作，沉寂了几秒……这之后那双无神的眼睛才突然发出光彩。

竟然发芽了！

"竟然发芽了啊？"

苏策第一眼也是和他一样的反应。苏策蹲下身子，仔细打量着那株小树苗，一枚玉佩顺势从他的腰间垂下。

"新买的？"顾清弦目光瞥了过去，玉佩如婴儿拳头般大小，润色如血。

"是那一次锦盒里的东西啊，上一次就戴了，你没发现而已……倒是，你想过发芽之后要怎么做了吗？"

仍在激动之余的顾清弦，笑容瞬间僵在脸上。

是啊，发芽之后呢？他只记得那老板说过，日出和日落各浇一次水直到发芽为止，然后……阿策说要买东西……阿策要买……

阿策……

"咦，又怎么了？怎么又拿那种眼神看我，我什么都没说啊！"苏策欲哭无泪。

就在顾清弦将要再次爆发之际，侍女的突然出现帮桓阳王五世子解了围。

"五世子，二少爷，有位故人求见。"

故人？两人面面相觑。

这时，一位青衣少年走了进来。

少年身着青衫白裤，朴素整洁，十八岁左右的年纪，眉目清秀，一头乌丝用青色绸带束在脑后，脸侧两缕长鬓垂齐胸前。

少年上前缓施一礼，说道："两位公子，好久不见。那日你们走得有些急了，这真珠梅的养法我还没来得及说完。"

"原来是老板。"顾清弦刻意压抑自己惊异的语气，恭敬地说道。

"虽然中间出了点小状况，但还是发芽了啊……不过，想让它开花，你还需要一点别的东西。"少年从容一笑，将一包似是泥土的东西撒在嫩芽的周围。

"好了。"少年停下手中的动作，似是很满意地看着自己的杰作，"接下来就不用管它了，时机一到，它自会开花。"

"这么简单？"顾清弦有些不敢相信地蹲下身，仔细打量着那层泥土，"你说时机究竟是什么时候？"

"到时候公子自然就明白了。"

说完，老板目光瞥向苏策，嘴角上挂着他的招牌微笑。

苏策被他盯得浑身直发毛："怎……怎么？"

"世子与初遇时不同了，是遇上什么好事了吗？"

"什……什么好事，莫名其妙！"可那抹从瞳孔中一闪而过的心虚神采，却没有逃过老板的眼睛。但他并没有再多问什么，只是临走时对苏策说了一句："无忧美梦终是虚幻，世子需点到为止才好，不然会被别人乘虚而入的……"

一旁的顾清弦听完只觉得莫名其妙，但苏策的脸色却起了变化，送走老板之后，他也匆匆离开顾府，神色凝重。

今天这是怎么了？顾清弦心里奇怪，但却并没有深究其中缘由，因为他的心思全在那株嫩芽上。兴许是老板撒下的泥土带有某种神奇的法力，真珠梅竟在一夜之间长成一人高的植株，每一枝嫩条上都缀满了小巧可爱的似珍珠般的花蕾。

真是……太神奇了！

顾清弦站在梅树旁，心中惊叹。

他抚摸着那些饱满的花骨朵，脑海中不禁开始遐想那宛如飘雪盖落枝头的美景起来。

可是又恍恍惚惚过了半个月，眼见已入夏尾，那些珠形花蕾还是裹得严严实实，丝毫没有要张开的迹象。

就在某日，顾清弦一脸忧虑地站在梅树旁的时候，忽然从前院里传来阵阵喧哗之声，只见他的贴身侍女神色慌张地跑进庭院。

"二少爷，快进屋去吧，落雾了，好大的雾呢，真邪门！"

顾清弦困惑地望着头顶上晴空朗日，刚纳闷想要询问，突然眼前一暗，一层厚重的灰雾遮住了晴空，眼前顿时白茫茫一片，连庭院里亭台楼阁的轮廓都看不清了。

自古施阳城就有"晴空落雾，妖物潜行"的说法，虽未验明真假，但每当这个时候，城中的百姓都会闭门不出，防生事端。适才侍女急匆匆地赶来通知顾清弦,也是这个缘故。

从未见过这样没来由的大雾……顾清弦心中纳闷之际,却忽然听见身后传来窸窣声响,他的脸色瞬间变得惨白,嘴角僵硬地抽搐几下。

妖物潜行?不会那么巧吧……

【4】花妖?妹妹?

迷雾中突然浮现出一个模糊的身影,并向这边慢悠悠地挪了过来。顾清弦身体僵在原地,心却在狂跳。

——怎么办?

人影慢慢地靠近,在距离只有几尺时,竟突然毫无预兆地扑了过来。

顾清弦只觉得肚子被狠重地撞击一下,随即,一个十四五岁女孩的倩影映入眼帘。

青容……

一个名字第一时间在脑海中闪过之后,他便昏死了过去。

当顾清弦再次睁开眼睛时,天空已恢复原貌,唯一不同的便是在徐徐微风中携带着的如雪花般的飘零花瓣和清丽幽香,真珠梅终于开花了——

不过一人高的枝干被雪白的密集花簇覆盖,由无数的小花堆聚而成的花序似绿晕中的团团白云,随着微风抚枝,轻轻摇曳,不时飘下点点落花。顾清弦愣住了,他虽不止一次想象过这个场景,但是如今身临其境,那种感觉却胜过他之前所有想象。

恍惚间,一个白色身影扑到他的怀中,结结实实地造成了二次伤害。

"哥哥!"

顾清弦想起昏迷之前脑海中的女孩,他猛地抓住怀中人的肩膀,定睛一看,心里却涌出一股失望。怀中的白衣女孩,年龄虽与自己妹妹相仿,却不是她。女孩雪肌红唇，头顶两侧盘着垂挂髻，粉嘟嘟的小脸有些婴儿肥，十分可爱。

"我……不是你哥哥啊。"

顾清弦说完，原本眼角湿润的小女孩鼻子一抽，眼中又开始泛起泪花。他急忙安慰道："你是不是和哥哥走散了啊？"

可完全没有效果，小女孩已经开始抽泣起来。

顾清弦环绕四周，心里不禁又泛起疑问。她是怎么进到我家后院里来的？

"哥哥明明……一直想看人家开花，人家……也明明……很期待……"

"啊？"顾清弦心里顿时产生了一个自己都不敢相信的想法。

"你难道是……那株真珠梅？"

见女孩微微点头，顾清弦顿时觉得身后仿佛有一道晴天霹雳闪过。

——自己果然是遇上了啊！

【5】宛珠

"哎呀，这还真是惊喜呢！"老板一脸玩味地注视着顾清弦。

"你别一副看好戏的样子啊，快告诉我该怎么办，她从刚才就一直这样了！"顾清弦快要崩溃地说道。

此刻小花妖蜷缩在顾清弦的怀里，双手紧紧地攥着他前襟的衣领，一旦顾清弦想将她放下来，她马上仰起脸，用蓄满泪水的大眼睛，可怜楚楚地望着他。

"初生的花妖生性纯良却很胆小，所以十分黏人呢。"老板幸灾乐祸地看着他。

这就是花妖？顾清弦一脸好奇地打量着怀中的小女孩，这是他生平第一次见到妖怪。

"既然是妖怪,就一定会法术吧?"他突然想到。

"这个要看天赋……"

话没说完,只见小花妖小心翼翼地将双手探向顾清弦的脖子,正当他诧异着她要干什么的时候,只听"哧"一声,如同花骨朵瞬间绽开的声音,顾清弦的脖子周围凭空出现了一个真珠梅花圈。

"这个……"他此刻的心情十分复杂,可触碰到女孩满是期待神采的眼神——

"……很厉害哦,你愿不愿下来,再表演一个呢?"

"不要。"拒绝得干脆利落,女孩攥在衣领上的手更紧了。

"看来还是需要我出马。"老板换上一副十分亲和的笑容,"小妹妹,你叫什么名字?"

"宛珠。"

"宛珠,你这样一直保持着这个动作肯定很累,要不要……"

"不要!"宛珠漂亮的黑色眸子里流露着戒备的神色,继而又将头埋在顾清弦的怀里,再也不说话了。

"失败。"老板无奈地耸耸肩。

"这样就放弃了?你倒是给我再努力下啊!"

"顾公子,按道理来说,真珠梅开花之后,就没我什么事了。作为一个商人,我帮你也算得上仁至义尽了啊。"

顾清弦被他堵得说不出话来。可老板随即话锋一转,询问道:"听闻公子之前有个和宛珠年纪相仿的妹妹,不知她喜欢什么呢?"

顾清弦的心像被重击了一下,他抬头望着老板,神情复杂。

"梅花、糖葫芦……宛珠,我去给你买糖葫芦好不好?"

怀中人微微动了一下,脸仍埋在他的胸口,瓮声瓮气地小声问:"哥哥不会留下宛珠一个人吧?"

"当然不会。"

"那……"宛珠抬起头,眼睛里闪烁着兴奋,"一起去!"

【6】阿策的异常

站在桓阳王府的门口,顾清弦深吸一口气,面色严肃,一侧紧攥他衣角的宛珠虽然不明白是怎么回事,但同样一脸紧张。

——进去之后该怎么说呢?他闭眼沉思。

时间回溯到一刻钟前,当顾清弦眼看一手拿着糖葫芦,另一只手还不忘拉住自己衣角的宛珠,果断发觉这样下去不是办法,而成为他求助首选的——就是苏策。想苏策平时最会讨女孩子欢心,求助他应该没问题。

可前脚刚想踏进内室的他,却被眼前的一幕惊得目瞪口呆,脚也生生僵立在半空中。

——那家伙竟然在看书!顾清弦难以置信地揉揉眼睛,怎么可能?!

他突然想起,半个月前听说的桓阳王五世子一反常态地按时出勤的消息。

——原本以为只是赌气去当几天值,和往常一样做做样子……不过,那一次来过我家之后就再也没见过他了,难道真是转性了?顾清弦心想。

他诧异地望着眼前奇怪的一幕,再次否定了自己的想法。

——可这个家伙怎么会在书桌前老老实实地看书!

顾清弦心里清楚,从小到大,苏策和书本之间虽谈不上是"你死我活",还是可以用"憎之入骨"来形容的。

"阿策?"小心翼翼询问出声。

苏策抬头瞧见他们,笑着说:"你怎么来了?"

"有些事想问你。"顾清弦微舒一口气,可心里却感觉似乎哪里有些不对。

这时宛珠扯了扯他的衣角,小声懦懦地低语:"哥哥,我想回去。"

"再稍微等一会儿……阿策，其实想让你帮个忙。"

"是什么？放心，只要是我能做的，一定尽力！"苏策继续笑着说。他的态度很友善，却给顾清弦一种陌生的不和谐之感。

"帮不上忙也没关系的……"

"怎么能这么说呢，我们可是最好的朋友。"

"……"

顾清弦面色古怪地盯着他，沉默半晌："你不是苏策，你到底是谁？"只见面前人的脸色霎时变得苍白。

片刻僵局之中，宛珠的哭声霍然响起："哥哥，宛珠不要待在这里，宛珠想回去！"

顾清弦有些不知所措，刚想去安慰她，却被迎面而来的一只手揪住衣领，眼睛也正对上迎面射来的凌厉目光。

"不要多管闲事！"面前的"苏策"恶狠狠地威胁道。

顾清弦震惊地看着他，仿佛能一眼看穿他漆黑的眼底，在那里，一只通体青色的鸾鸟被困在金笼之中，挣扎扇动着翅膀，口中竟然喊着——

"放我出去！"

"你、你把阿策怎么了？""苏策"被一把推开，像是受到剧烈冲击的顾清弦颤抖地问道。

"我不是好好地站在这里吗？你有什么证据？"面前人冷笑着反问。

顾清弦嘴唇颤抖着说不出话来，他明白自己根本没有证据证明这个"苏策"是假的。思索半晌之后，他拉着宛珠慌忙逃离了桓阳王府，竟直奔"闲市"而去。

【7】求救

"老板，救命！"正打算收摊离开的老板，被这一句突如其来的声音惊掉了手里的摊布。

"又怎么了?"询问间,目光将二人打量了一遍,老板的语气了然,"原来……我明白了。"

"你都知道了?"顾清弦惊奇地望着他。

"嗯。"老板一本正经地说,"糖葫芦不够了,对不对?临走时我还嘱咐你要多买几串,你看,她又哭了吧。"

——这!不!是!重!点!

顾清弦心里开始抓狂:"苏策他不见了,不对,他还在……但他又不是苏策……"他的心里更抓狂了,"就是,真正的苏策消失了啊,现在有个'冒牌货'在王府里。"

"这样啊,"老板托着下巴若有所思片刻,开口说道,"不过,这种事情应该要'专业人士'来解决吧,你来找我做什么呢?"

顾清弦被老板说得哑口无言。的确如此,可他现在大脑一片空白,一时竟想不起该去找谁。

见他呆在原地良久,也不说话,宛珠气鼓鼓地用小手指着老板,语气中带着责备:"先生不许欺负哥哥,不帮忙的话,就不给你果实!"

"哎呀,我说过不帮忙吗?"老板讨好似的凑了过去,"可是……我未必能解决得了啊。"

"骗人!"宛珠气得鼓起小脸。

见状,老板无奈地扶着额头:"那……姑且就陪你们去一趟吧。"

就在三人赶在前往王府的路上时,突然一道青色的火光出现在府邸的上空,火焰倏然间幻化成一只火鸟,向远处飞去。

"那是……"顾清弦惊奇地询问。

"不用管它,只不过是个怕被抓到的胆小鬼而已。"老板不同以往地用冰冷的语气说道,"没想到,竟然被他钻了个空子……"

当他们来到苏策的房间时,冒牌"苏策"已不见人影。

老板无视两人在房间里四下翻找起来,终于在卧床的枕头下找到了那枚玉佩，与之前不同的是，玉佩现在已经变成了深沉的暗红色。

"已经告诫过你不要相信那种虚幻之事，到头来还是被人乘虚而入了啊……"说着，老板盘腿席地坐下，同时从随身的木箱中取出一个精致小巧的银质香炉。

他抬头冲顾清弦说道："你也坐下。"

"什么？"

只见老板飞速地将一根黑色细线系在顾清弦的手上，又在自己的手上绕了两圈。

"听好，"老板语气平静，然而那深邃如潭水的眸中竟泛起一丝涟漪，"我们待会儿要去的地方，你要紧紧跟着我，不要离开一步……"

见老板如此严肃，顾清弦意识到了事态的严重。顾清弦郑重地点了点头，看着老板将一个似是黑色果实的东西放进香炉里，然后又放进几缕头发一样的黑丝，脑海中突然想起初次见面时，老板向苏策索要了一缕头发。

为什么他会……

一股辛甜的气味充斥着鼻腔，顾清弦的视线突然变得模糊。他只觉得现实与幻觉在眼前相错交织，意识在崩断的边缘线徘徊，光线越来越暗，耳边老板的声音也渐渐远去。不知何时，顾清弦已安然睡去，只留下老板一人全神贯注地盯着从香炉里涌出来的烟雾，轻烟优雅地打着弯，像是在半空中潺潺流淌的河流，平静无波澜。

他轻舒一口气，对宛珠说道："我们这昏迷不醒的两人就拜托你了。"说完，他只觉恍惚感如潮水般袭来，意识开始模糊，不一会儿也逐渐昏睡过去。

【8】无忧神君

三重天上，碧水瑶池。

苏策从未见过如此之景，三重天外持续着白昼，眼前俨然是一片在人间都不曾有的巨大花园，好像是有人故意把全部的奇木珍禽都聚拢在这儿，而那从似新雪团成的云朵中流出的碧水飞瀑，几条青瑟的水流如层层叠在一起的纱帘，点缀着、晕染着水蓝色的天幕。身着飘逸七彩羽衣的美貌仙子个个如美玉琢成，一举一动都宛如曼妙舞姿，一颦一笑都超凡脱俗，断不是人间女子所能相比。她们在花海中穿梭，嬉笑着、玩闹着，不时地逗弄那些在周围休憩的珍禽，收集已成熟的浆果花露。

真是世外仙境！可惜……

苏策脸上的艳慕瞬间切换成哀怨的神色。

——只能远观啊！

他又哀怨地环顾一眼自己四周的金色围栏。

"能让你看几眼已经不错了。"一个悠闲的声音在他身旁悄然响起，声线懒惰无力，像是刚睡醒时的厌烦低喃。

只见一个白衣男子慵懒地靠坐在不远处的软榻上，容颜明艳比女子更胜一筹，一双狭长的丹凤眼妖媚勾魄。

只不过称了你一句"仙子姐姐"，有必要把我关在这里吗？上仙难道都这么小气啊？苏策不满地在心中嘀咕。

"对天神心存不敬之语，再加五十年。"

苏策不禁翻起白眼："我说，无忧上神，我这一生连两个五十年都不够，哪有那么多五十年让你加啊。"

"这你不用担心。"白衣男子目光如刃，看了他一眼，"凡人在我这碧水瑶池，是不会变老的……所以我想关你多久就关你多久。"

本来听到自己能长生不老的苏策刚微露雀跃的笑容，却又被后半句话生生地憋了回去。他一脸郁闷地求饶道："无忧上神，我知错了。你大人不计小人过，放过我吧。"

男子像是没有听见一样，微阖双眼，在远处传来的莺莺鸟语中假寐。倏然，他睁开眼，远眺着水天一隅，喃喃笑道："今天是什么日子，竟来了这么多访客。"

话音刚落,只见两道人影从层层花海间现出,其中一个一出现,就语气匆忙——

"快!快去救阿策。他被变成一只鸟,关在了金色的笼……"顾清弦话到一半,就被眼前景象给惊住了。

他与苏策两人对视了几眼之后,对方冲他气急败坏地吼道:"谁变成鸟了?你才变成鸟了呢!"

顾清弦还是一言不发,因为此刻,虽依旧是人形的苏策被关在一个一人多高的鸟笼里,这场景对顾清弦来说实在是——太过惊悚!

"无忧君,许久不见。"跟在后面的老板向白衣男子缓施一礼。

"你来就罢了,为何还带着一个凡人?"无忧君眉头微皱,语气中尽是不满。

"此次前来不是为了叙旧……"老板没有回答,将目光瞄向苏策。

"他把我的宠物放走了,所以,他必须代替它留在这里。"无忧君一副"带他走你们想都不要想"的样子,"那凉鸳鸟可是隐宿神君送来给我解闷的,才在我这儿待了两百年,就被这个什么都不懂的凡人给放走了……"

"凉鸳性情崇尚自由,你把它关在金笼里,它当然想方设法地想逃出去,这次的事并不是苏策一个人的错。"

"这我可不管……再说,之前他可是求我不要赶他走,说这里无忧无虑,比他那家教严苛的王府要好太多了。"

"那是之前,现在我改主意了。我想回去。"苏策急忙辩解,但在无忧君睨他一眼之后,又乖乖地把嘴闭上了。

"不过……也不是没有商量的余地。"白衣男子说着,看了苏策一眼,"看这小子的赤色眼瞳,他是东煌的王族吧……罢了,今天你不带他离开,过几天夜迦陵那家伙一定来我这儿要人。"

"无忧君说的是。"

"但是……"白衣男子目光注视着老板,语气加重,"这样让他离开我很吃亏哎。"说着,他抬手一指,"把他留下吧。"

"什……什么?!"顾清弦一时有些不知所措,求助般地望着老板。

"这可不行呢,他如果不回去,我的真珠果可就没着落了,无忧君也知道这种东西可遇不可求,一旦错过就很难找到……不然这样吧,下一次我去南陵遇到稀有的留声鸟,我便给你寻来一只如何?"

"……"

软榻上的人没有说话,然而其修长的眉眼微微舒张,老板便知道他是心动了,继续说道:"那再加上我叶由离的一个人情,你看够吗?"

无忧君嘴角掠过一丝玩味的笑:"你啊你,'无奸不商'真是为你量身打造的词啊。"

"哪里哪里,多日不见,想不到无忧君谈起生意来竟变得如此精明。"

"承让承让。"

两人谈笑间,局外的顾苏二人不由自主觉得周围的气氛霎时寒冷了几分,不禁浑身一颤。

"叶由离。"

三人准备离开之际,无忧君叫住了走在最后面的老板。

"本来你们椟郎的事,我们这几重天外的神仙是不便插手的。但看在你我交情的份上,奉劝你一句……早些离开施阳吧,这段时间留在那里是一个错误的选择,更何况……"

他停顿一下,目光转向在远处等待的顾清弦:"在错误的时间遇上错误的人。"

"我明白,只是……没想到无忧君竟对我这么上心呢,叶由离真是受宠若惊。"

"啰唆!话我说在前面,这世上的椟郎不止你一个,我只是懒得再去找一个新的卖家而已。"

"多谢。"

无忧君目送那个略显消瘦的青色身影渐渐消失在自己的视线中。

"我可是事先提醒过你了,躲不掉……这便是你的劫。"无忧君淡淡自语,像是深渊之处的宁静潭水,无波无痕。

【9】为人兄长

鼻尖感受到熟悉的香味,以及随之而来的熟悉倦意,顾清弦只觉得身体异常沉重。

恍惚中,顾清弦仿佛听见女孩银铃般的嬉笑声空灵而来。

"阿策哥哥真厉害!"

宛珠?

等等!顾清弦神志骤然清醒,猛然坐起来,果然看到了他最不想看到的场面——可爱的小花妖此刻正坐在苏策的腿上,笑容灿烂明媚。

"哥哥。"宛珠甜甜地唤着,却没有像平常一样立马跑过来,黏在他身上,"哥哥,阿策哥哥好厉害,他给宛珠讲的故事都可有意思了。"

"是吗?你喜欢就好……"顾清弦有气无力地说,同时向苏策发起堪称凶狠的眼神攻击。

一旁被冷落许久的老板轻咳一声,提醒着三人他的存在:"既然大家都安然无恙,那我就先告辞了。"

"老……叶兄,我送你一程吧。"顾清弦急忙起身,"宛珠,我们该走了。"

"哎?要走了吗?"小女孩一副恋恋不舍的样子,"可我还想玩一会儿啊。"

"就让她再待一会儿吧,你回来的时候再来接她不就行了。"苏策也不舍地用下巴在宛珠的头顶上蹭了蹭。

他这一蹭，顾清弦态度就更加坚决了。

"宛珠，去给你买糖葫芦好吗？"顾清弦深刻意识到自己在宛珠心中的地位岌岌可危，开始采取食物诱惑战术。

"清弦你真是……买糖葫芦用得着那么麻烦？我马上让下人去买个八九串，给她端上来。"

"哥哥带你去玩好不好？"

"可是……"

顾清弦开始向老板投去求助的目光。

（说好的"知音之缘"呢？！）

对方无辜地耸耸肩。

（没办法，看来你朋友的"女人缘"要更胜一筹呢。）

顾清弦顿感绝望，自己这段时间用无数串糖葫芦培养出来的感情，竟比不上那个花心大萝卜的几句甜言蜜语。

明明当初那么可爱地缠着我啊！两行悔恨之泪滑面，顾清弦的心中无尽悲凉……

【10】愿引

"都已经离王府几条街道这么远了，你怎么还没有精神啊？"望着一路失魂落魄的顾清弦，叶由离叹气。

"啊！"顾清弦忽地惊叫一声，将身边的人吓了一跳，"我差点忘了那个'冒牌货'，他逃走了怎么办？"

"这……你不用担心。"叶由离有些跟不上他的跳跃性思维，思忖半天说道，"凉鸳鸟生性胆小多疑，估计很长一段时间都不会再出现了。"

"我一直有个疑问，阿策为什么会跑到那个地方去？"

"这个嘛，我可以告诉你，但是你能保证听完之后保持冷静吗？"

"你什么意思？"

"你就说想不想听吧。"

"好了，我保证，你快说。"

"之前我卖给世子的那枚玉佩，名叫阴阳璧，曾经是连接人世和三重天的通道……"

"这么危险的东西你怎么能随便卖给别人？！"顾清弦情绪激动地打断他。

"说好的保证呢？"

前者只好乖乖闭嘴。

"我说的是'曾经'。那个通道已经几百年没有被人用过了，之后这枚玉佩也辗转入了我手。我也是在反复确定真的没事之后，才将它拿出来……本来已经够谨慎小心了，还好当初要了一缕头发当保险……"

感受到迎面投来的责备眼神，叶老板故意轻咳几声，话锋一转："这也不能全怪我。没有生命的物灵只会回应主人内心深处最强烈的愿望，这也是它们亦被称为'愿引'的原因——宛珠回应了你的心声，那原本是一颗几乎不可能发芽的种子，但却能发芽成长，还幻化成你期望的样子。五世子渴望无忧无虑神仙般的生活，而凉鸯却希望能从碧水瑶池中解脱，恐怕是他们之间的共鸣才重新打开了那条通道……"

"阿策并没有变成鸟，那我之前看到的是幻象？"

"我之前说过，顾公子你有一种特殊的能力，这让你能看到常人所看不到的东西，感受到它们内心最深处的渴望，而之前你从凉鸯眼底看到的，其实并不是苏策，而是凉鸯内心深处的呼救……"

叶由离停顿片刻，碧色的眸子意味深长地扫向顾清弦，一如他们初遇时的神秘莫测。

见对方沉默不语，他又继续说："别忘了提醒宛珠，真珠果我可是先预定下了……我唯一的一颗已经在救苏策时用掉了。"

顾清弦想起他放进香炉中的那颗黑色果实。

——可当时为什么我也要一起去呢？顾清弦突然想问，之后也确实问了出来。然而老板给出的答案差点让他堵成内伤。

"这个啊……因为只有我一个人去救人，岂不是很吃亏吗？"

——这种人，果然还是离得越远越好啊……至少能活得长久一点。

顾清弦无语凝噎。

"对了，"只见面前的身影接着说道，"我如今住在楚江域中心的九黔阁中，顾公子以后有什么困难，可以随时来找我……还有啊，那附近一家铺子做的糕点在施阳可谓是远近闻名，其中玫瑰糕和梅子酥是我最喜欢的呢！"

顾清弦原本诧异他竟然大发善心，但是听完后半句话，顿时觉得相信他的自己，真的很愚蠢！

望着叶老板人畜无害的招牌微笑，顾清弦只觉得脊背发凉，像是有股冷风呼啸而过。

八月将尽，浓重的阴郁夏色在树梢上沉淀，风中挟带着萧索凉意。所有的一切都在预示——仲夏已去，冷秋将至。

【尾声】

几个月前的北疆冻原，山洞中，两个人影在火光中对视。

"如果你真想报答我的救命之恩，就去施阳帮我保护一个人。"身披素白貂裘披风的男子，对坐在篝火对面的叶由离说道，巨大的兜帽遮住了他的脸。

"哦，什么人竟能让你如此放在心上？"叶由离有些惊讶。

"他算是我的恩人。"男子只答了这么一句。

"他叫什么名字？"

"我也不知道。"

"那我该怎么找?"叶由离不明所以地笑着看他。

　　对面身影将头上的兜帽缓缓拿下，跳跃的火光中，他的面容清晰地映在叶由离的眸中。

　　只见他淡然答道："到时候你自然就明白了。"

　　几个月之后的施阳"闲市"，叶由离斗笠下的余光，瞥见远处而来的两位俊朗青年，其中一位的容貌竟同那日火光中所见的如若一人。他的嘴角浮起一丝了然笑意，动作细微地将最外面的锦盒向路中心轻推了一把……

卷二·画中仙

成则奉仙,败则成魔。心有所向,何惧为魔?

【楔子】

萧瑟冷风啸然吹过,挟带着飘零红叶在空中打着旋。

枫林之中,万物尽赤,唯独伫立在秋风中的一对男女,白衣胜雪,超凡脱世。

"你有完没完?"

白衣女子顶着两个黑眼圈,恶狠狠地盯着面前与自己僵持了三天三夜的男人。

"都说了我不是妖,是神仙!"

"不要想迷惑我……如果你真是神仙,怎么会被我追了三天三夜?"年轻男子同样顶着浓浓的黑眼圈,嘴角扬起一丝有气无力的冷笑。

见白衣女子欲言又止,他继续说道:"如果你真是神仙,就应该堂堂正正地打倒我,而不是逃跑。"

"你以为我不敢,打就打……"

可话刚出口,白衣女子马上就后悔了——自己竟然轻易中了对方的激将法。可面前人已经摆好作战架势,她只能应战,更何况,她再不想和这个男人继续纠缠下去了。

　　双方之间氛围一触即发，白衣女子首先发起攻击，她迅速冲向对面的男人，意图使对方措手不及，可没想到，她还没向前冲两三步，就感觉脚下突然一空——

　　"啊……你！竟然偷袭我！"

　　她深陷在几米深的土坑里，灰头土脸地向上咆哮。

　　"你以为我容易吗，我可是花了三天三夜才把你引到这里。"男人如释重负地站在坑边观望，"真的……要是再不成功，我就快成仁了。"

　　"卑鄙！"

　　"别挣扎了，这里被我用符文下了禁锢，你出不来的。"男子掏出纸笔，阴恻恻地说道，"你就老老实实地待着，让我这个降魔师代表正义来封印你吧。"

　　说完，他全然不顾"正义之士"形象，奸笑地看着陷阱中的人，反而后者倒是一脸神色恐惧，像一只将要遭受魔爪的无辜绵羊，发出悲鸣……

　　"不要啊！"

【1】子露夜谈

　　楚江域的九黔阁内，三人围坐，身影在烛光下微微摇曳。

　　时值寒秋子夜，夜晚的阴湿之气渐重，因故人们也把这时候的午夜称作"子露"。

　　施阳人在子露之际，历来有一个"奇怪"的风俗——子露夜谈。这风俗的由来已久，但根源却已无从考究，现在也更是被大家用来当作无聊消遣的怡情游戏。因此，被苏策硬拉来九黔阁的时候，顾清弦一脸扫兴。

　　"牺牲宝贵的休息时间，就是为了这个讲鬼故事的奇怪风俗？"顾清弦打着哈欠，迷离的眼神随着烛火跳动。

和他相比，旁边的桓阳王五世子神色却兴奋得像个孩子，一副跃跃欲试的样子。

"夜谈啊！我从小到大还没试过呢……怎么做，是讲完故事自己把蜡烛吹灭，还是讲完等蜡烛自己熄灭？"

"这种事情还是等到世子你想好故事之后再说吧。"叶由离点燃自己面前的蜡烛，脸色不怎么好，"相信我，你不会希望它自己熄灭的。"

"这我当然知道，风俗而已，怎么可能是真的。不过，老板你今天脸色不怎么好啊……"苏策奇怪地看了他一眼，又继续说道，"到子夜了吗？我们什么时候开始？"

"不要心急。"说着，叶由离在三人中间铺开了一卷画轴。

画上一位白衣女子怀抱白莲，亭亭玉立在荷叶之上。

苏策手托下巴，打量着画："老板，这幅画是哪儿来的？不是名家之作，连个落款都没有啊……"

"这是我今早刚入手的商品……落款名气什么的，我倒不在乎，我看中的可是别的东西。"

"等等，你说今早？"顾清弦神色有些不自然地看着叶由离，"难道是那个'豹尾'？"

"什么'豹尾'？"叶由离一脸不解，不过随即切换成一副恍然大悟的表情，"原来被你看到了啊，申老板真是不小心……不错，就是他卖给我的，非常公道的价钱哦。"

的确公道，都快和地摊白菜一个价了……顾清弦不禁在心里吐槽。

他回想起来，那是在清晨的时候，当他提了一盒玫瑰糕，刚想迈进九黔阁大门的时候，忽然从里屋传来激动的说话声。

"叶老板，虽然这幅画有古怪，但也是我花重金买来的，你出的价会不会太离谱了！"

"很合理啊，你不会以为我没有事前打听过吧。这幅画到你这儿是第几个人了，这个'烫手山芋'估计现在没人敢要……如果这个价格你接受不了，就继续留着它吧……不过，我可不保证晚上不会发生些什么……"

随即屋内突然安静下来，过了一会儿之后，房门蓦地被人从里面重重推开。只见一个身材魁梧的中年男人从里面走了出来，脸颊通红，神色十分不悦。他瞥了呆立在门口的顾清弦一眼，冷哼一声之后，愤然甩袖离去。就在这时，顾清弦发现，在他的衣摆下面，竟然露出一截约有手腕粗细的豹尾。

"当时我还以为自己看花眼了。"

顾清弦努力回忆着，目光又落回那幅画上时，他突然想起了什么："这幅画到晚上不会有什么古怪吧？"

"具体情况我也不太清楚，所以才让你们来……"还没等叶由离说完，顾清弦脸色就变了——自己果然又被这位腹黑少年拉来当冤大头了。

他刚想找个借口逃走，却被不知情的苏策一把拦住："你要去哪儿？马上就要开始了，谁走谁是胆小鬼啊！"

"不是……我只是……"

还未等顾清弦想到合适的开溜借口，苏策就已经拿起自己面前的蜡烛。

"你要是现在走的话，明儿麒骑卫所有人就都知道你是一个在讲鬼故事期间跑路的胆小鬼。"

听到他这么说，顾清弦只得无奈郁闷地坐回原位。

见所有人都准备就绪，苏策这才深吸了一口气，开口说道："我第一个……小时候听家里的老奴说，施阳城外的竹林里住着一条黑蛇妖，它隐藏于迷雾之中，杀人于无形，没有人见过它的真实姿态，看到的只有那一双宛如灯笼大小、比血还红的眼睛，而看到过那双眼睛的人，即使不死，也会被吓疯……听说它出现以来，吃了几百人，那片竹林里，每当迷雾散去，会看到地面上铺满了白花花的尸骨，以及从里面传来的，仿佛婴孩啼哭般萦绕不断的奇怪声音……"

"然后呢？"顾清弦问。

苏策答道："然后啊……听说五十年前出现了一位降魔师把它封印了。"

"什么啊……"另外两人一脸听到故事烂尾，意兴阑珊的表情。

"怎么叫'什么啊'？难道这个故事不恐怖吗？"苏策不服气地反驳，"我可是因为它好几年都没有出过城啊。"

"那是因为你胆小。"

"有本事你来。"苏策气哼哼地看着顾清弦。

被他这么一说，顾清弦也拿起面前的蜡烛，清咳一声，接着说道："我要讲的故事，发生在和现在一样的子露之夜，而且故事中的人也和我们做着相同的事，他们点着蜡烛围坐在一起，突然其中有一个人说道……呃，你们后面……"

另外两人因为他突如其来的这句话吓了一跳，苏策更是打了个冷战："讲鬼故事就讲鬼故事，不要变相地吓人好不好！"

顾清弦没有接话，抬起手颤颤巍巍地指向两人身后，脸色惨白如纸。

另外两人也终于明白过来他的意思。

"老板，我同意你刚才说的话，这种感觉的确不好。"

苏策仿佛感觉到后背吹来阵阵阴风，他和叶由离同时，机械般地转过头，看见一个修长袅娜的身影站在，不，准确地说，应该是飘在凄冷的月光之下，白色的衣袂随着夜风飘动，那场面说不出的诡异。

"叶兄？"顾清弦小声提醒，声音有些颤抖。

叶由离又去查看了下地上的画轴，发现上面怀抱白莲的白衣女子，不知何时已经消失了，只留下一池荷叶的布景。

【2】被封印的神仙

"小心！阿策，在你后面，快趴下！"

"不要用那个砸，那花瓶是这世上独一无二的……"

"咣当！"

"……独一无二的啊！"

九黔阁内，叶由离心疼地望着一地碎片，心底的某处也跟着碎掉了。他幽怨地看着战局——那个白色鬼影已经在半空中徘徊了半天，但都只是对他们进行一些不痛不痒的攻击，相比之下，另外两人造成的"伤害"反而更大。

叶由离环视着一片狼藉的九黔阁。

——这样下去，这里非被拆了不可。他心想。

"琅琊！"

随着一声令下，一个小童模样的人偶从一扇门里走了出来。

"解决掉！"叶由离指着白色飞影。

人偶僵硬地点了点头，随后快速弹跳而起，向白影飞去，然后只听，"啪"的一声——人偶被打了回来……

"怎么可能？食鬼灵偶竟然没用？"

"感到害怕了吧，你们这些自称是降魔师的伪君子！"立在半空中的白影第一次开口，愤恨的说话声在屋里回荡。

"降魔师？你说谁是降魔师？"

"别装糊涂！你不是降魔师，墙上为什么会挂着降魔师的旗帜？"

"那个呀。"叶由离看到墙上那面红色旗帜，如梦方醒，"那是个赝品啊，一个朋友送的，听说可以辟邪。"

"你……"白影突然停顿在半空中，片刻之后，竟飘落下来站在地面上。白影将头发撩了上去，露出一张清丽的脸，"你早说嘛。害我扮鬼扮了那么久，我还以为你们是他派来的呢。"

"你是……画中的女人？"顾清弦看清楚她的面容之后，小心地询问。

"是啊。"

"你到底是什么东西？"苏策同样小心地询问。

"我是神仙。"

"你既然是神仙，为什么会被封印在画里？"

听到这句话，白衣女子突然神色激动地上前揪住叶由离的衣领，急切询问："把画卖给你的人呢？"

"申老板？"

"不是那头蠢豹子！是最初的卖主！"

"这就不清楚了，毕竟几经易手，早就找不到了。"

"怎么会这样……"白衣女子突然楚楚可怜地用衣袖抹着眼角，还附带抽泣了两声，"那个坏蛋仗着自己降魔师的身份，到处伤害无辜的妖魔。我作为一个善良的神仙，因为看不下去他的行为，出面阻止，竟也被他封印在画卷里面……现在，若是放任那个人在外面为非作歹，不知道又有多少无辜生命葬送他手了……"

一般来说，这样如此拙劣的苦情计，稍微动动脑筋的人都会一眼识破，但偏偏这个时候，就对一个人起了作用——

"真是太可怜了！"苏策一脸悲切而又同情地看着白衣女子，"我们帮帮她吧。"

"你从哪里找到的感动点？！"顾清弦十分无语。而让他更加无法理解的是，就连叶由离也赞成帮忙。

"阿策也就罢了，这么热情助人可不像你的作风啊。"顾清弦一脸狐疑地看着叶由离。

"顾公子，这你就不懂了，你想想，那个能把神仙封印的除魔师一定法力高强，而这样人物的身边一般都会有珍稀的宝物……这可是不可多得的好机会呢。"

听他这么说，顾清弦额头顿时冒出三条黑线，心想这的确是他的作风……

其实，找到画的原主人并没花多长时间，更巧的是，据提供消息的人说，那个卖画的人一直都在"闲市"。

——又回到这里了啊……

又站在这条熙熙攘攘的街道上时，顾清弦不禁心生感慨，脑海中，他和老板相遇的情形仿佛发生在昨日一般。

"这次世子怎么没有跟来？"叶由离好奇地问。

"早上他去夜王府拜访，被王爷强行留下来喝酒了，说什么他身上妖气重，喝酒驱驱邪。"

叶由离闻言，疑惑地皱了皱眉，跟在一旁的画仙也微微变了脸色。

"就是这里了。"

三人驻足在一个简陋的摊位旁边。交错的麻绳上挂着一幅幅画作，从写意山水到花鸟仕女，笔墨色彩间可以看出画师夯实的基本功，但唯一的不足，是这些画作都没有能令人称叹的出彩之处。

一个书生模样的青年拨开层层画卷，从里面走了出来。

"不知客人看中了哪一幅……啊！"

画仙一眼见到书生，就如同离弦之箭一样扑了过去，等叶由离和顾清弦反应过来时，书生已经被打飞很远。

"快住手！"顾清弦急忙上前阻止，但发现画仙并没有再一次出手的打算，她怔怔地站在原地，不可思议地望着书生。

"你……一点法力都没有？"

"姑娘，我跟你素昧平生，无仇无怨，为什么一见面就对我痛下杀手！"书生痛苦地捂着心口，同样一脸不可思议。

"少装失忆，别以为我会上当放过你。封印之仇，我一定要报！"

"封印？我一个画画的，会封印什么啊？"

"少装糊涂！"

"先等一下。"一直沉默的叶由离开口打断了她，"或许你真的认错人了。"

"不可能！这张脸化成灰我都认得！"画仙气急败坏地说道。

叶由离将画轴展开在书生面前，问："这幅画是你画的吗？"

"不是，这是我祖父的东西……咦，这上面的白衣仕女怎么不见了？"

"那你祖父现在在哪儿？"

"十年前去世了。"

"去世……死了？"画仙像受到严重的打击，面色苍白，"我还没和他决一胜负……他竟然就这样死了？"

"人类寿命短暂，对于神仙来说不过弹指一挥间的工夫，你不要太失落，"叶由离安慰道，"何况人死不能复生……"

顾清弦本来也打算跟着安慰两句，却听叶由离话锋一转："不过，人家还有孙子在嘛。"

——等等！这安慰的方向不对吧！

还未等顾清弦反应过来，书生的惨叫又再次响起，闻声望去时，人已经消失无踪，同时一起消失的还有画仙，以及地上掉落的几卷画卷。

【3】缘起

他和她的相遇，是在最初，最初的时候。

那时他只是瑶曦山上初涉降魔术的入门弟子，而她，只是莲池中一朵幻想着得道成仙的小白莲。

这样的两个存在原本是没有什么交集的，直到入门弟子在一天晚上偷跑出来，来到池边发泄心中郁结。

所谓缘分，其实并不全是美好的。

譬如他与她，一个只当对方是一朵普通的草本生物，将什么该说的不该说的，全都倾吐了出来；而另一个，则全程心里满是"你这烦人的小浑蛋有多远滚多远，别打扰本姑娘清修"之类的无声抱怨。对于白莲来说，这场微妙而又有些恼人的缘分伴随着她修成人形前最后十几年的每一个夜晚，还是白莲的她，不能说话，也不能跑到岸上去给他几巴掌，只能隐忍，静静地听。

"为什么？同门弟子里，记口诀、背符文我都是最快的，所有的典籍我都过目不忘……可为什么，我就是施不出法术……

"别人都可以使用中级的降妖术了，而我现在只会最基本的防御术……"

入门弟子天资聪颖，可骨子里却不是当降魔师的料。其实有时候白莲很想告诉他换一个目标试试，但她不能说话。

他从年轻气盛的少年成长到俊朗坚忍的青年，每一次来到池边倾诉的内容都差不多，但十几年来却从没说过放弃。白莲常常觉得这个天赋不高的小子和自己很像——同样资质不高，也同样在默默努力，为了向那些看低自己的人证明自己，终有一日能够羽化登仙。

——原本应该是这样的……

"这些，还有这些……这里所有的符文、口诀在三天之内给我背熟了……

"还有，我待会儿写给你一些东西，你去买来……刚才我教你的防御术你记住了吗？记住的话就试一试，这可是降魔师要掌握的最基本法术……

"怎么躺下了？东西背不完不准休息！"

此刻，施阳城外的竹林中，一个白衣女子正不停地朝躺在地上的书生身上扔着书本。

"姑娘，你到底想做什么？"书生苦着脸，一头雾水。前一刻对方还想着要他的命，现在却拼命地让他成为什么降魔师？"我只是一个热爱画画的书生，饶了我吧……"

"不行！"画仙又将一本书重重地甩在他脸上，仿佛那张脸跟她有深仇大恨，"你要成为降魔师，然后我光明正大地打败你，再让你在我脚下跪地求饶！"

"你已经打败我了,还差点杀了我……如果需要,我现在就可以跪地求饶的。"

"那不算……你爷爷死了,他的债就应该由他的子孙来偿还……那时候他用阴招偷袭我,那种奇耻大辱,我永远都不会忘!"

"爷爷才不是那种卑鄙小人!"听到有人损辱自己的祖父,一直处于劣势的书生有些动怒。

"怎么不是?不然我会被他那种三流的降魔师封印?"

"爷爷他是东煌这百年来最厉害的降魔师,我不许你这样诋毁他!"书生猛地从地上站起来,盯着画仙,眼中满是怒火。

"你怎么证明?"画仙冷笑,挑下眉毛。

"我……看着吧,我会把当时爷爷会的法术全部学会,让你惨败!"

"气势不错。"画仙脸上的笑意更浓了,"那么,我们继续刚才说的防御术,那是最基本的。"

咦!书生僵在原地,现在才意识到自己适才说出了一番不得了的宣言——

"你……是故意的……"

"我可没逼你。"画仙装作无辜的样子。

"你绝对是故意的!"书生气急败坏地说道。

"你想反悔吗?俗话说'君子一言,驷马难追',你如果反悔,还算什么君子?"

"唔……"书生无力反驳,只得苦起脸,拿起地上的书卷。

"这是什么?"书生指着一张图问。

"那是禁锢阵法。"画仙没好气地说,"你爷爷当时就是用它来偷袭我……"

"你自己不小心中了阵法,为什么说他偷袭?!"也许是知道她不会杀自己,书生言语毫不客气。

"我才是当事人好吧!"

"你没有听说过,'当局者迷,旁观者清'这句话吗?"

"你才是一味地盲信他是个正人君子吧!"

"他就是正人君子!"

竹林中一人一仙,你一句我一句,吵得不可开交,全然没有察觉到隐匿在不远处,偷偷注视着这边的两个身影。

"看,我就说没事吧。"叶由离一脸"万事皆在我掌控之中"的淡然自若。

"性命暂且无碍,但是成为降魔师……真不知道那个画仙是怎么想的。"顾清弦收托下巴,眉头上的愁云依然未散去。

"看看不就知道了……"叶由离望着竹林中的白色身影,喃喃自语,"不过,有一件事我很在意……"

"什么?"

"没什么,或许是我多心了。"青衣少年的脸上又换回那副波澜不惊的浅笑,"你看他们好像要回去了哎,我们跟上去吧,说不定那个书生的降魔师爷爷给他留了什么好东西……"

"你还没死心啊!"

顾清弦完全败给他了,在这么多突发状况下,还能依旧记得最初目的,只能说——真不愧是商人的典范!

两人轻手轻脚地离开竹林,同时尾随着他们离开的,还有一股潜藏在草丛中的黑色雾气,那股黑雾仿佛拥有自我意识一般,在叶由离他们所在之处停留了片刻,随即又迅速地躲藏于草丛之中……

【4】危机降临

书生喜欢画画,但这条路走得却并不顺利。但他一直坚守着这样一份永远也无法用来糊口的爱好。

可时间一长，他开始发觉自己的爱好或许已经不能用"无法糊口"来形容，画画成了他的"负担"，画出的作品几乎卖不出去，需要的工具还要花销不少的费用。于是在卖掉家里最后一个值钱的东西之后，他开始将主意打在了爷爷的遗物上面。

卖遗物是一件很不道德的事情，对于从小就被要求道德伦理奇正的书生来说，无疑是极大的煎熬。可道德谴责最终没有赢过生理需求——当饿得开始两眼冒金星，走路两腿发软的时候，他还是一边说服自己这是迫不得已，一边将画卖了出去。

卖掉画，吃饱饭，书生就开始后悔了。他总觉得自己一定会遭报应，可他没想到的是，报应会来得这么快……

"你家真破。"画仙环顾四周许久之后，做出如下结论。

"多谢你好心提醒。"书生背着她翻了个白眼。

"两间屋子，画室和卧房，不嫌弃的话，你可以睡在卧室……"

"不用，晚上我会回到画里。"画仙慢悠悠地走到桌子旁，翻看着书生的画。过了一会儿，她又得出一个结论——

"没有天赋。"

书生的脸气得涨成了红色，可转而眼神中又出现惊恐的神色——画仙将桌上的一幅画拿起，双手交错，一副作势要撕它的样子。

"刚才教你的防御术，用来看看，不让我满意的话……"她抬了抬手，满脸令人发寒的笑意。

"你……好好好，我试试还不行吗？"见她以画要挟，书生只好忍气吞声。

他站在原地，闭目，心中默念刚背下的口诀。酝酿一阵之后，忽然睁开双眼，大喝一声——

"结！"

片刻的沉默与寂静之后，只见画仙黑着脸，她上前将手搭在书生的肩膀上，冷冷地说："失败。"

紧接着是刺耳的纸张撕裂的声音，再紧接着是书生的惨叫——

"住手啊！"

于是，那之后的一段日子，周围邻里不时会听到书生的惨叫，和各种东西打碎的奇怪声响。以至于，当叶由离和顾清弦再次造访的时候，只看见屋内书生独自一人，在一堆撕毁的画面前黯然神伤的背影。

画仙神不知鬼不觉地出现在他们身边。

"在生闷气呢，不要理他。"

"叫我们来做什么？"叶由离问，"还以为你早就忘了我们呢。"

"怎么会？"画仙又摆出楚楚可怜的样子，"其实，这段时间特训还是有效果的，可接下来……"

"怎么了？"

"画没有了……我撕完了。"画仙追悔莫及。

没有画，也就意味着，书生没有了进步的动力。

"拜托了，老板……我会告诉你那个人的遗物在哪里。"

叶由离拒绝的言辞刚到嘴边，又半途生生地咽了回去。

"那当然，不然我怎么会带着这位顾公子？"

——咦？

完全只想当一个旁观者的顾清弦，又稀里糊涂地被扯了进来。

"我？"

"他最擅长的就是说服别人。"叶由离信誓旦旦地说。

顾清弦刚想否认，就被叶由离一把推进书生所在的房间里，关上了门。

画仙一脸疑惑地瞪着紧闭的房门。

"你确定这样有用？"

"没问题的，我对他有信心，倒是……"说话间，叶由离脸上的浅笑被一副严肃的表情替代，"有一件事我在意很久了……关于你的身份，你为什么要撒谎？"

面对突如其来的提问，画仙呆愣在原地，神色紧张起来。

"你……怎么知道？"

屋内的气氛可谓尴尬到极点，顾清弦一直在以书生为中心的圈外徘徊，不知道如何开口。

"你……"

"为什么总是强迫我做不喜欢的事，爷爷是爷爷，我是我，为什么他做事的后果要我来承担……"

"那个……"顾清弦刚想开口，又被对方打断。

"没天赋怎么了，我只是在做我喜欢的事……整天唠唠叨叨的，我其实已经尽最大努力了，难道你看不到吗？胜负那种事情真的很重要吗？"

"其实我……"一连串的倾吐让顾清弦不知所措。书生这时才意识到他的存在，神色有些不自然。

"原来是你啊，我还以为……"

"没关系，说出来会舒服一些。"

两人又陷入尴尬的沉默，但没过多久，顾清弦只觉得眼前倏地腾起一阵黑雾，意识也跟着被夺去，恍惚中，他感觉到自己的手腕被人抓住，还有耳边响起"结"的喊声……

"你能替我保守秘密吗？"与此同时屋外，画仙有些不安地看着叶由离。

"看你的表现。"

"你这个奸商！"

一阵沉默的寂静。

"你觉不觉得顾公子进去挺久了？"

"……的确。"

两人踹开房门，从里面涌出一股黑雾。

除了中心的一小块区域，屋内所有角落都已被黑雾充满。顾清弦失去意识躺在地上,他身旁的书生白着脸,惊恐地环顾四周。周围仿佛有一道透明的屏障将他们保护起来。

书生看到画仙,焦急地冲她喊:"小心!"

话音刚落,一道黑影闪出,以迅雷之势将两人扫倒在地,叶由离看到宛如灯笼大小的猩红双眼,正从上方死死地盯着他们。

"他在哪儿?那个封印我的人在哪儿?"如同鬼魅的嘶哑声,恶狠狠地责问道,仿佛要将那个人碎尸万段……

【5】成则为仙,败则成魔

对于这天地间的物灵来说,想成为神仙,不仅需要努力,还需要运气。

这是白莲从前辈那里听说的,而那种令人嫉妒的好运,并不是人人都能拥有。她还从自己的人生目标——梅仙那里得知,修炼成仙,需要足够的性情纯良、足够的清心寡欲,还要足够的脱离凡尘。

成则为仙,败则成魔,失败的例子不在少数。比如梅仙的妹妹,就经常被她拿来给白莲做反面教材,一株名为"宛珠"的真珠梅,性情纯良,却不够清心寡欲,跟着一位椟郎涉入凡尘。

每每提起她,梅仙都不住地惋惜,而小莲花的决心,也在每次的惋惜中得到升华。但她没有想到,自己的清修到了关键时刻,会被一个人打扰。

"明日就是出山之日,师父说只要我降服一个妖魔,就让我以降魔师的身份独自出去闯荡……"那令她讨厌的声音出现得十分按时,但这次她不在乎,反而很高兴,因为明天之后,她就可以真正意义上的"清修"了。但他接下来的话,又让她无语凝噎,"可我从没有成功降服过一个妖魔……"

"听他们说,花草化成的妖魔比较容易降服呢……小莲花,你在这瑶曦山上那么长时间，会不会已经成了妖？"

——臭小子，会不会说话！

尽管白莲一直隐忍自持，心无波澜，但此刻她还是忍不住抖了下花瓣表示愤怒。

可岸上的人全然无视地继续着他负能量满满的独白，他说的什么，白莲也没有听进去，因为她现在心里只想着，成仙之后要如何狠狠地修理这小子一顿。

她记得，那晚朗月当空，漫天星辰，他走后，她依旧沉浸在让他在自己脚下求饶的幻想中。

渐渐地，她觉得自己的身体开始发热，继而发出白光。起初，她有些不知所措，但明白是怎么回事之后，她不禁喜出望外——自己的修仙日子就要结束了！

白色的月光下，同样纯白的身影，一个妙龄女子站在池水边，仔细端详着自己的容貌，表示很满意之后，她缓缓抬起手，一副准备腾云飞升的样子，但这样维持了数秒后……她脸上的微笑僵住，又一点点淡去。

自己并没有如料想那样，飞去神仙居住的九重天外，那只有一种原因。

白莲无法接受地呆立当场，身后冷不防出现一道闪光，从身边擦过，歪打在面前的水池中，激起了巨大的水花……但她不在乎。

"妖怪，站住！"

那随之而来的熟悉声音，她也不在乎。

因为，她白莲经历了几百年的所谓"足够的性情纯良，足够的清心寡欲，足够的脱离凡尘"的修炼，终于在这一日——

她成了妖魔。

"黑蛇妖？"叶由离疑惑地问画仙，"你和它什么关系？"

"没什么关系。"画仙脸色难看，"……充其量算狱友。"

同她一样，因为那个人的离世，禁锢蛇妖的封印力量也变弱了。

"你也逃出来了，莲妖。"喑哑的声音从黑雾中幽幽传出，"那个降魔师呢，你还没有杀了他吧？"

"已经过去了五十年，他已经死了。"

黑雾开始不安地躁动："困了我五十年，以为这样，我就会放弃复仇？"话语间，雾气开始向书生那边聚拢，"他死了，他的后人也不能活着。"

"我先看上他的，你不许插手！"画仙冷冷地说道。

"我等得够久了，原以为你会亲自动手杀了他，谁知道这么长时间，却一直都在扮演什么幼稚的师徒游戏。"

"她不是我师父！"

"他不是我徒弟！"

画仙和书生异口同声。

"无所谓，今天我一定要取他的性命！"黑雾那双红色眼睛死盯着中心的结界，发出凶狠的光芒。黑雾幻化成蛇身的样子，缠绕着界壁，紧紧收缩。书生的额头上满是冷汗，随着一声脆响，他周围的空气中显现出发光的裂纹，裂纹越来越多，就在结界破碎的瞬间，一道白色的身影出现在他的面前。

"你？为什么？"蛇妖语气惊异。

"我说了，我先看上他的，所以必须由我来打败他。"

"打败？你不杀他？"

"我从没说过要杀他。"

蛇妖突然嘶吼着，朝画仙扑去，她轻盈一跃，躲开了攻击，并将蛇妖从书生他们身边引开。房间里的黑雾向她涌来，企图将她淹没在诡异的墨色里。画仙逐渐处于下风，她成妖还不过一天，力量自然不及对手，但她这样做，并不是为了打赢，而是为另一个人的行动争取时间——

"喂，黑蛇！"

一个声音从背后传来。

蛇妖猛然回头，看到叶由离手里拿着一个画轴，嘴角虽带着浅笑，却明显感觉到那笑容背后的凛冽寒意。

"不！"蛇妖失控地大喊，欲上前抢夺画轴，可为时已晚。

叶由离将画轴展开，同时口中开始吟咏咒语，画卷上的墨仿佛被赋予生命一般，从纸上喷薄而出，在空中变成黑色的藤蔓将蛇妖牢牢捆住。蛇妖动弹不得，被藤蔓一点点地拉进画轴里。

"不要以为这样就能再次封印我，封印要每十年加固一次，那个人已经死了，十年后我还会再出来！"蛇妖恶狠狠地对画仙说，"……你也别想逃掉！"

黑雾倏然间冲向房间另一侧的书桌——那上面放着封印了画仙的卷轴。等众人反应过来时，黑雾已将画轴的下半部分腐蚀殆尽，书生急忙扑上去抢救，却只余下半片残卷。

"到时候，我会杀死你们所有人！"

蛇妖被重新封印进画里，房间也恢复了原样，唯一能证明刚才发生的一切，就是顾清弦依旧处于昏迷之中。

"只是中了瘴气，醒来就好了。"叶由离探了探顾清弦的鼻息，"不过……我可是因为你们又多了一件棘手的事啊，要如何补偿我？"

"你不是已经拿到了吗？"画仙瞪了他一眼，语气有些虚弱。

"这个不算。"叶由离指着脚边，露出半截画轴的包裹。在蛇妖攻击结界的空隙，叶由离通过画仙的提点，找到了书生爷爷的遗物，但他没想到的是——

"竟然全是画啊！而且有几幅已经空了，估计里面的东西已经跑出去了吧。这种潜在危险我才不要！"他抗议。

"你的画怎么办？"在一旁沉默许久的书生说道，眼神中充满焦虑，"对你有影响吗？"

"影响？怎么可能，我已经跟那幅画没关系了。"画仙说，"你先把这位顾公子带到隔壁去休息吧。"

书生没有说话，意味深长地看了她半晌之后，便背起昏迷的顾清弦离开了。

望着书生消失在门后，画仙方才开口道："叶老板，我有一件事……"

"我拒绝。"

"你就不能听人家把话说完！"画仙瞪了他一眼。

"我不想听一个将要消失之人的请求……没有关系是假的，那幅画虽然没有全毁，但你还是会消失，永远沉睡。"

"所以我没有办法继续看着那个书呆子。"画仙眼神落寞，虚弱地倚靠在墙上，脸色苍白得近乎透明。

叶由离微阖双眼，轻叹。

"你放心，他会好好活着……"他转头，话语戛然而止，因为屋内已经没有了画仙的影子……

"她消失了吗？"

突然，门口传来询问的声音，吓了叶由离一跳。

书生走进来，拿起残卷："还是没来得及再见她一面……你封印了蛇妖，难道就没有办法救她？"

"很遗憾。我只是借用了你爷爷残留在画上的力量而已。"

"那我该怎么做？"书生平静地看着他，眼神坚决，"我要怎么做才能救她？"

"让封印她的降魔师用自己的血和墨水混合，补全整幅画就可以了，可是……"

"爷爷已经死了。"

叶由离默认，唯一的可能已经不在了。

"那我呢？我继承着他的血……"

叶由离明白他想说什么。

"踏上这条路就无法回头，你将看到这个世界最危险的一面。你确定要这样做？"

"也就是说我可以。"书生没有回答,只是轻轻收起残画,他将目光落在满是画轴的包裹上。

"能让我带走吗?"

"当然,它原本就属于你。"

书生平静地整理着自己的东西,完全不像要踏上一条与之前迥然不同的人生旅途,或许在他当时最后注视着画仙的那一刻,他的心里就已经做下决定。叶由离望着他的背影,突然觉得他很像自己曾经认识的一个人——那人也是一个降魔师,头脑聪明却毫无降魔天赋,曾卑鄙地送给他一面假的降魔旗帜,还硬说是真品。

"叶老板。"书生的声音打断了他的回忆,"听她说你是游历四方的棱郎,我可以跟你做笔交易吗?"

叶由离看着他,嘴角微微扬起。

"当然。"

【尾声】

"你……怎么知道?"

画仙慌张地左右打量,生怕书生会从什么地方蹦出来。

"我前些日子造访夜王府,夜王他……"叶由离停顿了一下,像是想起了什么不好的事情,"咳咳……当他说苏策身上的是来自凡尘外的花灵妖气,我就知道了。"

"哼,我现在应该是神仙的,都怪他的降魔师爷爷打扰了我的清修。"

"'性情纯良,清心寡欲,脱离凡尘'吗?"叶由离笑着说。

"他很唠叨,我静不下心来。"

"要是容易做到,岂不是都能成仙了?"叶由离说,"不过失败的原因,你心里应该清楚,你……并不恨他吧。"

画仙没有反驳,她心里其实很早就明白,那每晚看似她很讨厌的相伴,已经在不经意间改变了她的初衷。

"所以说要打败他也是假的,那你现在做的这些是因为什么呢?"叶由离问道。

画仙注视着房门许久,仿佛目光能够透过它看到屋内。

"那个人留下的封印都松动了,被封印的妖魔逃出来之后,势必会来寻仇……叶兄,如果要问原因的话……"

画仙转过头看向叶由离,目光澄澈——

"我只是为了让他能活下去而已。"

卷三·凤凰羽

凡事皆有因果,所得皆有代价。十年疑案,凤凰浴火,记忆也未尝不会撒谎……

【1】世子与世子

"综上所述,也就是说,他为了自己的心上人甘愿自此踏上了修罗之道。"

坐在软榻上的桓阳王五世子端起茶杯,慢悠悠地小酌一口,细细品味。

晚秋的施阳四周已点缀上抑郁的深灰色,桓阳王府中,假山、院墙、光秃的树干,即使没有冬日里的凛冽寒风,却也是能让人油然而生一股透骨的寒意。这样的天气下,对于天生就怕冷的苏策来说,就是应该老老实实地缩在家中,手捧一杯热茶,与二三好友畅聊近日里发生的一些趣闻。

"不要像坊间那些随处立摊的说书先生一样添油加醋好不好?"

顾清弦斜视了他一眼,望着听得津津有味的宛珠,无奈地叹了口气:"宛珠不要相信他说的,那些大部分都是他自己编的。"

"是吗?"小花妖脸上露出明显的失望表情,"那书生哥哥为了画仙姐姐去当降魔师也是假的?"

"那个倒不是……"顾清弦不知该如何回答,只好将话锋又转到挖苦苏策上,"你当时又不在现场,不要随便乱猜测。"

"说得好像你有亲眼目睹似的……不知是谁在半途中被吓得昏了过去，我说得没错吧，老板？"苏策不服气地反驳，目光投向了对面的少年。

少年眉目清秀，一身整洁的青色衣衫，黑亮的头发用发带整洁地束在脑后。

只见青衣少年意犹未尽地放下手中的茶盏，悠然开口："世子并没有说错，除魔师的那条路说是'修罗之道'并不为过，只是……"

"等等，先不说这个，你怎么会在这里？"顾清弦从中打断，一脸狐疑地打量着青衣少年。

若不是早些时候，宛珠跟他闹着要去苏策哥哥那里玩，顾清弦这才心不甘情不愿地带着小花妖来到了桓阳王府。却没想到一进门却看见，叶由离已经端坐在了府邸的正厅里，还悠然地喝着茶。

这里非寻常人家，是堂堂"四亲王"之一的宅邸，岂是能允许平常百姓随便进入的地方？纵使叶由离的确有一些不寻常的本事，但在外人眼里，他也不过是个市井小贩，现在在正厅里这样光明正大地喝茶，未免也太奇怪了。

顾清弦诧异的目光在叶由离身上来回扫着，可对方却直接无视了他的疑问，话语顿了片刻，继续着刚才的对话。

"我相信他会处理好的。"

"……请你认真地回答我的问题！"顾清弦语气不爽。

"哎呀，这玉湖新枝不愧是茶中极品……顾公子你知道吗？这茶可只有在东煌才能喝得到哦，只在东煌的玉湖生长，一株的寿命只有一年，还必须在入秋的那几日采摘……总之很稀有，普通人可是喝不到的。"

叶由离打着岔，同时目光死死地盯着手中的杯盏，话说完，又作势贪婪地品起茶来。

——看来，对方是不打算回答他的问题了。

顾清弦于是将目光投向苏策。

"看我干吗？这次可是老头子请他来的，说也奇怪，他们什么时候认识的，我都不知道……"

话还未说完，只见门外小厮突然跌跌撞撞地冲进了屋内，他一见到苏策，立马手忙脚乱对着屋外比画。

"世子！不好了。平……平成王家的……小世子……来了！"

"砰！"

小厮说完最后一个字的同时，苏策原本端起的茶杯，一个没拿稳从手中歪倒在桌上。

他此刻表情僵硬、嘴角抽动。

"谁？"

"还能是谁……"似是同样受到冲击的顾清弦，神情突然变得肃穆，看向苏策的目光莫名带有几分同情。

随即就听见前庭传来一阵急促的脚步声，两人条件反射般地同时从座位上站起，如此大的动作，令从刚才开始就奇怪二人行为的叶由离吓了一跳。

"称病卧床吧。"顾清弦神情严肃地冲苏策提议。

"不行！这招上次用过了……没什么用。"

苏策手忙脚乱地将茶盏丢给下人，连软榻上的坐垫都抚平，摆放整齐。之后，他又一脸认真地问身边的宛珠："你看看怎么样？是不是一点痕迹都没有？"

"那就找个替人当值的借口？"

"这个不行！之前那次，他真的跑到麒骑卫本营找我了。"苏策一脸不堪回首，"当时别提多丢人了！"

闻见脚步声逐渐逼近，苏策也顾不上那么多，抬脚欲往屏风后面躲藏："若是他问起，就说夜王有急事找我了！"

"什么急事？"

一个年轻的声音唐突地在两人身后响起。

闻声，二人同时机械地转过头，只见一位十七八岁的年轻公子站在门口，衣着鲜丽——红赭色的秋季袍服，玄色轻罗纱衣松松垮垮地披在身上，领口和袖边上都有金丝绣成的流云与朱鸾鸟纹饰，头发也不似一般少年那样高高束起，而是随意地披散在身后，用发带收束于发梢处。

若说这位新来的客人身上还有着比装扮还要特别的地方，那便是那一双好看但却不妖媚的丹凤眼，正因为这双眼睛，使得他的外貌看起来更为柔和、中性。

"夜王找阿策有什么事吗？"他再次询问，语气中透着一丝愠怒。

"啊……其实具体什么事情我也不太清楚呢，你问他吧。"十分轻易，并且一脸平静地把自己的好友卖了之后，顾清弦拉着宛珠，完全无视另外一侧投来的杀人视线，站在了叶由离身边。

来客也没有跟他多做计较，而是将目光投向了少年楼郎。他上下打量了叶由离一遍，语气疑惑："你就是伯父口中提及的那位楼郎？真年轻呢。"

叶由离听罢，起身行礼道："在下叶由离……世子您请放心，既然是受那个人的托付，这次我定当尽力协助五世子解决这次事件。"

"咦？等等！协助我？跟我有什么关系？"苏策被这一番对话搞得莫名其妙，他望了望红衣公子，又望了望叶由离，可后两者分明一副了然的神态。

这时，红衣公子走到他身边，一只手竟拉起他的衣角，语气十足温柔："阿策难道不知道吗？我们平成府的那个案子交给你查办了，是你父亲和夜王力荐的你啊……"

他一系列的动作让屋里的众人全都莫名地打了个寒噤，苏策更是迅速甩开他的手，向旁让了几步。

"这到底是怎么回事？"苏策一脸疑惑地望着叶由离，"那件案子不是一卫在查吗？"

叶由离表情平淡地看了他一眼，说道："这里面的曲折我不知道，我只是受桓阳王所托来帮助你的。"

——所以他找你来是因为这件事了。

苏策翻了个大大的白眼，表达了对自己老爹的无声抗议。

"裴枢凡，我能不去吗？"苏策弱弱地说着，"不是谦虚，我百分之百会辜负你们的期望啊。"

"你之前的人也没有成功过。"红衣公子说道。

"可是……"

苏策还在纠结着找借口时，突然，沉默许久的叶由离开口说道："五世子你还是赶紧准备吧，这件事看起来还挺着急的……"

前一刻，叶由离还半眯着眼，看向门口的位置，下一刻，众人就看见两个身影从外掀开门帘走了进来。

顾清弦认出走在前面的那个是适才来通禀的小厮，而跟在他后面的那个，虽也是一副下人打扮，却不是桓阳王府之人。只见那个人一看见裴枢凡，就立马扑过来，跪在他脚下。

"世子，您快回去看看吧！失踪的那两个人都找到了……"

听言，叶由离拍了拍苏策，接着刚才的话说道："放心吧，如果真出了什么事，往我身后躲就行了。"

——我还没答应要去呢！

可这句话硬是被对面裴枢凡投来的热烈眼神生生给塞了回去。活这么大，他唯一应付不来的就是这个人。

无奈之下，苏策黑着脸，极不情愿地答应道："姑且……去看看吧。"

【2】离奇火灾

"大概三个月前，刚入秋的时候，这府上开始频频出现走水事件，因为规模都不大，也没有什么人员损伤，所以一开始大家都以为是天气干燥的原因，没怎么注意。"

平成王府中，裴枢凡领着一行人向府院深处走去。

"但是，从一个月前开始，火灾的发生次数越加多了，而且每一次都发生得莫名其妙。加上这一次，已经有无数的下人受惊，烧毁的财物也有不少。当时，是拜托陌清明他们一卫来负责这件案子的，那之后整整两周，走水现象就停止了，府上也恢复了正常。原本以为这事就这样结束了……"

裴枢凡继续说道："也就是大约在五天前，确保一切无事之后，陌清明便把手下的人都撤走了……奇怪的地方也就在这儿，这人刚一走，王府里马上又出事了，这火仿佛有意识一样……"

听到这里，顾清弦不禁暗暗庆幸，还好刚刚把宛珠留在了家里。

而叶由离也在一旁若有所思地皱起眉头——有意识的火……

谈话间，几人来到王府深处的一处荒地。远远望去，已经有一群人聚集在了那里。

人群之中，一名女子十分显眼，容貌明丽，与裴枢凡竟有几分神似。

"姐，失踪的那两个人呢？"裴枢凡走上前去，语气显得焦急。

"已经让人带下去了。"女子转头冲他们明媚一笑，"伯父说的帮手来了？"

她用目光将几个人打量了一遍："清弦也来了呀，你哥回来了吗？"

"还……还没有。"被冷不丁地问了这么一句，顾清弦回答得有些拘谨。

"是吗……我前段时间刚琢磨出几招，想着跟他切磋一下呢。"裴木兰眉眼间透露出明显的失望。

一旁的裴枢凡听完，立马黑下脸："姐，你一个女孩子家，别总是嘴边挂着打架练剑的。你现在可是有婚约在身的人，说出去不怕被人笑话？"

裴木兰有些不耐烦，眉峰一挑，瞪他一眼："烦不烦？父亲都没管，哪里轮得到你来说我？小心我把你屋里的那些花儿全都连根拔了！"

"我都是为你好……"姐姐一发怒,裴枢凡在气势上就瞬间败下来,老实地闭上嘴。

叶由离颇有兴致地观察着面前的这对姐弟。

他早就听说,平成王膝下这对双胞胎的身世,十分"传奇"。姐弟俩伴随着凤凰羽毛的胎记出生,而在两人出生之日,天空更呈现出不同以往的火红色,更有传言道,当时王府的上空,出现了一团形似凤凰的云彩。

不过,随着二人渐渐长大,"凤凰转世"之说开始逐渐被人遗忘,但取而代之的,却是两人性别交错的传言。

没错,性别。看着自己的子女逐渐长大成人,平成王越发觉得他们的与众不同,不仅仅只是他们的出生。

大女儿从小对女红、辞赋没有半点兴趣,而向他提出要学习武功兵器的要求,不但与同龄的男孩子打成一片,连长大之后的梦想都是有朝一日能征战沙场,当一位巾帼英雄……小儿子自幼身体虚弱,整日喜欢待在家里。平成王原本心里想着,若是儿子选择过文雅人的生活也挺好。可时间一久,他慢慢地发现,儿子的房间里不知何时多出了无数稀奇花卉,甚至还养起了兔子,最近……好像又痴迷那些流行于富家小姐之间的异域熏香……

——这样的两人,仿佛生错了性别一样。

这个想法下意识地闪现在叶由离的脑海中。可这种看似调侃却又无比贴切的说法,用来解释姐弟俩的独特却是再适合不过了。

"什么?疯了?"裴枢凡的惊呼声将叶由离的思绪拉回到现实,平成王世子此刻面色有些苍白,"那他们……都说了些什么?"

"还能有什么?跟之前一样呗……浑身都是火焰的凤凰之类的。"

"果然是……"

听言,裴枢凡有些失神地呢喃起来。比起裴木兰的平静,他的过度反应让叶由离感到有些奇怪。

"人在哪儿,我要亲自问问。"

"你别胡思乱想,我觉得产生幻觉的可能性很大,他们当时困于火中,求生心切……"许是看出弟弟的心思,裴木兰急忙劝道,"或许就只是普通的火灾而已。"

"还是先进去木屋看一看吧。"叶由离的注意力被面前那片废墟吸引了过去,那里只剩下几根孤零零被烧焦了的黑色柱子,只能从这些柱子的组合摆放,勉强看出木屋的大概轮廓。

"真的很严重呀!"仅仅只是靠近,就能闻到对面传来令人无法忍受的呛人气味,顾清弦用衣袖掩鼻,停下了脚步,"我……就在这里等你们好了。"

另外两人走进屋内,聚精会神地观察起来。

四周一片漆黑,这间屋子包括屋内的,无论是什么东西,都遭受了很严重焚毁,可是,这样却说不通……想到这里,叶由离脑海中出现了一个疑问。

"听郡主所言,火势应该没有这么严重才对?"叶由离手托着下巴,向身后的人提问,目光依旧横扫着周围。

"这里之前发生过火灾吗?"

听到背后传来的疑问,苏策转过身来看向叶由离。

"你看,这周围有很多旧的烧痕……"叶由离用手指了指自己周围的墙壁。

"十年前,这里曾经发生过火灾。"苏策走过来,目光停留在那一道道狰狞的焦痕上,"平成王妃就是在那场火灾中去世的。"

听言,叶由离深深地陷入了思考,他想起了当初裴枢凡的异常举动。

这样一来,他现在能理解,刚才那位平成王世子的反常了。毕竟,相同的地方,同样离奇的大火,很难不让人产生联想……不过,方才郡主口中的"火凤凰"却更加引起了他的兴趣,对于一个"资深"椟郎来说,神兽果然还是要比其他事物更加有魅力。

"那方才郡主口中的'火凤凰'是指?"

"那个呀……"苏策皱起眉头，思索着该从何说起。

"还记得他刚才说的——当时府中人心惶惶，大家都觉得这大火仿佛有自己的意识一样……其实除了这个，他们害怕的原因还有一个……当初平成王妃去世的时候，裴枢凡就在她的身边……那时的他也就六七岁吧，被人从大火里抱出来的时候，一直念叨着是大火中的凤凰杀死了自己的母亲。"

"你的意思是说，那被视为圣兽的凤凰，会是引发火灾的邪祟？"

"我只是把当时的情形描述一下罢了。"苏策反驳，"其实，就连火凤凰到底存不存在，我都无法确定，毕竟当时只有裴枢凡一个人见过……"

"你们有什么发现吗？"这时，屋外传来裴枢凡的声音。两人刚从木屋里走出，裴枢凡急忙迎上前询问。

"怎么样？"

"没有什么不对劲的地方。"看着苏策一无所获的样子，裴枢凡的目光又移到年轻椟郎的身上，只见后者也同样摇了摇头。

见状，裴枢凡沉默了下来，眉间却不见放松的神色，依旧弥漫着愁云。

裴枢凡当然不希望自己的家里遇到什么邪祟，只是他的心里却总隐隐有种预感，事情并不像表面上的那样简单。

他望着那个摇摇欲坠的小木屋，此时此刻，他仿佛看到有熊熊火舌在屋内狰狞着伸展，孩子的哭声从里面传出来……

叶由离将脑海中所有的线索，无数的片段，以他觉得合适的方式拼凑在一起，可结果却是无论怎样拼凑，都只能得出一个结果——事件依旧处于混沌之中。他唯一能够确定的，是自己刚踏进这个地方之初，所能感受到的那股异样之感……

"枢凡！"

一声惊呼拉回了叶由离的思绪，他看到平成王小世子昏倒在地，脸色惨白。

顾清弦急忙伸手探一下鼻息："呼吸平稳，只是昏过去了。"

"真的无碍？"裴木兰望着怀中的弟弟，心急如焚。

"郡主放心，没事的。"

昏迷过去的裴枢凡只残存最后一丝意识——啊……原来自己又……

那些自己曾经失去的破碎记忆，每当回想起来，脑袋就会像快要裂开一样，剧痛无比。

裴枢凡听到周遭朦朦胧胧的说话声，离自己越来越远，身体仿佛掉进了一个没有边界的黑暗空间，五感也全都渐渐失去作用，他只能任由自己一直向下坠落，坠落进那无尽的黑暗虚空里……

【3】异境

赤红色的花朵，赤红色的山丘，还有火焰一般的树。

这与自己之前的梦境并不一样。

每天夜晚，裴枢凡都会梦到十年前的那次大火——那是他第一次，也是唯一一次见到火凤凰，他梦到火海中倒在身边的母亲，还有那渐渐失去温度的身体……

可现在，裴枢凡不知道该怎么形容眼前的这片景色，神奇？瑰丽？但那些都不重要，自己心中的那份不知从何而来的，熟悉亲切的感觉，令他十分疑惑。

——这里是哪儿？自己应该没有来过这个地方才对啊……

"哇！觅江，你快看，你快看，艳羽海棠全都开了呢！"

突然，身后传来一阵惊呼。

裴枢凡刚一转身，就与迎面而来的少女撞了个满怀。而最令他惊恐的是——他们两人并没有因为碰撞而跌倒在地，那个女孩直接穿过了他的身体，毫无阻碍，径直朝前方奔去，而只留他一个人呆愣在原地，惶恐地看着自己的身体由透明变回实体。

——这是怎么回事？！

"你看，火枫树的叶子也全都变色了呢。"

少女驻足，目光看向裴枢凡的身后愉悦地笑着，仿佛刚才那诡异的一幕从没有发生过。

少女有着柔顺的黑色长发，釉瓷般的白皙肌肤，好看却不妩媚的丹凤眼，与地上花朵一样颜色的朱唇。纵使是阅览过世间无数美丽事物的他，也不得不承认眼前这个女孩的美。

身后传来轻微的脚步声，那个名叫"觅江"的红发男子驻足在裴枢凡身边的位置，远远地望着火枫树伫立的山丘，一言不发。

"火枫树的下一次变色，我就要离开了。"许是看出了他的心思，女孩有些落寞地说道。

不过，负面情绪在她脸上转瞬而逝，还未等男子回答，她反而恢复了元气，开始安慰起别人来。

"没关系的，这次和哥哥一起去，肯定没事……再说，这人间的一百年对于我们凤族双主来说，不过打个盹儿的时间，你就在这儿等着我们回来吧。"

看着面前人笑得没心没肺的样子，觅江即使是有千言万语也不知该如何开口了，他温柔笑着，只说了一句——

"好。"

"嘻嘻，等我回来给你讲人间的趣闻吧！"说完，少女朝着火枫树跑去。

红发男子望着她逐渐消逝的背影，喃喃低语："我会等你的……红槃。"

【4】夜迦陵

铺满珍奇花卉的内室里，宁神香静静地燃着，袅袅青烟只升至炉顶，便被打散消弭在空气中。用以制作香炉材质的水栖木,以木材具有高度水含量而得名,它是唯一不会被火点燃的木头,很好的防火材质,但是却数量稀少——这种东西,也只有王族贵胄能用得起。

被花草簇拥的中心,木床之上的人猛然睁开了双眼。

裴枢凡坐起身,心神未定地凝望四周,一如既往熟悉的景象,这里是他自己的房间。他头疼地扶着额头,身上的衣服已经被冷汗浸湿了,好似大病过一场。

——花海中的少女、红发男子,还有那棵仿佛在燃烧的枫树……

他仔细回忆着,如果说那是梦的话,未免也太真实了……

"咦,醒了吗?"

头顶传来一声轻疑。

裴枢凡猛然抬起头,看到一位银发青年站在自己的床边。对方穿着一身玄色长衣,上面用银色丝线纹绣着异兽的图案,映着衣料特有的青色光泽,给人一种异兽仿佛随时会复活,从他身上跳下来的奇怪之感。

"是你……你怎么会在这儿?"裴枢凡看清对方之后,疑惑地问道。

"当然是来看你的啊。"银发青年嘴角一扬,微笑地说道,"你这段时间可没少让我操心……"

话还未说完,只听见屋外突然传来苏策的一声惊呼,再之后,就看到叶由离一行人从门口跌跌撞撞地冲了进来。

"夜王爷,你怎么来了?"裴木兰一脸被震惊到的模样。

"是啊,若不是刚才看到戎黎在屋子门口杵着,我们都不知道你在里面。"苏策也一副手足无措的样子。

顾清弦好奇地看了看这两人,又看了看前面。

对于眼前的这个人,顾清弦虽早有耳闻,却从未见过一面。毕竟,位于"四亲王"头衔之首的夜王,可是仅次于东煌统治者的存在,顾清弦虽为贵族,但还是没有如此荣幸和机会能够见到他的。

对方此刻微侧着身躯,引人注目的银白色长发用银质发饰束在脑后,顾清弦看不见他的容貌，不过他浑身上下散发出的那种令人威慑的气场，让人远远就能感觉到，只是这种威慑力却与椒凌殿上的那位陛下不同，是一种说不出来的奇怪感觉。

"怎么，你们难道不欢迎我吗，真是令人伤心。好歹我和你们父亲关系那么好，从小就跟你们一起玩……"说话间，他转过身来。

顾清弦见对方看起来和自己差不多年纪，可能还要更年轻一些，无可挑剔的俊美五官，并不硬朗却又清晰分明的脸部线条，虽是可以形容为柔和，却并没有给人一股如女子般的阴柔之感，反而，对方举手投足间是如翩翩公子般淡漠优雅，但又不时会表现出一丝不被拘束的随性。

——他就是夜迦陵？

顾清弦视线微微上抬，身子突然一怔。他发现对方此刻也正在盯着自己看。那一金一赤的异色双眸看得顾清弦有些发愣。

夜迦陵与苏策一样，都继承着神秘的"夜之一族"的血脉，但与其他族人不同的是，夜迦陵的左眼是金色的，宛如在阳光下璀璨闪耀的真金。然而，就是这样一双眼睛，世人却赋予了它不祥的色彩，传言道，只有被强大妖魔诅咒过的人才会有金色的瞳孔。不过，顾清弦从来都不相信那些所谓的传言。更让顾清弦在意的，是他从这位素未谋面的陌生人身上，感受到了一种莫名的熟悉感，仿佛两人很久之前就认识一样。

银发男子嘴角依旧带着浅浅的笑容："这位是？"

"我……"

"这就是我经常跟你提起的顾清弦啦。"苏策没心没肺地打断他的话，同时还把顾清弦拉到了夜迦陵面前。

就在那个瞬间，顾清弦仿佛察觉到，对方那双特别的异色瞳孔里闪过了一丝惊异的情绪。

"阿策经常跟我提起你呢……还有你哥哥。"夜迦陵突然转头看向叶由离，"当然，叶兄也是。"

经他一提，众人都将目光聚焦在独自站在一旁的年轻楪郎身上。

只见叶由离只是冲这边点了点头，却连一句话都没有说。

屋内的气氛霎时变得尴尬起来，顾清弦在心里暗叫不妙，叶由离那个态度，分明是讨厌对方的表现啊。

"你怎么还是这副样子？"夜迦陵毫不在意地保持着笑容，"我们这才是第二次见面吧，从刚见面时你就这副态度呢，难道是我之前做了什么让你不愉快的事？"

叶由离看了他一眼，双手抱拳，弯腰行礼道："并不是，我只是觉得，对待您这种身份的人，言行应谨慎为好……不过现在，我有一个疑问。"

叶由离望了一眼裴枢凡，继续说道："您为什么会出现在这里？把案子交给我之后依旧放心不下吗？"

"那当然不是。"夜迦陵突然敛去了笑容，正色道，"其实，我今天早上突然心悸难受得厉害，于是就跑来平成王府看看，果不其然，一来到这儿，就看到枢凡躺在床上，怎么叫都叫不醒……"

"那跟你心悸难受有什么关系？"苏策莫名其妙地问。

夜迦陵继而又换作一副悲伤心痛的模样："哎……虽然我人不知道，但我的内心深处还是能感应得到他出了事的，毕竟他们姐弟俩从小就在我身边……"

"停，停。"苏策一脸不耐烦地打断他，"我也从小在你身边，怎么不见你这么对待过我？"

夜迦陵闻言，若有所思地撇了撇嘴："你出事的话，我的头会疼……"

"……"

众人在一旁也不知道该说什么好，顾清弦觉得眼前的这个夜迦陵，和自己之前听说的有些不同，虽然自己听来的也都是些捕风捉影的模糊描述，但他至少可以肯定，自己印象中的夜王爷的说话语气，一定不是像现在这样轻浮随便的。

"不过，现在确定你没事我就放心啦。"夜迦陵说着，转身便要离开。

见状，还未从他的突然到来中反应过来的裴木兰急忙问道："现在就要走了吗？"

"你没有大碍，我也没有必要待在这里了。"夜迦陵换回了刚才那副嘴角带着浅笑的样子，看了一眼床上的人。

刚苏醒的裴枢凡脸色惨白如纸，却还是一副心事重重的样子。

夜迦陵将目光又投向叶由离："叶兄能不能送我一程呢？"

后者没有答话，抬起头，与他对视了许久之后，才起身往门外走去。

【5】火凤凰

"我看还是算了吧，你刚醒过来要是出了什么差错，你姐非杀了我们不可……"苏策不情不愿地嘟囔。

夜迦陵前脚刚离开，裴枢凡又马上要求要回到那个小木屋里去。虽然苏策和顾清弦都反对他这么做，但看他跟跟跄跄地起身，一副"你们不带我去，我就自己去"的架势，无奈之下，两人还是答应了。当然，这也是在裴木兰不知情的情况下，就在她出去吩咐下人，给自家弟弟煎药的当口，这三个人偷偷溜出了房间。

"这里已经没有什么可看的了……"苏策环顾四周，似乎是在自言自语，但目光却不住地瞥向裴枢凡的方向。

后者只是沉默地观察着木屋之内。

自那次事故以来，这还是裴枢凡第一次踏进这个地方，残存的记忆如同复燃的火丛，窜动灼烧着他的神经。仿佛从那陈年依旧的冰冷烧痕上，他的指尖仍能感受得到那彻骨铭心的炙热高温。

"只是碰巧地点一样罢了，你不要多想……"

"你怎么就确定？"裴枢凡语气清冷地反问。他坚信，十年前绝对不是一场事故那样简单，他只想知道当时的真相。

而现在，想到凶手依旧可能徘徊在这里，裴枢凡就觉得后怕。他原本以为在这件事上，同样自幼失去母亲的苏策是最能够了解他的，可事实却并非他想的那样。

"我并不确定，但我唯一能确定的是，你因在那件事故里太久了。"苏策说道，"这么多年过去，你依旧放不下那件事，你看看你自己现在的样子，是时候该走出来了……"

"你们不明白，火凤凰是存在的。"语罢，裴枢凡突然讶异地意识到，自己现在竟亲口说出和十年前一模一样的话。

"是我们不明白，还是你自己太固执？又或者火凤凰只是你的臆想，因为你一直无法接受你母亲在自己面前死去的现实。"

"阿策。"顾清弦出声制止，虽然意图是为了让对方清醒过来，但苏策说得确实有些过了。

苏策的话让裴枢凡难以平复的心情再次起了强烈的波动。

"才不是荒唐的想法……"裴枢凡声音低沉。虽然只留下记忆的断片，但他仍清楚地记得，火海中，那只凤凰的火焰融化了一切。那个夺去了自己母亲的身影，自己怎么会记错？！

"我怎么可能记错！"

"啪啦！"

愤怒的低吼之后，周遭瞬间安静下来，之后，突然伴随着一声细弱微响，火光乍现，屋内各处均毫无征兆地燃起数丛火焰。还未来得及反应，火丛已经迅速连接，形成了一个巨大的火圈，将他们包围。

跳动的火焰、扭曲的空气，开始在空中旋转汇聚，片刻便幻化成一只通体被火焰包裹的"凤凰"。裴枢凡口中的"火凤凰"此刻正低头俯视着他们，仿佛猛兽凝视着囚于瓮中的猎物……

"王爷慢走，叶某告辞了。"

"走之前就没有什么想问的？"

平成王府门前。

夜迦陵停住脚步，回头注视着叶由离，眼神玩味。

"从刚才你就一副欲言又止的样子。"

"我只是觉得关于那对姐弟的事，你对我有所隐瞒……"叶由离随即又说道，"不过，既然当初你来找我的时候没有说明，想必也应该不是什么至关重要的事，王爷你不愿意说，我也不会揪着不放。"

"的确。"夜迦陵无声地笑了，"我就知道我没有看错人，叶兄，你比看起来还要聪明许多……当初我向他们的父亲推荐你时，的确有所顾虑，毕竟那两人的身世，这世上也没几个人知道……"

"我对他们二人的身世并不敢兴趣，我只想知道'火凤凰'跟那两人究竟是什么关系，先前你还跟我说，它只是裴枢凡臆想出来的！"

"先出道题考考你呀。"夜迦陵冲他恶作剧般眨了眨眼，"我总要知道你到底能不能胜任这份差事……那'火凤凰'跟那对姐弟的前世有些渊源，所以才会徘徊在此地久久不愿离去。"

"前世？"

"那两位的前世原本是凤族双主，多年之前入世，转生在了裴家。只不过在那个时候出了些差错，他们前世的记忆一直在沉睡……那只火凤凰想必是来寻找他们的族人吧。"

"你了解得那么清楚，为什么不自己亲自动手？"

"叶兄。"夜迦陵无奈地摇了摇头，"这两姐弟的身份当然是藏得越深越好，而我插手进来只会让事情变得复杂，任何泄露这个秘密的举动都会给他们带来生命危险。所以……默默地把它当一件'普通失火案'来解决是最好的。"

叶由离一时间不知该如何回答，他注视着夜迦陵，一瞬间，他在那双异色的眸子中看到流光闪过，如同刀锋尖上划过的摄人寒光，让他浑身一凛。

"你……是想让我杀了它？"

"等你见到它时自然就会明白。"夜迦陵不以为然地说道，"'凤凰涅槃，浴火重生'，死亡对于他们来说只是一次新的开始，未必就是坏事啊……"

"你那么有把握……我能杀得了它？"

"叶兄，我最不怀疑的就是你的实力。"夜迦陵笑吟吟地说道，"更何况他本身时日就不多了……"

话未说完，两人突然都愣了一下，随即都同时看向府邸深处。

"已经出现了吗？比我预想的快多了，叶……"

门廊里，年青楼郎早已没了身影。

夜迦陵依旧笑眯眯地注视着之前的方向，低声轻喃："身手倒是挺快……事已至此，我便静候你的佳音了，叶由离……"

【6】囚鸟

"喂，你发什么愣呢？"

苏策的轻呼将裴枢凡的意识唤了回来。

"这就是你说的'火凤凰'？"苏策的语气有些发虚，"现在该怎么办？"

裴枢凡有气无力地翻了个白眼："我不知道。或许你可以试试让一个人当诱饵吸引它的注意力，其他人趁机迅速逃走。"

苏策马上反对。首先这法子的危险性先不说，而眼前那只大鸟的眼神分明正虎视眈眈地盯着裴枢凡啊！

就在众人束手无策的时候，倏然听见另一侧门口的位置传来一阵声响，只见两道身影透过火光，显现在门口的夜色之中。

"你们三个，都往这边来。"

"枢凡，你们没事吧？"

叶由离和裴木兰的声音仿佛救命稻草一般，又给了这三人无限希望。

可裴枢凡心中的欣喜很快消失了，取而代之的，是恐惧——他又回想起了母亲去世的那晚，那时母亲为了救他，失去了生命，如果姐姐再出什么事……

他拼命摇着头，试图不去想如此令人后怕的事情，同时冲着门口大喊："你们不要过来！"

"胡说什么，不进去怎么救你？"裴木兰说道。

"我没事，你待在外面，不要进来！"

听到弟弟如同傻瓜一般的发言，裴木兰气儿不打一处来，她一把夺过下人手中浸了水的毯子，披在身上。叶由离还没来得及劝阻，她就直接往屋里冲去。

令人惊奇的是，就在裴木兰冲进来的那一刻，屋子里的火焰仿佛惧怕她一般——她所到之处，火势都会变小，有些甚至熄灭了。

这是怎么回事？

叶由离愕然地看着这一幕。随即，一个想法突然蹦现在他的脑海中。他拿出驱水符朝火焰的方向抛去，淙淙清水从符纸涌出，洒在火丛上，可火势却不见减弱的趋势。

"这不是普通的火焰。"少年棪郎喃喃自语，"所以只能是……"

叶由离蓦然间心生一计。他从下人手中接过毯子，效仿着裴木兰，也一跃冲进了火焰之中。但这一次，火焰没有避让，毯子迅速被点燃，叶由离如同一团火球滚了进来。

"叶兄，你怎么也进来了？"苏策一脸此生无望的神情，说话都带着哭腔。

"当然是为了救人。"叶由离言简意赅，片刻也不耽误，"我这有个法子，你们先听我说……"

裴枢凡半信半疑地注视着他："你确定？"

办法很简单，就是让裴氏姐弟俩分别通过两个方向，将火凤凰逼到死角里去。

但前提是，他们能够做到。

"这太危险了！"顾清弦持反对意见。

"你怎么确定我们能办得到？"裴木兰反问。

"它是不会伤害你们两个的……想要抓住它，就只有这个办法。"叶由离语气肯定，"这样一来，不仅仅是现在，说不定连十年前的案子也能水落石出了。"

裴枢凡沉默，望着四周木屋的残骸。

这个曾是母亲最爱的地方，那时候摆满了她最喜爱的各种珍稀花卉。每天母亲都会抱着年幼的他来这里玩耍，告诉他那些花草的名字，给他讲那些浪漫悲伤的故事……虽然大火已经抹去这里原本的样子，但他还记得。

"你难道不想找回十年前的记忆吗？"

叶由离唐突的一句话，将裴枢凡从回忆中拉了回来。他怔怔地看着对方，眼神惊异。

裴枢凡失忆的这件事，夜迦陵之前便与他提过。

"如果想的话，便动手……"

突然，一声鸟鸣响起。

火凤凰突然发难，四周腾起的火焰仿佛有意识一般，一齐攻向叶由离。火焰在叶由离他们与裴氏姐弟之间，连起一道火墙。

"再不动手便来不及了。"叶由离沉着脸说道。

"叶兄，这情况不太妙啊……"苏策望着一人高的火墙，危机神经最为大条的他，也觉得事情的发展不妙。

就在这时，周遭的火焰突然出现异状，原本就飘忽不定的火焰，此刻迅速开始朝火凤凰的方向聚拢，一时间，原本散布在四周的火焰，全都集中在了一个地方。

叶由离这时才发现，脚下的地面漆黑一片，即使有火光的照耀，也看不到物体的投影。黑色在蔓延，如同满溢出去的黑色潭水，逐渐逼近火焰的中心，火凤凰在悲鸣。

那是……影子？

顾清弦眼看着地面上的不明黑色物体，开始将火焰覆盖，包裹在中间，像是在吞噬它一样。"火凤凰"毫无反抗之力，只能任由那些从地面伸出的黑色触手，将自己的身体禁锢住。

悲鸣声中，忽然，一道金属碰撞的清脆丁零响起。

叶由离的手中，不知何时多出了一把桃木短剑。

短剑不过人小臂的长度，剑鞘和剑柄处都刻有鲜红色的流云图案和咒文。它一出现，"火凤凰"突然开始挣扎起来。

剑未出鞘就能起到威慑的作用，这是一把专斩魔灵的剑。

叶由离眼神冷漠，一步步走向火凤凰。

"凡事皆有因果，所得皆有代价……十年之久的这场梦，是时候该醒了。"说完，他走到火凤凰的面前，欲将手中的短剑刺向它。

但就在此刻，一道声音的出现打断了他的动作。

"快住手！"

裴氏姐弟从一侧的火焰中出现，目光惊愕。

叶由离的确说过要抓住"火凤凰"，但他却没有提过抓住它之后要做什么。

"为什么要杀它？"裴枢凡声音微弱，像是有太多的话语都噎在喉咙处，不知该说什么。

叶由离的动作停滞了，但也只是一个瞬间。

一阵破空之声响起，众人反应过来之时，桃木剑已赫然刺入火凤凰的胸口。

这样的情形让裴枢凡始料未及，他冲上前去抓住叶由离的肩膀。

可做什么都已经晚了——以短剑插入的地方为中心，无数条火光的裂缝迅速向外围蔓延，遍布了凤凰的全身，一瞬的停滞之后，"火凤凰"的身躯便在倏然间碎成了无数残片，碎片化成火光，在空中飘零，只余留地面上一抔灰烬……

与"火凤凰"一同消失的,还有那神秘的黑影,仿佛被周围的墙体吸收一般四散退去,露出原有的被火烧焦的地面。

"多谢出手相助。"叶由离对着虚空,抱拳致谢。但回应他的,只有这屋内死寂的空气,和从屋外涌入进来的凉薄秋意。

那道神秘的黑影仿佛从未出现过。

【7】真相

"为什么要这样做?为什么杀了它?"

裴枢凡撑着虚弱的身躯,紧紧地抓住叶由离的衣襟,心中的愤怒爆发了出来。

"即便我不这样做,它也活不了多久,以那种形态在人世间停留了十年,已经是它的极限了。"

凤凰是灵鸟,择灵木而栖,在人世间的这些年,已经几乎耗尽它所有的生命力。

"你……"

话还没有说完,裴枢凡只觉得一阵剧烈的头痛,那种头骨欲裂的疼痛如同猛然重击,一瞬间,他只觉得眼前一黑,所以的感觉都消失了,自己沉浸在那股彻骨的痛感里,恍惚中,无数陌生的记忆,如潮水一般涌入了他的意识……

"枢凡?"

"裴枢凡!"

在场的所有人都被眼前的景象惊住了——此刻,木屋的中心,是一颗巨大的旋转火球,从中央散发出来的高温热风,逼迫着人无法靠近。

叶由离眉头紧锁,注视着火球。

裴枢凡的能力失控了。

跟十年前一样，凤凰双主转世继承来的能力，在他身上很不稳定，情绪失控就是一个很大的不稳定因子。

叶由离没有料到的是，"火凤凰"的死会对他打击那么大。

"这破坏力绝不亚于那只鸟吧。"苏策脸色难看，他还没来得及松口气，便又被卷进了一个更大的麻烦之中。

顾清弦白了他一眼："这不是重点吧……"

"叶兄！"裴木兰走到他面前，嘴唇已经失去了血色，"你答应过，要保护他的安全！十年前的悲剧，不能再次发生了。"

"他现在很安全。"叶由离看了她一眼，面沉似水，"十年前他失去记忆的时候……你们隐瞒他，就应该考虑到将来的后果。"

"他那时年纪还那么小，真相对他来说太残酷了。"裴木兰咬紧嘴唇，她只是希望自己的弟弟不受到伤害，"那……我们现在该怎么办？"

叶由离的目光始终停留在火球上，沉默了半晌之后，他才缓缓吐出一个字——

"等。"

【8】记忆

记忆的深处，是一片红色。

蔷薇一般的红色，血一般的红色。

裴枢凡也分不清到底是上面的哪一种，可手上传来的剧烈疼痛感，他却是记得真切。

趁母亲不注意，淘气的自己想一把扯下那开得正盛的红蔷薇。当时年幼无知的他完全忽略了植株上锋利的尖刺，所付的代价便是，被利刺撕裂的皮肉和满手的鲜血……

或许是剧烈的疼痛麻痹了神经，又或许是被那诡异的红色吓到了，他呆立在原地许久，也愣愣注视着自己的手许久，久到恐惧和委屈的情绪都涌上了鼻头，那种酸楚化作了蓄在眼中豆大的泪珠。

那是他能力的第一次觉醒。

他哭了。

年仅七岁的他哭得撕心裂肺。

气势凶猛的火焰将整座木质花房吞噬进去，还有毫不知情的母亲，她惊惶无措地跑进大火里面，妄图保护自己的孩子。

他一直都没有停止哭泣。

尽管木屋在哀吟，尽管花朵被烧毁，尽管母亲渐渐被浓烟夺去了呼吸，他还是停不住哭泣。

就在那个时候，"火凤凰"出现了。

那之后，四周的火焰便不再接近这对母子，火焰避让，向外延伸出了一条生路……

"这就是你一直想要找回的记忆，现在感觉如何？"

一个少女的声音突然从身后响起。裴枢凡一惊，转过身看去，一个身着艳丽华服的少女正站在他身后，眼神温柔地看着他。

"是你……为什么会出现在这里？"

裴枢凡记得她，相同的面孔，他曾经在那片红色的花海中感叹过她的美丽。

"我？我是你的守护神。"少女眼珠一转，调皮地冲他眨了眨眼睛。

"守护神？"

"是啊，每个人都拥有自己的守护神。我就是属于你的守护神哦。"

裴枢凡没有接话，只是看着那段回忆，一言不发。

"原来我一直惧怕的那个'凶手'就是我自己啊……"

脸颊被轻轻托起，少女靓丽的容颜出现在了他的视野中。

"你、你想干什么？"那张精致的脸贴得这么近，裴枢凡根本一点心理准备都没有，他面红耳赤地僵在了原地。

"别忘了，我可是你的守护神哦，剩下的事情就交给我吧。"

少女将额头贴在他的额头上面。

在那一瞬间，裴枢凡只觉得眼前一黑，什么都感觉不到了。

与此同时，在火球之外。

叶由离似乎觉察到了异状，他出言警告众人向后退避。而火球散发的火焰仿佛不受控一般，开始向四周迅速地扩散开来。

——怎么回事？他的意识消失了。

叶由离心中疑惑。

可众人还未来得及躲避，就被迅速扩散开的火焰给吞噬进去了。

当叶由离再次睁开眼睛时，他惊讶地发现自己竟身处一个金色而又无声的世界，苏策和顾清弦不知道去了哪里，四周一片耀眼的光芒。

试图寻找出路的他，恍惚中看到在不远处的前方，仿佛有两个身影。他缓缓走近，看到昏迷的裴枢凡此时平躺在地上，面色苍白。在裴枢凡的身边，是一位清丽灵动的少女，身着红衣华服。一双和裴枢凡相似的，好看却不妩媚的丹凤眼，正温柔地注视着枕在她膝上的裴枢凡。

"裴……"叶由离话还未出口，少女就先发现了他。

少女朝叶由离这边微微侧头，眼睛看着他，脸上笑容依旧，朱唇轻启。

少女的话语清晰地传入了他的耳中。

只见年轻楼郎的表情从惊诧逐渐恢复了正常。然后，他像是听到了什么有意思的事情，之前紧闭的嘴角微微上扬，似是无奈浅笑。

"没办法，这次就算你欠我的人情吧……"

【9】涅槃

九黔阁内。

顾清弦和叶由离隔着桌子，大眼瞪小眼。

"叶兄，这是什么？"

"自己不会看吗，这是蛋。"

"胡说……这施阳上上下下的鸟蛋我都见过，哪有那么大的鸟蛋？"顾清弦觉得自己的智商受到了侮辱。

叶由离沉默，只投给他一记"是你太孤陋寡闻"的眼神，差点没把对方堵成内伤。

距离那件事之后，已经过了三天。

顾清弦醒来时，只发现他们所有人依旧躺在那个破旧的木屋里，没有火球存在的灼烧痕迹，之前发生的那些怪事，仿佛是一场隔世之梦。

在场的所有人都毫发无伤，除了裴枢凡——

自那之后，他一直昏迷不醒，平成王府上下这段时间都炸开了锅。顾清弦和苏策自然也为了这件事四处求医奔走，也偏偏在这个时候，叶由离突然消失不见了。

"那个没义气的家伙！"

每当顾清弦想起那个突然失踪的家伙，都会仰天长叹，抒发心中怨气。再加上裴枢凡依旧没有清醒的迹象，这让他感到更加挫败。

就在众人心如死灰之际，叶由离竟然回来了。

不仅如此，他还带回了一颗奇大无比的蛋。说它是蛋，顾清弦确实有些接受无能，它足足有人的小腿一般高，仿佛红玉一般的材质，从里面散发着柔和的微光，如同浮云絮雾在其中缓缓流动。此刻，它正躺在柔软的锦缎上，微光忽明忽暗，像是婴孩在睡梦中的呼吸。

在顾清弦看来，这个玩意儿只是有个蛋形而已。

"这可是凤凰的蛋。"一个熟悉的声音蓦地插入了两人的对话中。

顾清弦转过头，便看见夜迦陵不知何时，悄无声息地出现在门口，笑吟吟地看着他们。

"您怎么来了？"顾清弦有些不知所措地站起身。虽然先前叶由离告诉过他，在等客人，但顾清弦没有料到叶由离口中的客人竟然是夜迦陵。

"来这里当然是有所求……啊，对了，苏策正到处找你呢。"夜迦陵朝屋内走了进来，"枢凡醒了。"

对方给了这么好的一个"台阶"，顾清弦觉得自己不接下来，就实在太不识趣了。

"是吗，那我先告辞了，你们两位慢慢聊。"说完，顾清弦便匆匆起身，撒开步子朝外走。

一直目送到他的身影消失在视野尽头，夜迦陵才回过头，悠然坐在顾清弦之前的位子上。

"听说你有东西要给我？"

叶由离没有说话，只是冲着桌子上的凤凰蛋点了点头。

"这个？给我？"夜迦陵哭笑不得。

"我也是受人之托。与双主许下约定的人就是你吧。"叶由离斜眼看他，翡翠色的眸子精亮透彻，"我在火焰之中见到的那位红衣少女就是……"

"红槃。"夜迦陵饶有兴趣地点了点凤凰蛋的外壁，"双主本是兄妹，投生在裴家，顾及长幼的话，裴木兰应该就是哥哥炎涅的转世了。"

比起性别，长幼不是更重要吗？叶由离不禁在心里吐槽。

"'这件事你也有连带责任，觅江就拜托你了，所以请你好好负责把他养大吧。'以上，是红槃让我带给你的话。"

"咦？等等。"夜迦陵嘴角抽搐了几下，"凤凰这种麻烦玩意儿我可不想养啊。"

"这话去和本人说去，我只是个中间人。"叶由离面无表情，"凤凰本为灵鸟，择灵木而栖，对生存条件十分挑剔。与转世的双主不同，没有了火枫树，就相当失去了生命的根本，觅江一直停留在人世间，这些年生命力早已几近枯竭……他本身寿命已经耗尽，我给他致命一击其实是助他完成涅槃，不然的话，那样拖下去，他很可能就无法重生……但现在也不代表他情况稳定,还需要有人在旁边照看……"说着,叶由离看向夜迦陵,那眼神分明在说:那个人就是你。

"那天我还好心让戎黎去帮你……"夜迦陵慵懒地用手托着脸颊,凝视着那颗蛋,"你说我把这蛋煮了吃,然后再告诉红槊,她的小情人没有熬过去,死了。这样行得通吗?"

"!"

叶由离目光惊愕,面色僵硬。

"我开玩笑的啦。"

只见说话的人一脸恶作剧得逞的坏笑。

【尾声】

"啪嗒!"

一枚黑子稳稳地落在棋盘之上。落子者气定神闲地望向对方。一位炽羽华服的红发男子端坐在那儿,好看的眉眼微微蹙着,持白棋的手停在棋盘上空,踌躇不定。

"你输了。"

好心的提醒引来了第三者的不满,一旁穿着和男子相似服饰的妙龄少女不耐烦地回道:"哥哥还没有落子,你怎么就知道他输了。"

少女凤目红唇,容貌艳丽,虽然面露愠色,却是另一种独特的美,依旧令人赏心悦目。

她的兄长将手中棋子放回棋盒之中,无奈地笑了:"罢了,再怎么走都是无谓挣扎。我输得心服口服,是你赢了。"

"可是,哥哥……"少女不甘地望着他,声音渐渐微弱中止,随即转过头,怒瞪了面前人一眼。

"我们兄妹二人愿赌服输,会遵守和你之前的约定。"

"可是人间一点也不好玩,我不想……"少女嘟起嘴开始耍赖,却被兄长严厉的眼神瞪了回去。

"不过区区一百年而已,对公主来说,连小憩的时间都不止那么短吧。"

说话的男子,一头银发,一袭黑色长衫,嘴角上的浅笑宛如融化了冬雪的二月春意。就连身为素以美貌著称的凤族,两人也不得不承认,他长得极俊美,是那种即使不经意的一瞥,也能将目光牢牢拴住的人。

"恕我冒昧询问,"红发男子问,"你这样是为了……"

"为了一位故人。"对方缓缓答道。

卷四 · 冬雪

「落雪步」已终,少女遗世傲立,面朝北方。如同无人荒境中的仙子,清雅而孤独。

【1】冬元节

　　九黔阁外的街道上，寥无一人，就连树木都孤零寥落，伴随着寒风，不停地晃动。这是叶由离来到施阳后，经历的第一个寒冬，他蜷缩在软榻上，透过窗户打开的缝隙，瞄向外面的街道，不时地吸了吸自己微微泛红的鼻子。

　　真是没出息……

　　他心情郁闷地接过琅琊递来的热茶。

　　琅琊是一个自动人偶，是他在北疆的时候，从一个偃师手里买来的。这个人偶不仅会动，还尚有一些人的心智，于是叶由离便给它取了名字，还让它学了一些基本的医术。

　　他又想起当年在北疆待过的那些时日，心里不由得开始佩服自己那时候的勇气，在那种极寒恶劣的环境下，自己这脆弱的身板没有冻死真的算是奇迹了。

　　"你别一副阴沉的样子嘛。"顾清弦在一旁小心翼翼地对他说道，"大夫不是说了，只是普通的风寒感冒，安静地在家休养几天就好了。"

"我哪有一副阴沉的样子了。"叶由离瓮声瓮气地反驳。自己只是因为伤寒所带来的不适，心情有些差而已，"话说回来，你来我这里做什么？"

"没、没什么事……"

对方一副欲言又止的样子，可叶由离现在一点都没有和他兜圈子的心情："有话快说！"

"其实啊……本来想着，这几天冬元节想带你出去逛一逛，尤其是最后一天的祈雪仪式，很隆重的！"说到这里，顾清弦两眼发亮，却没有持续多久，"不过，看你现在的情况，肯定是没有办法去了……"

"咦，已经到冬元节了吗？"

叶由离有些失神地注视着杯中浮动的茶叶。不知不觉间，他待在东煌已有数月，许久之前，在那片风雪之中，与那个人约定，替他守护着眼前的这个人，可是……

叶由离用余光瞟了一眼面前的人，那么长时间过去了，却什么事都没有发生，真看不出到底会有谁想要害他。

就这几个月的观察来看，顾清弦属于"标准好人"的那一类，性格内敛温和，待人方面嘛，也是彬彬有礼，除了那个"白痴世子"之外，没见他对别人用过什么过激的言辞。平时装扮素雅，一副温润公子的形象，于人群中也不十分出挑，总而言之，就是寻常贵族家的普通公子。

非要说有什么特别的地方，应该就只有与他第一次见面时发现的，他拥有"非人缘"的特殊体质，但是拥有这种体质的人不在少数，应该不会招来杀身之祸才对，如果真是如此，这种特殊能力可是终生的，自己总不能保护他一辈子吧！

想到这里，叶由离又情不自禁地叹了口气。

"咦？叶兄，你别叹气啊，冬元节年年都有，明年我们还有机会呢。"顾清弦以为他是在因为参加不了冬元节而唉声叹气，急忙安慰。

"我没事……你怎么不去找五世子了？"

"他啊……他不愿意陪我一起了……"

对方的语气细如虫鸣，不过倒是给叶由离提了个醒。

前些时间，就在冬宫传出寒鸦来临的那日，桓阳王五世子就踏进了他的九黔阁。

"三年，三次啊……我陪着他整整连续去了三次！"苏策一副要向他血泪控诉的架势，"我今年说什么都不会陪他去了……你说他怎么这么不开窍？喜欢人家就直说嘛，平时又不是见不到，非要每年的这个时候，在寒风中站一整天看人家跳舞！"

之后的云云，叶由离也没有详细地听，无非就是顾清弦如何对"雪巫女"一见钟情的恋慕，又如何对人家暗自思念的坎坷情路。

"所以，"苏策突然一拍桌子，站起身，"老板，今年你就受累陪他去吧。"

叶由离早料到苏策会这么说，他一脸事不关己的态度，连看都没看苏策一眼。

"我为什么要答应你？"

也许是已经料到他会这么说，对方立马保证道："只要老板你答应我这一回，我欠你一个人情。以后有什么事尽管吩咐，怎么样？"

看苏策恭敬讨好的模样，就差上前给自己揉肩捶腿，叶由离仔细想了想，最终还是答应了。

但令他们俩谁都没有想到的是，在临近冬元祭的时候，叶由离竟然会突然生病。

"唉……"

这一次轮到顾清弦叹气："哥哥还有父母亲那天被邀请去平成王府，连宛珠也被带去了，唉唉……"

叶由离望着顾清弦一边唉声叹气，一边小声嘟囔，只觉得眼前的身影此刻看起来凄惨无比，他仿佛能看到被寒风裹挟的枯叶自顾清弦背后席卷而过。

明明比较惨的人是我才对吧。叶由离在心里小声嘀咕。

可苏策的人情对他还是有着一定诱惑力的,想到这儿,他微微轻咳一声:"那天……我陪你去吧。"

"真的?!"顾清弦的眼神里终于有了光彩,但又迅速暗淡了下去,"不行不行,你的身体还没有好。"

"这个你不用操心。"

顾清弦突然有些狐疑地打量着叶由离,在他看来,眼前的这个少年楪郎应该从来都没有做过赔本买卖才是,现在为什么……

"这么热情?"心中的疑问脱口而出,"叶兄,你今天有些不对劲啊。"

叶由离冲他翻了个白眼:"就当这段时间照顾我的谢礼,不想要就算了!"

"想要!"顾清弦的态度急忙一百八十度大转变,在他看来,这可是叶由离破天荒第一次主动开口帮他,这种机会实在难得。

突来的喜悦让他一时不知道该说些什么好,只能冲着叶由离不知所措地傻笑,不说一句话。

"没什么事了吧?"

"嗯。"

"没什么事就赶紧走。"叶由离有些不耐烦地催促着,他现在只想不被人打扰地好好睡一觉。

"那……你先好好休息,我就不打扰你养病了。"说完,顾清弦急忙起身,动作干净利落地朝门外走去,他可不想对方之后再反悔。

叶由离见他脚底像抹了油一样,瞬间便消失在自己的视野中,不禁轻出一口气。

随即,他抬起头,目光看向那片有些灰沉的天空,翡翠色的眼中水雾氤氲,深邃迷离,形成一幅肃穆睿智的剪影,看到这样的场面,不知道的人或许以为他在冥想什么令人深思的事情。

可事实上,他心里想的却是——

鼻子透不过气来真的好烦躁啊，明天让琅琊再多加点剂量吧……

【2】意外来客

叶由离不记得自己沉睡了多久，等他意识恢复的时候，只感觉一丝寒意突兀地出现在周遭的温暖之中。

他猛地睁开双眼，半开着的窗缝中，可以看到外面已经染成墨色的天空。顾清弦离开之后，他只觉得困意无法控制地向自己袭来，疾病令神经变得懒惰迟钝，不知不觉间，他已经任由自己的身体陷入温热的棉衾，眼皮也渐渐阖上了。

都已经这么晚了。

叶由离心里嘀咕着，轻轻地关上窗户，刚打算将门也上锁的时候，门外突然传来一阵清晰的敲门声。

就在他正困惑，这么晚了究竟是谁的时候，一个少女的声音接踵而至："请问……有人在吗？"

叶由离没有回答，不仅仅是因为他现在喉咙沙哑得厉害，另一个原因，就是心里的预感在告诉他——门外的那位，是一个麻烦。而现在已经这么晚了，他可不想惹什么麻烦上身，更何况他现在还生着病。

门外的少女似是察觉到了些什么，接着说道："失礼了，因为我看到刚刚这家的窗户阖上，想着里面的人应该还没有睡，所以想来叨扰一晚……有没有床都没有关系，只要能让我在这里待一个晚上，明天早上天一亮我就离开。拜托了……"

或许是被少女诚挚的语气打动，叶由离缓缓将门打开，半掩着，通过门缝，他看到一个妙龄少女站在门前。

少女披着水色的冬季斗篷，兜帽下是一张精致的面庞，额发被汗水浸湿贴在两鬓之上，朱唇轻启，口中喘出的热气在空气中凝结成白色的水雾。

"呀,原来是位小先生,请……咦?请等一下!"还没等她把话说完,面前的门又"啪"的一声关上了。

"你为什么又把门关上了?"

少女语气焦虑疑惑,可门内的叶由离却没有再打开门的意思。适才那个空隙,他就仔细地打量了少女一番,她的装扮并不贵气,但是衣服的材质却是贵族才用得起的高级货色。

想必是哪家出逃的小姐吧……叶由离暗自想着。

"小先生,你就让我进去吧,我保证不会给你添麻烦的,真的……"门外的声音突然中断,叶由离的神经突然紧绷起来。

——王都的晚上还是蛮危险的,即使是叶兄你,晚上也还是不要随处乱跑的好。

顾清弦告诫的话语在耳边回响。

叶由离踌躇再三,最后还是下定决心,小心翼翼地将门打开了一条缝隙,想查看一下门外的情况,却冷不防被门外伸进的一双苍白的手吓了一跳。等他想再次把门关上时,已经来不及了,一道水色的身影从外面挤了进来。

"你总得听人家把话说完啊。"少女颠覆之前叶由离对她的柔弱印象,双手大开地撑着门。

眼前这个少女的力气有些出乎叶由离的预料,又或许是身体抱恙的缘故,一时间他竟也无法将门关上,双方就这样在门口僵持着。

"这么晚了,你一个姑娘家在外面,我怎么确定你不是小偷强盗之流,或者……妖魔鬼怪之类的?"叶由离感觉手臂发软,终于开口说道。

"这个我以我的人格保证,我不是小偷强盗,更不是妖怪……我只是一个从家里偷偷跑出来,需要被收留一晚的弱女子而已。"少女冲他甜美微笑,企图用这个笑容来打动面前的人。

然而叶由离根本不吃这一套,按在门上的双手反而更加用力了:"那就恕我更加无法收留你了。"

"为什么？"

少女神色慌张起来，她没有料想到会起反效果。

如果正如叶由离之前所想，这个少女是哪家王公贵族的小姐，对于他来说，那可是比妖魔还要棘手的麻烦。

"你还是找别处吧。"

"我真的是找不到别的地方了……就一晚……天一亮我就出发去玄冥山了，绝对不会跟你添麻烦的，我保证……"

少女一时间手足无措，没有注意到手下的力道突然消失了。她的身体顿时失去了平衡，跌向屋内。

"你要去玄冥山？"

头顶响起一个瓮声瓮气的声音。她抬起头，视线里被一团棉衾包裹住的，是一张略带惊讶的脸。

那张面孔的主人仿佛要确认一番似的，又问了一遍："你要去玄冥山？"

"对，有什么问题吗？"

眼前的少年像是听到了什么很好笑的事情，难以抑制地大笑起来。

"你……什么意思？"少女脸色潮红，开始语无伦次，"很……好笑吗？"

"从某种意义上来说，的确挺好笑的。"叶由离又恢复平常那副嘴角带笑的模样，垂眼仔细打量了少女一番，"我先确认一下……你说的那个玄冥山，就是那个极北之地，北疆以北方向的那个地方吗？"

"没错。"

"这位小姐，你知道那里离施阳有多远吗？"

"我知道，走的话……大概一辈子都走不到吧。"少女回答道，"我当然没有那么傻，我知道一条去那儿的捷径。"

"哦？"叶由离挑了挑眉毛，似乎对少女的话产生了兴趣，"捷径？"

"对啊，别人告诉我的，一条隐秘的捷径。"少女的语气里多了几分炫耀，也瞬间意识到自己说得太多。

"呀，跟你说这么多干吗，总而言之，很感谢你收留我一晚，等我从那里回来，一定会好好报答你的。"

"我可还没有答应。"

"那你把我放进来干吗？"

"你想在这里待一晚可以，不过是有条件的。"

"什么条件？"

叶由离用他那特有的商人视线在屋内漫无目的地游走——他在思考着条件，如果被顾清弦看到他这个样子，一定又会当场嫌弃他贪图便宜，不过这位少年榡郎倒是并不在意别人的看法。

叶由离思忖了一会儿，开口说道："也没有什么特别的要求，我只希望姑娘能带上我。"

"带上你？"少女难以置信地看着他，"不行！"

对于一个刚见面不到一刻钟的人，并且还提出这样的要求，她本能地拒绝了。

"玄冥山又不是人人都能去的地方，再说，我跟你又不熟……"她的神情变得警惕，"算了，既然你不愿意让我待在这里，那我还是离开吧。"

"姑娘怕是误会了什么。"叶由离轻声说道，却看不出挽留的意思，"我只是作为一个榡郎，对未知的地方感到好奇罢了。"

"你是榡郎？"少女闻言驻足，"那你一定去过很多地方了？"

"算是吧，毕竟榡郎就是以云游四方，以天下万物为客来谋生的。"

她在内心犹豫着，眼前的这个少年看起来比自己还要柔弱，自己也许能够控制得了他，更何况要去玄冥山可能还会需要他的帮助……

"小先生，我可以考虑带上你。"少女缓缓对叶由离说道，"但是你要答应我，到了那里之后你只能在入口处待着，不能进去……我想你应该明白，那里可是神明住的地方，是外人不可侵犯的。"

"明白。不过，我可以问一句，你为什么要去玄冥山吗？"

"这是我自己的事情，与你无关。"

见她马上又警惕起来的样子，叶由离也不打算再问了。他其实并不在乎她到底想去干什么，只是自己的好奇心在作祟——本身有人要去玄冥山的这件事，就已经足够令他好奇了。

那是存在于东煌人的传说里的地方，传说在遥远的北方，有一座与天齐高的玄冥山，山顶上住着司雪之神。而冬元节则与这位雪神有着很深的渊源，相传这位神明掌控着东煌的冬季，他以寒鸦为信使，为这里降下第一场初雪，带来冬天，之后又以春蜂鸟的啼叫告知人们春天的来临。

这位少女要去玄冥山的目的，叶由离的心里也多少了解，肯定与这位雪神有着或多或少的关系。

"对了，还未请教小先生的名字呢？"

"叶由离。"

"我可以称呼你为叶兄吧？"少女对叶由离微微一笑，"我叫水镜……有个问题想先请教一下先生。"

"什么问题？"

水镜透过窗子指向月亮下一座挺立的山峰。

"你知道那个地方怎么走吗？"

【3】巫女神乐

叶由离现在很后悔。

正所谓"好奇心害死猫"啊，叶由离，你真是不长记性！

他在心里默默地责备自己。

他和水镜踏上旅途已经整整两天，自己已经不知道距离施阳城多远，眼中的景色尽是四周沉寂的灰色树林。而那座峻峭的山峰，在赶了两天的路程之后，叶由离才觉得它稍稍近了那么一点。

"这座山的确挺远的，但是你不会把它当作玄冥山了吧？"

两人围坐在刚燃起的篝火旁边，叶由离吸了吸鼻子。身为病人，原本应该卧床休息的他，因为这两天在风雪中赶路，风寒似乎又加重了。

"我当然知道它不是。"水镜白了他一眼，"但是我所说的捷径，就在这座山里。"

"你确定？"

"当然！他是绝对不会骗我的。"

"他？"

"我一个很重要的朋友。"

水镜有些落寞地凝视着窜动的火焰。

"他是不会骗我的。"

"这么相信他的话，为什么不让他陪你一起来？"

无意的疑问，触碰到了水镜脑海深处那根敏感的神经。

"我就是为了去找他啊……"水镜用叶由离听不到的声音轻声低语，她的思绪仿佛也顺应着，回溯到了那个冬日……

"听说这一任'雪巫女'要选后继者了呢。"

"这么快？！这样的话，不出两年，冬元祭上就会出现新的雪巫女了吧。"

"可是，候选巫女中有合适的人选吗？"

"哎……真是令人担忧呢。"

失落，不甘心，却又无可奈何。年仅十二岁的水镜站在屏风外偷听着，伫立许久，她们说的没有错，可自己还是心中不甘。

明明她都已经这么努力了，为什么还是不行？

对于从小就在冬宫长大的她来说，成为雪巫女自然成了她的目标、她的一切。

在她心中，仿佛达成了这个愿望，自己就可以偿还巫女和大家对她的养育之情。

可她却始终不够，无论是从周围人的谈论，还是巫女眼中的眼神，虽然含蓄，但她还是能够读懂其中的含义，想成为雪巫女，自己还远远不够。

——水镜，你的舞步已经很精准了，但是……要感动神明，降下瑞雪，还不够……

她的老师，也就是现任巫女曾这样对她说过，但她却不明白其中的意义。

每年冬元节的最后一天，雪巫女都会在冬宫的祭台上为冬日之神献上舞蹈，而每一次舞蹈，都会伴随天上飘零落下的初雪，这也是这套舞步被称为"落雪步"的原因。

虽然她已经将每一步都跳得很到位，但是从这套舞蹈的意义上看，她却一次都没有成功过。

哪怕只有一次，哪怕只让我成功一次也行……她祈愿着，而仿佛是在回应她的愿望，那个人便出现在了她的世界里。

她还记得，当时她依旧在锲而不舍地练习，舞步已然烂熟于心，每一次，每一次只是重复之前的动作而已，自己心里也十分清楚。但是，就在那一次，空中飘落下了雪花，伴随着她舞蹈的落幕。

"雪？我成功了！"

就在她想要激动地喊出来的时候，一个唐突的声音出现在她的身后。

"不就是一点雪嘛，至于那么激动？"

水镜被突如其来的声音吓了一跳，她转过身看到一个白衣青年从树后探出身来，笑眯眯地望着她。

"你是谁？"

"我是谁？这你都不知道啊。"男子从树后走了出来，故弄玄虚地走近她，"给你个提示，我从玄冥山来。"

"你是……"水镜突然眼睛一亮,"司雪之神?!"

"也是,也不是。"男子不以为然地说道,"'司雪之神'只是你们给我起的称呼罢了。"

眼前的这个男人,一袭白衣,就连头发都是无垢的银白色,和水镜心里雪神的形象十分吻合。

"你真的是雪神……不过,你……您为什么出现在这儿?"

"无聊下来走走,刚巧这几天是施阳的冬元祭,就过来看看。"男子神情泰然自若,再看向她时,嘴角露出一丝浅笑,"看你刚才一脸忧郁的样子,有什么需要我帮忙的吗?"

"水镜?"

轻轻搭放在肩上的手掌让她猛然回过神来。

"不……不好意思,刚才说到哪儿了?"

"我是问你,为什么你朋友不跟你一起来……算了,都走到这里了,再说这些也无济于事。"叶由离又走到篝火的对面坐下,随手从怀中掏出一枚药丸服下。

"那是什么?"

"普通药丸,治疗风寒的。"叶由离稍稍向篝火的方向移动,"冬元的最后一天我可要赶回去陪朋友看巫女神乐呢,到时候要是还在生病可就麻烦了。"

闻言,水镜用斗篷紧紧地裹住了身子,沉默良久才开口问道:"叶兄是第一次参加施阳的冬元节?"

"是啊……不过很久以前就听朋友提起过。"

——很神奇的节日啊,每年冬天来临之际,都会有一群寒鸦从北方飞来,而其中的一只会降落在冬宫的青铜祭台上。那之后的七天,便是施阳冬季最盛大的节日,冬元节了……不过也有一些人喜欢称呼它为冬元祭,因为在节日的最后一天,在城北尽头冬宫的祭台上,会举行隆重的祈雪仪式——巫女神乐，施阳城的人们都会去看，那可是这场盛会的高潮啊，雪巫女会在那里为冬日之神祭献舞蹈，更神奇的是，每一次的舞蹈都会伴随着飘雪落下帷幕……你长大了，一定要去看一看啊……

叶由离回想着。这段别人口述而来的节日盛景，他一直保留在记忆的深处。

"对不起，本来你应该留在城里享受冬元节的。"对面的少女带着歉意说道。

"这不是你的错，是我执意要求的。"叶由离看着水镜将头深深地埋在臂弯里，看不见她的表情。

"叶兄……你觉得那座山上会有神明吗？"水镜沉闷的声音从臂弯里传出来。

一时间不知道怎么回答，叶由离只好给出一个模棱两可的回答："不清楚，不过既然那么多人相信，或许真的有吧。"

作为一个真正与那些被称为"神"的存在面对面过的人，叶由离当然不能简单地告诉水镜，他们真的存在。

——毕竟，我和他们见过面啊。

这种理由，在别人听来，一定会觉得他脑子坏掉了。

"怎么？你去那里难道不是为了……"叶由离没有继续往下说。他心里突然油然而生一种奇怪的感觉，冥冥之中，事情似乎已经朝向比表面上看起来要复杂的方向发展了。

他微眯起眼睛思索了半晌，才询问水镜："你去玄冥山并不是为了见雪神……"

他隔着火焰看着她，火光在翡翠色的眸子里映出了美丽的金色。

"你是去找谁？"

"我之前说过，我去干什么，找谁跟你没有关系。"少女的语气开始变冷，在叶由离看来，她似乎很排斥谈论这个话题，"到时候你只要在入口处等我就行了。"

叶由离原本还想再问水镜些别的事情，可水镜现在却一点都没有想要跟他说话的心情，她背对着他，歪倒在地面铺好的草席上。

"早些休息吧，明天我们还要赶路。"

说完这句话之后，便没了声响。

夜空下，叶由离一个人无言地盯着跳跃的火丛……

【4】阿雪

"原来你想当雪巫女？"阿雪挑了挑眉毛，"这有什么难的？"

"你别这么大声！小心被别人听了去。"十二岁的水镜倒像一个小大人一样，眼神责备地看着眼前的白衣男子。作为一个神明来说，他的态度比水镜想象中的要随便许多。他让她称呼他为"阿雪"，只因为被别人称呼"雪神大人"，他会觉得很羞耻。

"我还是不要你帮我了。有雪神帮忙总觉得像在作弊……"水镜犹豫着，"不过……你可以给我一些提点。"

"提点啊……"阿雪眼睛转动了几下，"这个你拿着。"说完，他的手中变出了一串晶莹如冰的石头。

"祈雪仪式的时候戴着它，然后……在舞蹈结束的时候你一定要面向北边的方向。"

"这样就行了？"

"对呀。"阿雪像是极力地在脑海中搜寻着什么，"如果你觉得不够，朝那个方向抛两个媚眼也行。"

"我可是认真的！"听到对方话里的玩笑，水镜有些生气地问他，"你到底想不想帮我？"

阿雪将手串戴在她的手上："听我的就是，剩下的你就不用管了。"

也许是命运之神眷顾了水镜，当年的冬元节，现任的雪巫女因扭伤了脚踝，无法进行祈雪仪式，按照惯例，必须从三位候选巫女中挑选出一位来代替她。

在选拔的现场，每一位候选巫女都会在冬宫的祭司大人面前跳一遍"落雪步"，由祭祀大人来决定谁来代替雪巫女来登上今年冬元节的祭台。在水镜看来，三人当日的表现不相伯仲，可只有在她跳完的时候，冬宫祭司的眼神发生了变化，他对着她的老师耳语了几句。就这样，水镜成功地代替自己的老师完成了当年的祈雪仪式，顺理成章地，她也如愿地成了下一任雪巫女。

"怎么样？"水镜从祭台上走下来，第一眼就看到独自躲在角落里的阿雪，她的脸因为刚才剧烈运动而变得红润，情绪也十分兴奋。

"很完美。"阿雪冲她微笑着，"辛苦了。"

听到他这么说，少女满足地晃动着脑袋，说道："有你这句话就足够了。"

阿雪露出有些奇怪的表情："这句话不应该是跟你老师说的吗？"

"老师的答案……她的眼神就告诉我了。再说……"少女背对着他蹦蹦跳跳地在前面走着，突然她停下了脚步，回眸看了阿雪一眼，"这舞本来不就是为你而跳的吗？"

"你说的捷径入口在哪儿？"

叶由离全身已经包裹得只剩下半张脸暴露在外。尽管这次出行做了万全的保暖准备，但他还是能感受到脚底传来的沁沁寒意。他们现在已经抵达了那座无名山峰的山脚下，尽管这里与北疆还相距很远，但这里已经是常年白雪皑皑，现在的雪层已经没过了人的脚踝。

再往前走，或许会更严重吧……叶由离担忧地想着。

"就在山腰的那个部位，"水镜抬手向上指，"那里有一处洞穴。"

"我们抓紧时间上去吧，等到了傍晚，风雪一大，就上不去了。"还未等叶由离答话，水镜就已经迈步向前走了。她的心绪从到达山脚的那一刻就开始无法平静下来。

——他对自己说的那句话究竟是什么意思？为什么要一声不响地离开？她一定要当面问清楚！

在那之后的三年，阿雪都会与寒鸦一同到来，在冬元节结束的时候离去。每一次，他都会站在同一个角落里，静静地观赏着祈雪仪式。渐渐地，水镜克服了紧张，不会再因为内心慌乱而在祭台上用目光去找寻他的身影，身后的视线给了她迈出每一步的勇气。

所有的一切，都完美地进行着，她如愿成了施阳人民心中憧憬的雪巫女，祈雪仪式对于她来说，也逐渐变得游刃有余，"落雪步"变得更像是一场忘我的表演。

逐渐地，不知从什么时候开始，冬元节变成了水镜一年中最开心的日子，一年中最期待的日子。

虽然仅仅只是在祭台上望着那道白色身影，她也很满足。因为在内心深处，她觉得，那才是自己这一年真正等待的东西。

然而，今年的冬元节，却与以前不一样了。

寒鸦飞入冬宫的那日，阿雪虽然如期地出现在她的面前，却带着一脸冷色。她还未来得及问清缘由，对方只留下一句："你已经不再需要我了，我们以后不要再见面。"

之后，便化作一团细雪，消失在空气之中。

水镜起初还以为这是他跟自己开的另一个玩笑，可是过了许久，阿雪的身影也没有再次出现。

那种熟悉的手足无措感，毫无防备地再次敲打着水镜许久以来建立起的信心，伫立在祭台上的她，像一只还未习惯离开母亲羽翼之下的雏鸟。此刻，她才幡然醒悟，原来自己之前的信心，是完全来自于角落里那双静静注视的眼。

而现在，她还没有做好失去那个视线的准备……

【5】重逢

周围晶莹剔透的洞壁发出幽蓝色的暗光,空气中弥漫着彻骨的冷气,洞穴的深处一片漆黑,反复把外面透进来的光也给吞噬了。

"你确定是这里?"跟在水镜身后观察了这个洞穴许久之后,叶由离终于忍不住发问。无论是从肉眼,还是从感知上,他都在这个洞穴里找不到任何通道的痕迹。

"应该就是这里……"

水镜回答,但能听得出她声音里的底气不足。

两人终于走到了尽头,仿佛进入了一个透明的空间,四周都被幽蓝色寒冰包围着。可是这里除了寒冰之外,也没有什么其他的东西了,更没有水镜所说的通往玄冥山的捷径入口。

"奇怪……不应该啊……"水镜小声嘀咕着,但声音还是经过洞壁的回声,传进了叶由离的耳朵里。

碰到这样的结果,他也并没有太过惊讶。倒是,如果真的在这个洞穴里找到通往玄冥山的捷径,他可能就会惊奇地瞪大眼睛,对眼前的这个少女刮目相看了。

"我们回去吧。"叶由离轻声说着,可他却看到前方的身影微微摇头。

"他说过,只要来到这里,就能够找到他的……"水镜从怀中掏出那串手钏,眼神落寞地看着,"他难道真的不愿意再看到我了吗?"

"我们走吧,这里不安全。"

叶由离话音刚落,水镜手中的手钏突然发出一道耀眼的光芒,而就在此时,两人脚下的冰面开始出现无数道裂痕。

叶由离这才发觉,他们是站在一块冰壳之上,下面是深不见底的无尽深渊。

——这样掉下去可就麻烦了!

叶由离心中一紧,刚想拉上水镜从这里逃出去,抬头却看见她脚下的冰壳已经完全裂开了。

眼看着水镜马上就要和脚下的冰块一起坠落下去,叶由离突然觉得眼前一花,仿佛有一道白色的影子一闪而过。然后,他感觉到自己的脚下也瞬间失去了支持,失重感随之而来,可是却没有持续多久,他的身子就陷进了一张巨大的白色网中,水镜也坠落在离他不远的地方。

"我不是说过,我们以后不要再见面了吗?你到底有没有认真听人说话。"

听到那个熟悉的声音,水镜急忙挣扎地坐起身。

叶由离看到两人面前的正前方,一个白衣白发的青年静静地倚靠在网上。

"少来,那你当初就不应该把你住在哪儿告诉我!"少女在网中因为失去重心,摇摇晃晃的,但还是不忘冲对方举起拳头,表示抗议。

看到少女的反应,叶由离已经确认,眼前的这个青年应该就是她口中的那个"朋友"了。不过……

——真是个奇怪的朋友……

"快跟我回去!再过一天就是祈雪仪式了。我们要在那之前赶回去!"水镜语气急切。

"不要。"白衣青年就像是一个闹脾气的小女孩,将头扭向一边,"你已经不需要我的帮助了,还是自己回去吧。"

"开玩笑,我千辛万苦找到这里来,你让我自己一个人回去?"

水镜情绪激动,看那副架势,如果不是在这片网里连站都站不稳,她估计就要扑上去揍他一顿了吧。

"我还有些账没跟你算完呢,首先就是你骗我的这笔账,这里根本就没有什么去玄冥山的入口!"

白衣青年仿佛没有听到她的话,又重复说道:"你回去吧。"

"不行！你要跟我说清楚，为什么不告而别？不弄清楚之前，我是不会走的。"水镜生气地冲他喊着。

叶由离观察到青年的脸色起了变化，之前还嘴角带笑的面孔逐渐阴沉了下来。

"既然你不想走，那就永远留在这里吧。"

"什么？"水镜惊诧地望着他。

"我知道你还没有准备好，事实上，离开了我，你永远都准备不好。"

"你到底在说什么？"

眼前的阿雪突然变得陌生，陌生得甚至可怕。

"不要做雪巫女了，留下吧。"

伴随着阿雪的声音，白色的网上分离出无数细线一般的触手渐渐缠困住水镜。就在白色触手快要将少女层层包裹住的时候，叶由离突然出现，伸手一把扯断了她身上的白色触手。

"不好意思，打断了你们的谈话。不过你们好像忘了，这里可不仅仅只有你们两个人啊……"

"竟然能一把扯断那些触手……"阿雪冷哼一声，"看来你也不是普通人，是她找来的帮手吗？"

"并不是。"叶由离冲他微微一笑，"我只是一个好奇要如何去玄冥山的路人而已……原本以为水镜姑娘知道的，但现在看来好像搞错了什么……"

叶由离完全不看气氛地继续说道："这条路是阁下告诉她的？虽然不知道哪里出了差错……能否劳烦阁下，再把正确的路说一遍呢？"

面前的人冷冷望着他，过了很久才缓缓开口："我怎么知道……"

阿雪的眼睛与水镜对视着，空洞的声音在冰穴中回荡："我怎么知道，我又不是住在那里的雪神。"

【6】谎言

水镜的瞳孔微微扩散,她感觉自己像是溺在了一汪池水之中。周遭的声音变得模糊,仿佛在千里之外。

只有一句话,穿过了水面,毫无阻碍,清楚地在她的耳边回响。

——我又不是住在那里的雪神。

这句话无情地打碎了这三年来所有的美好时光,现在的她,只觉得自己活在了一个巨大的谎言之中。

——可是你能去责怪谁呢?水镜,你心里不是早就有所察觉了吗……

没错,她曾经怀疑过。

对方不经意间露出的蛛丝马迹,或许自己仔细地调查一下,都会让他原形毕露,但她不愿意,也不想去搞明白,不想去破坏那段美好的过往,即使它只是一片虚幻的泡沫。

但是现在,因为他的这句话,他们之间那层微妙的薄膜被戳破,反倒是她变得惊惶无措起来。

"这不关你的事!"白衣男子眼神冷漠地注视着叶由离,"你可以离开。"

"让我丢下一个弱女子……"叶由离依旧微笑,"恐怕我做不到。"

"如果你不走,那我只好把你扔下去了。"

面前人的威胁并没有吓到叶由离,只见他用身子挡在水镜的前面。

"我虽然与阁下不熟,但是我还是想说一句……阁下用这种把人引来的做法,不觉得有些卑鄙吗?"

"你什么意思?"

"阁下如果真的想离开水镜姑娘,大可以直接消失……可你为什么还要告诉她如何找到自己的方法?"

"我并不觉得这种做法卑鄙。"阿雪语气不屑,却没有否认。

他的话让叶由离身后的身影有了反应。

"你……在引我来？"

美丽的伪装外壳下，是一层层丑陋而又令人生厌的现实……

目光触到那抹受伤的眼神，阿雪无奈地叹了口气："我不会伤害你的，你只要乖乖待在这里就行。"

"为什么？"水镜第一次用愤怒的眼神看向他，"为什么针对我？"

"并不是针对你……我可以告诉你真相。"阿雪的表情突然变得忧伤，"你有权利知道，但……可能你不会喜欢。"

"你就直说吧！你为什么要把我囚禁在这里？"

对于真相，一开始他就没有隐瞒的企图。所以，如果她开口要求，他是不会对她隐瞒什么的。可他还是不希望伤害到眼前这个女孩，尽管有着自己的目的，可她是他的朋友，虽然相处的时日很短，但他心里早已经是这么觉得了。

此时，阿雪的目光与她交汇，他沉默了一阵之后，缓缓说道："为了阻止冬元祭的进行。"

他停顿了一下，或许是觉得这样说有欠妥当，又改口说道："阻止镇魂仪式的进行。"

【7】镇魂仪式

"镇魂仪式？那是什么东西？"水镜第一次听到这个陌生的词语，就连叶由离听完，也不由得皱起眉头。

"你眼中的祈雪仪式并不是你想象中的那样……它有着另外的用处。"

"镇魂……"

这两个字喃喃从阿雪的口中吐出，如同幽灵一般紧紧地扼住水镜的喉咙，让她说不出话来，

"你一直都处于王室的骗局之中。"

"我不明白。"叶由离出言打断了他,"为什么王室要隐瞒真相?"

"很简单,因为他们不想让外人知道被镇魂的东西。"

——可那得是多么危险的东西,需要像这样隐藏……叶由离眉头间的阴云又加重了。

镇魂,即是封印。冬元节的存在意义并不是想象中的那么简单,而"落雪步"也不是为了祈雪而是为了镇魂的舞蹈。所有的一切,都是掩盖真相的一场骗局。

"加固冬宫的封印……"空洞的声音再一次在冰雪中回荡,"这就是冬元祭的真正目的。"

真相之外的伪装开始脱落,渐渐露出其中的本质。

"你难道就没有怀疑过选拔雪巫女的标准,单单只是一套'落雪步'的话,无论是谁,只要稍加练习,都能跳得出来。"

——要感动神明,降下瑞雪,你还不够……

"感动神明?降下瑞雪?"阿雪轻蔑地笑着,不以为然,"这种美好的伪装的确蛮有说服力的。可天气这种事情,从来都不是人类能够掌控得了的。"

"你是说……"

叶由离听出了他话中意味。

"寒鸦过后的第七天,是一定会降下初雪的,这跟祈雪仪式并没有什么因果联系……冬宫的那些人只是利用了这一点做幌子,来达成他们想要的目的。"

阿雪注视着仍处在一片恍惚之中的水镜:"现在你总该明白,你到底哪一点还不够了吧。"

水镜无法反驳,如果他说的都是真的,那自己的确缺了一样很关键的东西——法力。

这样一想,所有的一切都变得简单起来,"落雪步"的确谁都能够学会,但是并不是谁都具有"镇魂"的力量。想到这里,水镜似乎想起了什么,她拿出那串手钏,怔怔地望着他:"难道说这个是为了……"

"那串冰石上蕴含着很强大的力量。"叶由离看着她,"恐怕……"

"为了弥补你先天欠缺的力量,我只有这么做。"

水镜想起了选拔那天祭司大人看她的异样眼神,他看中的,是她身上与另外两人不同的、源源而出的力量,可好笑的是,那力量却不属于她自己。

"所以,你帮助我成为雪巫女,只是在利用……就是为了这一天……"

"祈雪仪式会变得怎么样?"少女突然问了一句。

"培养下一任雪巫女最少需要三年的时间,这三年内仪式恐怕会消失吧……你也不可能回去了,错过了镇魂仪式,回去了也只会被处死。"

"你这样做有什么目的?"叶由离扶着水镜备受打击而摇摇欲坠的身体,"是为了复仇吗?还是……纯粹为了兴趣?"

"只是简单地帮一个朋友。"面前的白衣男子轻描淡写地说道。

"朋友?难道水镜姑娘不是你的朋友吗?你为什么要这样对她?"

面对叶由离的质问,对方默然。

他用只有自己才听得见的音量小声开口,似是在自言自语:"所以刚才让你们离开,就应该老老实实离开才对啊,笨蛋……"

【8】逃生

"够了!"叶由离扶起水镜,"虽然听你说了这些……但我还是要带水镜姑娘回去。"

"我不是说了,你可以离开,但是她要留下。"

"不,我们要一起离开。"

阿雪有些不耐烦地皱了皱眉:"看样子你应该是那种比较灵活世故

的人，怎么那么死脑筋。"

话音刚落，两人的四周突然出现了比之前数量多几倍的白色触手。为了防止之前的事情再次发生，叶由离的四肢首先被控制住了，然后，白色触手迅速地将他包裹起来，形成了一个白色的"茧"。

"叶兄！"水镜在外面慌张地呼唤，双手在"茧"上不停地摸索，"叶兄，你有听到我说话吗？"

可"茧"中人却没有半点反应。

"叶兄！叶由离！"

少女情急之下，喊出了叶由离的名字。没想到，竟引起了对面人的注意……

"叶由离……"

阿雪轻念着这个名字，之后便稳稳抬手，"茧"上的白色触手竟散去了一部分，露出叶由离因呼吸困难而通红的脸颊。

"你叫叶由离？"看到少年的脸，阿雪立刻询问。

"是我，怎么了？"叶由离喘着粗气，表情困惑，他还不明白到底发生了什么。

"那就好办了。"阿雪笑眯眯地看着他。

"你什么意思？"

"我是说，既然我们都在帮同一个人，干吗要在这里自相残杀。"他说道，"我现在可以放你离开，去保护你应该保护的人，而你也不要插手我的事。"

叶由离逐渐明白他话中的意思。

可是另一个疑惑又出现在他的脑海中，那个人需要封印做什么？

"你在削弱封印……他要封印里的东西做什么？"

"这我可不知道。"阿雪摊了摊手，"他这个人从来不跟别人解释自己行为的缘由。不过……作为同僚，封印里的东西，我可以给你个提示。"

"什么？"

"赤楚剑。"

双方陷入一片沉寂，叶由离当然知道赤楚剑是什么，但他不敢相信，这种传说中的东西竟然真的存在，而且就在施阳。

"不行。"

"你说什么？"

"我说不行。"叶由离望着他语气坚决，"封印你不能动，它既然在那里就一定有它的原因，施阳城里有我要保护的人，我不能冒这个险。"

"没有商量的余地？"

"没有。"

"那就是谈判破裂咯。"

阿雪的眼睛中闪过一丝危险的气息。

就在此时，叶由离突然挣开了束缚，双手恢复自由后，他瞬间将手上一个黑色的物体向对方掷了过去，一切都发生得异常迅速，等到另外两人看清楚时，一把漆黑的匕首已经插在阿雪的胸膛之上。

"啊！"水镜惊恐地捂着嘴巴，身体微微颤抖。她看着面前的人眼中的生气迅速流失，他瘫倒了下来，身体在接触网面的那一瞬间，被撞碎成细碎的冰晶，散落进身下的深渊中。

"他……死了？"过了半晌，水镜才怔怔地问道。

"没有，那只是他的替身，他……逃跑了……"

叶由离也有点不太确定，明明这种情况下，对方占据着优势，为什么就这样走了呢？

可现状却不允许他思考太多，白色的巨网因为主人的消失而渐渐剥落，眼看就要支撑不下去了。

叶由离迅速地带着水镜撤离了洞穴。

【9】落雪步

两人返回到施阳的时候，已经是冬元节的最后一天。

这几天里整个冬宫都在为水镜失踪的事情，急得像热锅上的蚂蚁。整个麒骑六卫都被派了出去，可是临近祈雪仪式也不见半点进展，就在众人都已经绝望之际，他们的雪巫女却安然无恙地，突然出现在他们面前。

而叶由离，虽然他的风寒因为这几天风餐露宿没有好转，但他还是陪着顾清弦参加了祈雪仪式。

冬元节的最后一晚，施阳城北的青铜祭坛周围围满了群众，宏伟祭台上，一个玲珑娇小的身影静静伫立在那里，雪白的衣袖随着微风飘动。

当鼓点的第一声响起，少女的身体便开始舞动。

"落雪步"被她表现得淋漓尽致，修长洁白的纱袖随着身体动作而飞舞着，每一颦一动，仿佛都在诉说着故事，赏心悦目。

她的手上仍戴着那串冰石，少女舞动旋转之际，叶由离能看到它散发出的光亮。

他曾经劝过水镜把它丢掉，但是水镜拒绝了。

"即使他这样对你，你还是选择相信他？"

"有什么关系呢，反正我一直都生活在虚假的表象之中。"水镜抚摸着石头，"但那段日子的确是我最快乐的时候……所以，这个东西我要留着，哪怕那些全是假象……"

"这次没有成功，他下次一定还会来的。"

"正好，下一次我可不会这么狼狈了。"她扬了扬拳头，"下次见面一定要揍扁他。"

"从刚才就一副惊吓过度的样子，你是从哪里来的勇气，说要下次揍扁他的？"叶由离无语地看着她。

"没办法呀，因为还有好多话没有跟他说，不振作起来的话可不行……"

叶由离望着舞台上起舞的倩影。

的确，这件事他心里也留了无数疑惑，仿佛在他刚要触碰到真相的内核时，它又突然消失在自己的面前。他心里有种预感，自己还会见到那个叫阿雪的男子。但下次见面，他可不是和水镜一样为了叙旧，下一次，他要……

叶由离的思绪被人群中突起的一阵惊呼打断，青铜台上，巫女起舞着，正在演绎着"落雪步"最精彩，也是最后的部分。

突然，他感到额头一凉，抬起头，黑色的夜空中不知何时竟布满了白色的雪花。

更神奇的是，每一次的舞蹈都会伴随着飘雪落下帷幕……

这句话，毫无预兆地再次出现在叶由离的脑海中。他又望向祭台，"落雪步"已终，少女维持着最后的动作，面朝着北方。由动回静，雪白的衣袖依旧随着微风飘动，身影肃穆而优雅。

"舞台上和现实中真是判若两人啊……"看到此景，叶由离不禁感叹一声。

"什么现实中？"

叶由离这才想到自己身旁还有一个人，心中暗叫不好。

"没什么。"

"不，你绝对说了。"顾清弦紧抓不放，"你怎么知道她舞台上与现实中不一样？叶兄，你私下见过她吗？"

"啊……咳咳，好冷啊，我的感冒好像更严重了，顾公子，我先回去了啊……"

叶由离逃跑似的离开了现场，可顾清弦不可能放弃这难得的机会，他紧紧地追了上去。

"你在逃避我的问题，你们俩绝对见过面！你就说一说吧，你们怎么认识的？巫女她人怎么样？哎，你们到底怎么认识的啊……"

这一前一后的两人消失在人群之中，在他们原本的位置，又出现了一个身影。

黑色斗篷下，是宛如月亮光辉般的银发，还有那双一红一金的异色眸子，从刚才开始就一直目不转睛地注视着离开的两人。

"主人，封印安然无恙。"一个说话声凭空出现，却看不见说话者身处何处。

"看来，是有人按捺不住了。"夜迦陵眯起眼睛，将目光移到了青铜祭台之上，"以后他们的日子，可太平不了咯。"

"需要我去查一下吗？"那个声音继续说道。

"不用，现在主动权在我们手上。更何况……他们在暗，我们在明，擅自行动，失去了主动权，就不好玩了。"夜迦陵伸手接住空中飘落下来的一片雪花，"就让他们再活跃一下吧……迟早会露出马脚的，毕竟我们有他们想要的一切东西。"

【尾声】

不知是北地的什么地方，四周白雪皑皑，目光所及之处，全是相似的雪色。在这种人迹罕至的地方，却有一个男人独自站在山峰一块凸出的巨岩上，远眺前方的雪景。

倏然间，他身后响起一阵风雪之声，回头望去时，身后已经站着一位白衣白发的青年。

"你失败了。"看到青年的第一眼时，男子开口说道。

"一半一半吧。"青年耸耸肩，"你让我带的话我可带到了，估计那个小棱郎现在脑子里肯定炸作一团了吧。"

"你心软了。"男人没有理会，继续说道，"你本来应该杀掉那个巫女的。"

闻言，青年脸色微变："封印的事，我会帮你解决，但是怎么做，我心里有数，不用你来教我。"

男人没有说话，依旧背对着他。沉默半晌之后，他喃喃说道："是时候了……"

说话间，他抬起了自己的左手，这根本不像一个人的手，准确形容的话，这更像一只干尸的手，手上的皮肤像干死的树皮，就连颜色都是像树皮一样的深褐色。

"是时候，"他语气平淡地重复着，"回施阳见一见老朋友了。"

卷五·咒言

异雄隐四家,盛世见双虎。东都恒晚夜,妖灵莫还顾。

【1】误会

施阳终于经历了这一年以来,最大的一场雪。

第二天清晨,雪停后的王都一片银装素裹,还没被人踏过的雪地,像一层白色绒毯,铺满了七街十六坊所有的街道。

坐落在楚江域中心的九黔阁,也是被满目的雪色所环绕。

清早一打开门,叶由离就感觉外面刺骨的寒意扑面而来,风寒还未痊愈的他,很识相地迅速阖上房门。

自从来到这里之后,叶由离就一直暂居在九黔阁内。

这里是他的一位故人留下的古玩店,前堂是买卖古玩的店面,穿过一扇门,后面则是一个小院子和居住的厢房。虽说是店铺,其实已荒废多时。叶由离是个怕麻烦的人,虽然故友离开的时候跟他说过,他可以继续经营这家古玩店,但他来到这里的时候,也只仅仅收拾出了自己住的房间。

不过,叶由离的确有过想将古玩店再度开张的想法。可无奈的是,他好像在古玩这方面的审美,完全偏离了大众水平,这使得他的店从开张到倒闭这段时间内,几乎没有卖出去一件东西。经过了这次教训之后,他便发誓再也不做人的生意，每日都缩在阁中，很少出门。只有在偶尔手中拮据的时候，才会去寻一些在施阳城里的精怪，做点小交易。

就这样过了大半年之久。

这天晚上，叶由离舒服地待在房里，而前段时间老是来骚扰他打听水镜消息的顾清弦，这几天也不见了踪影，他从苏策那里听说，那个家伙正在处理一个很棘手的案子，现在忙得不可开交。

因此，这些日子对叶由离来说，可以算得上是入冬以来最惬意的一段时光。

烧着炭火的鎏金炉让整个屋子内都变得十分暖和，屋子里安静得只能听到木炭裂开的噼里啪啦声音，他双眼迷离，心里庆幸，在这种天气里，自己老老实实在家里"冬眠"，真是明智的选择。

可正当他这么想的时候，九黔阁的正门突然被风吹开了。寒风挟带着雪花从敞开的门口肆虐进来，屋内的温度迅速下降到与外面持平。这令叶由离不爽到了极点，他将身上的被子裹紧，冲给他端来药茶的自动人偶命令道："琅琊，快去把门关上。"

琅琊听完，听话地放下了手中的杯子，缓缓地走向门口。

就在琅琊的双手快将门关上的瞬间，人偶的身体蓦地向左不自然地倾斜，像是被人扯住一样，左腿从中间断裂开。与此同时，琅琊的身体像被一股无形的力量给拖拽了出去，迅速消失在门口。

一切发生得那么突然，以至于叶由离反应过来去追时，琅琊已经消失在茫茫的夜色中。

屋外的街道上空无一人，积雪从脚底处不断地传来寒气，这让叶由离感到很不舒服。他一深一浅地缓慢前行着，幸好在路途中遇到了夜游的精灵，最终在它们的帮助下，叶由离追寻到野良坊的一处荒芜小巷中。

这里是楚江域的最边沿地区，也是律法的疏漏地区，人烟稀少，经常有强盗悍匪集结于此，大部分房屋也都是些不蔽风雨的简陋瓦房。

"真是到了一个不太平的地方。"

叶由走进小巷，双脚踏在雪上的"嘎吱"声在这寂静的小巷里显得格外清楚。精灵传递给他的最后影像，是琅琊被拖进到小巷深处的场景。

不过，此刻叶由离望向那里，却是漆黑一片，什么都没有。

倏然间，附近的角落里传来细微的声响，似是有人在低语。叶由离慢慢向声音的来源走去，能听得出声音的主人正在生气，说话声好几次都不受控制地高了上去。

"这个也不是，你确定自己没有拿错吗？怎么会这样，明明整个城里会动的人偶都找遍了，为什么还是找不到？"

叶由离循声缓慢地靠近，那个声音在一面矮墙后又响了起来。

"难道，拼图已经不在原来的位置……"

突然，说话声戛然而止，而与此同时，远处也逐渐传来阵阵密集急促的脚步声。

又有人来了？

叶由离这时急忙跑到矮墙后面查看，但那里早已经没有任何人的身影，他只发现身体已经破损不堪的琅琊孤零零地躺在地上。

他脱下外衣，将琅琊的身体小心翼翼地包裹好。而这时，外面的脚步声越来越近，好像是直冲着他来一样，还能听到有人低沉的说话声。

"头儿，前面有动静！"一个刻意压低的声音激动地说道。

"闭嘴，说话这么大声，是想让他逃走吗？"另一个声音愠怒地呵斥。

然后是片刻的沉寂，仿佛暴风雨前的宁静。

顿时，叶由离的四面八方突然凭空出现无数火球，等到看清楚的时候，他才发现自己已经被一大队人马包围住了。

只见领头的年轻男子缓缓走到叶由离的面前，低头打量了他片刻，嘴角扬起了笑意。

"终于让我逮到了！看你还往哪儿躲？"

"这位大人。"叶由离娴熟地摆出一张人畜无害的脸应对，"请问我做了什么罪大恶极的事了吗？这么兴师动众？"

"叶兄？！"

熟悉的声音从四周的人墙中传了出来，然后叶由离便看到顾清弦从人群中走了出来，一脸诧异地望着他。

即使平时自己恨不得把他踹回家，可现在，叶由离再见到他时，心里竟有一种莫名的感动。

"你怎么在这儿？"

"顾公子你来得正好。"叶由离冲他微笑，"我和这位大人之间可能有些误会……"

话说到一半，叶由离眼睛突然瞥到了顾清弦身上和其他人一样的制服。

"你和他们……"

"例行的夜巡。"注意到了叶由离的目光，顾清弦扯了扯自己的披风。他走上前，和那个领头的年轻男子说道，"他不是我们要找的人。"

"你怎么就肯定他不是？"

"这个人就是我跟你说的那位叶兄。"顾清弦趴在男人身边，小声耳语，"那个楞郎。"

"哦，他就是那个楞郎？"男人手托着下巴，"跟我想象中的不大一样呢。"

男人的眼睛里透着若有所思的神采，思索了半晌之后，他突然颇有深意地冲叶由离笑了笑："虽然如此，但公事就要公办，麻烦这位小兄弟跟我们走一趟了。"

说完，他便吩咐手下。叶由离连反驳的机会都没有，就被一人架着一边拖走了。

两个精通武术的将士像拎小鸡一样将叶由离架了起来，他的两只脚几乎腾空在地面之上。

叶由离感到十分心累，他深深叹了口气，用"你真没用"的眼神扫了顾清弦一眼……

【2】麒骑卫

"叶兄,你听我说,没事的,就是去麒骑卫那里喝会儿茶,聊会儿天,然后你就自由了,真的……"

一路上,顾清弦一直在不停地安慰叶由离。对他来说,让外表看起来弱不禁风的少年楪郎被抓,这让他心里莫名充满了罪恶感。可是后者这一路走来,却一直都是一副对他爱答不理的态度。

不知走了多久,一行人就来到一处宽敞的庭院之中,从正门进入之后,首先映入眼帘的便是同样宽敞的前堂,视线穿过中间的院子,能看到前堂大开的门里,伫立着一扇巨大的屏风,正中间的"麒"字赫然醒目。

虽然现在时值深夜,但院子的四周立着无数燃烧的火台,走廊里也时常有人在走动,叶由离目光所及之处,能见之人全都身披玄色无袖外披,背后用银线纹绣着被赤阳火围绕下的奔腾之虎,再看他们每个人的腰上都佩戴着赤柄直刀,以他这些年的见识经历来看,那应该是触桃杉木制成的。

和传闻里差不多啊……

叶由离新奇地打量着这里,自从踏进施阳之后,他就会不时地听到些关于麒骑卫的传闻。

"王都的传奇,盛世的双虎",这是他听过最多的一句话。

"麒骑"是"麒骑六卫"的简称,是施阳的防御势力,直接受命于当今圣上。其由白虎三卫和玄虎三卫组成,昼夜交替着守护王城的安危。虽同样都属于"麒骑",但是白虎三卫和玄虎三卫之间的职能却有些差别——负责白天守卫任务的白虎卫,遏制犯罪,捍守城门,他们负责着白天施阳城的秩序管理。而隶属白虎卫的将士也个个都身手不凡,而三卫之中的正副卫长,也更是贵族子弟中的翘楚。

然而,玄虎卫的情况却有些不同。

比起血统高贵的白虎来说，玄虎卫是一个鱼龙混杂的地方。原因虽未被人提起过，但大家都心照不宣，负责捍卫王都夜晚的玄虎卫还有另外一项责任，就是保护着这座城市，不被那些夜晚之中不慎越界的神奇生物破坏。

因此血统对玄虎来说，就没有那么重要了，比起这个，它更需要一些身怀特殊能力的人。

特殊能力的人啊……想到这里，叶由离望了顾清弦一眼。

顾清弦有一种连他自己都不知道的特殊体质，据叶由离见到他第一面的话说，他的"非人缘"好得出奇，具体表现为——能看到一些别人看不到的东西，还容易招惹一些别人遇不到的东西。

"申屠大人！"

一个看起来十六七岁的少年从对面急匆匆走来，少年面容英俊，无可挑剔的眉宇间透着毫不掩饰的兴奋。

"听说，野良坊那个案子的凶手找到了？"

"午炎，你怎么又来了？要是被你们家卫长知道，肯定又跑来跟我使脸色了。"年轻男人看见他，无奈地笑道，"现在只是抓到一个有嫌疑的人而已，还不能确定。"

"就他？"那个被称作午炎的少年走上前来，仔细地打量了叶由离一遍，有些不相信，"长得娘里娘气的，怎么可能是嫌疑犯？"

少年没有察觉自己一语戳中叶由离的软肋，而现场也只有顾清弦，察觉到身边椟郎的脸色变化，顾清弦急忙打断少年，说道："午炎，刚才就看到你们的人在走廊上急匆匆地跑来跑去，是不是你们手里的那个案子有线索了？"

"是吗？"少年环顾四周，真的发觉走廊上自己手下的人都消失不见了，"好像真的有事情……那我先走一步，申屠大人、清弦。"可他说完，又在叶由离面前停顿了片刻。

叶由离这才发现，这个与自己年纪相仿的少年也比自己高出许多。

绣有麟骑象征的长披风，里面搭配着黑色外翻交领窄袖长袍，在他身上显得十分合身，完美勾勒出他习武人修长的身躯和健壮的小臂。相较之下，叶由离就真显得像个小姑娘似的，弱不禁风。

午炎拍了拍叶由离的背部，不自觉地嘟哝着："男子汉怎么跟个女孩子家似的……"

"呀，司马小少爷，你真的应该回去了。"顾清弦催促着，他都能感觉到身边人散发出的阵阵危险气息了。

少年听完，不屑地冲叶由离轻哼一声之后，才转身离去。

"刚才他只是无心之言，不是有意的，你千万别放在心上……"目送司马午炎离开之后，顾清弦急忙凑到叶由离身边说道。而他身后的麟骑将士都一脸奇怪地看着自家副卫长，自从抓这个犯人回来之后，他一直都在慌张地想要极力解释着什么，就好像有什么把柄被抓在面前这个小个子的手上。

其实他们不知道，顾清弦这样做，只是为了防止叶由离会在事后的哪一天，冷不丁地报复那位司马家的小公子一把。他的直觉告诉他，被叶由离记住的人，下场肯定都不会好到哪儿去……

又走了一会儿，叶由离被带到一个四周无窗的房间里。此时屋里只有他与那个被称作"申屠大人"的人。

"坐吧。"年轻男子抬手指了指他面前的椅子。

这间屋子里除了这把椅子之外，没有任何其余的东西，这和叶由离想象中的审问室相去甚远。

"只是例行问话而已。"男子语气轻松地说道，"你不用紧张。"

"我没有紧张，只是觉得好奇……"

"是吗，那就好办了。"他围着叶由离一圈一圈慢慢地走着，"先来自我介绍一下，申屠辰，玄虎六卫的卫长，也是现在正审问你的人……我听说叶兄你，是一名游历四方的梼郎，好像还擅长异术？"

"没错。"叶由离答道，"不过'擅长'实在是过誉了，我只是见得比较多，所以自然就会了点皮毛而已。"

"那叶兄今晚为什么会出现在那种地方？要知道野良坊和你居住的九黔阁离得可不近啊。"说话间，申屠辰的眼睛一直注视着叶由离的脸，试图捕捉他的表情。

只见对方不慌不忙地继续答道："我去那里是因为我的人偶。"

"人偶？"

"是，它被一股看不见的力量给拖走了。等追过去的时候，我才发现自己已经来到了野良坊。"

"还有呢？"

"还有……我听到了声音。"叶由离回忆着，并不打算隐瞒，"有一个人在说话，声音很年轻，可能是个青年男子，或者更小。他在斥责另外一个人……他们好像在找什么东西。"

"还有另外一个人……"申屠辰的神色发生了细微变化，但却转瞬即逝，他继续问道，"你有看到他的脸吗？"

"没有……你们来时的动静太大，等我上前查看的时候，他已经不见了。"

申屠辰听对方话中的意思，似是带着几分责备他们的味道，他不由得皱起眉头。

"你还有什么想问的？"叶由离抬起头，盯着他的眼睛。

这个动作让申屠辰稍稍吃了一惊。

少年椟郎那独特的翡翠色眼睛，让他产生了没来由的压迫感，一种不想再被那双眼睛注视着的奇怪感觉。

"没有了，我都问完了。"他诚实地摊开手，"我相信你说的都是真的，但是……你还是要留下来。"

"为什么？"叶由离没料到他话锋突转。

"这样跟你说吧，"他背对少年站着，双手交叉在身后，"这个案子我们查了半个多月，现在好不容易有了新的进展，如果是你，你会放弃吗？"

"不会……"叶由离有些迟疑地回答。

"我也不会。"面前的男子回头看着他，面带微笑，"所以你不能走。"

"什么？"

"因为叶兄你就是我们所找的'新进展'啊。"申屠辰一副将希望寄托于他的表情，"实话跟你说，这半个月来，我们除了知道那个人杀了四个人以外，其他能掌握到的信息可谓是少之又少，我们甚至连他是男是女都不知道。但是昨天晚上，你却听到了他的声音，还知道了他的说话内容。"

"所以，我就要一直被软禁在这里……"叶由离觉得自己被摆了一道，"你这样不算滥用职权吗？"

申屠辰听出了他语气里的不悦。

"当然。如果你非要离开的话，我们也拦不住你。而且，这次也算我们请你帮忙，叶兄一定也明白其中道理，相应的酬劳我们还是会给的。"

一听到"酬劳"二字，叶由离全身的神经都苏醒了起来，自动从柔弱的"阶下囚"切换到了商人模式。

"留不留下，那要看你酬劳的轻重了。"

眼见"猎物"上钩，申屠辰眼中的笑意加深："当然是先生一直想要东西。"

"是什么？"

"百花拼图。"

【3】阿禾

——那个东西真的在施阳？

叶由离眉头紧锁，仔细品味着昨晚他与申屠辰的对话。

"拼图在你手上？"叶由离询问道，语气透着难以掩饰的焦急。百花拼图不是寻常的东西，如果没有被正确使用，或者落入歹人之手，势必会酿成大祸。

"不在，但是我知道在哪儿。"

"别卖关子了，快说！"

"可我还不知道你的态度。"申屠辰欲擒故纵，悠然说道，"不知道你的态度，这个信息恐怕……"

"知道了知道了，我帮你。"叶由离也没有兴致跟他兜圈子了，"告诉我百花拼图在哪儿？"

"伯商。"极为简短的两字作为回答，但其中包含的信息却足以让叶由离深思很长一段时间。

"伯商……你是说'四家'之一的伯商家？"

"没错。这你都知道啊……"申屠辰再一次改变了自己对眼前这个少年的看法，"其实你这一次，不仅仅只是帮助我们，你也在帮你自己……百花拼图曾被伯商家封印在一个食鬼灵偶的身体里，但是那个灵偶的所在，甚至在那个家族中，也只有家主在内的极少数人知道。"

"食鬼灵偶……人偶？"叶由离疑惑地喃喃自语。

人偶……拼图……

叶由离仿佛恍然大悟一般，他的脑海中依稀记得那个矮墙后的声音曾提起过"拼图"。

"你的意思是，今晚那个男人的目标其实是百花拼图？"

"这些目前都只是猜测。"眼前的麒骑卫长看着他，"是不是真的，就要靠我们一起去查清楚了……"

——什么"要靠我们一起去查清楚"？明明只有我一个人在出力啊！

回忆到了这里，叶由离心里就极其不爽，愤愤不平地迈着步子。顾清弦见状，只能在后面小心谨慎地跟着，生怕他到时一个心情不好，自己就要遭受无妄之灾。

"没办法，白天不在我们玄虎卫的职权范围内。"顾清弦说道，"上头那边只允许单独派我跟来协助你。"

"伯商家那边呢？"

"那我们就管不着了。"顾清弦无奈地耸了耸肩，"怎么着也算是'四家'其中之一，他们内部应该已经采取措施了……这不是我们麒骑能插手的事情。"

"异旌四家"——是施阳城中四个显赫家族的统称，他们分别是卜算之喻氏、驱魔之司马、药蛊之银氏、言灵之伯商。

这四个家族对外表面上看，只是几个拥有尊贵身份的外姓贵族，但对于知情者来说，这四个家族的真实身份与能力，是比实际上看起来的还要举足轻重。

叶由离曾经与他们打过一次交道。

那是在几个月前，降魔世家的司马一族私下里派人来到九黔阁拜访，希望他能把之前从书生那里找到的卷轴给他们，但那时候，书生已经带上卷轴踏上了旅程。来访者知情后，也不纠缠，只与叶由离寒暄了几句，就马上离开了。

当时叶由离见这个家族的行事作风独特，不由得对其产生了兴趣。他也曾私下里查过这几个家族，关于他们的资料并不少，但几乎都是些尽人皆知的信息，可当他再想往深处挖掘的时候，却是什么新的东西也查不出来了。

而现在，上天又再一次给他制造了机会。

"我可以替你们去拜访一下这个伯商家。"叶由离自告奋勇，"我的话，说不定能比你们多查出点什么。"

"算了吧。"和他相处了这么长的一段时间，顾清弦自然是知道他心里打的如意小算盘，"那四个家族我们还是不要惹为妙。"

说话间，两人已经走进了野良坊。这里的白天和夜晚稍稍有些不同——小道上有着零零星星的行人，但他们大多都衣敝履空，看到两人时的眼神也变得异样。

这时,在他们前方的不远处,一个虎背熊腰的大汉正揪着一个少年的衣领,将他从地上拎了起来。

"小兔崽子,你有没有长眼睛?"大汉恶狠狠地说道,"你刚才撞到我了,不知道吗?"

少年没有说话,他身形单薄,耷拉着脑袋,双脚悬在半空中,像极了一个脆弱的木偶。

"你说你把我弄伤了,要怎么赔?"大汉说着扬起拳头,就在他作势要抡下去的时候,一只手轻轻拍了拍他的背。

"这位壮士,俗话说'君子动口不动手',还望能手下留情。"

"你是谁啊?"大汉不耐烦地问道,"想拔刀相助吗?就你?还是省省吧……"

望着面前这个只有他一半高的小不点,大汉轻蔑地笑起来。

"当然不是我。"叶由离稍稍顿了顿,"不过,那位卫长大人好像有话要对你说。"

虎背大汉一眼看到了站在远处,身着玄虎制服的顾清弦,脸色骤变。

"玄虎卫?!"

大汉眼神畏惧,后面的话像是卡在了嗓子里,他不自觉地往后退了几步,直到后背贴在后面的墙上,双腿打着战。

"你……你给我等着!"大汉向着手里的少年发下狠话,然后便将少年丢在地上,拔腿而逃,霎时就消失无踪了。

叶由离见状,不禁心中暗叹。他没有想到,把顾清弦搬出来会得到如此超常的效果,说实话,他自己也被吓了一跳。

"你在这里干了什么'穷凶恶极'的事情,你看人都被你吓跑了……"叶由离将少年扶了起来。

"是他们亏心事做太多了……"少年站稳后,语气平淡地说道。他用手擦了一把脸上的尘土,清澈的眸子里闪烁着倔强的光,"害怕被麒骑卫抓去审问罢了。"

"你没事吧？"顾清弦关心地询问。

"无碍，这种事对我来说已经是家常便饭了。"少年望着他，准确来说，是在打量他的穿着。

"不过，还是要多谢你们……麒骑卫里的人很少来野良坊，看大人这一身，怕是玄虎卫的人吧，你们白天也要执行公务吗？"

"也是会有加班的时候啊。"顾清弦无奈地笑了笑，"毕竟总会遇到些棘手的案子……"

"是之前这里连续发生的几起命案吗？"少年很机灵，听完顾清弦的话之后，眼睛转了几转，"我对这里挺熟的，看你们刚才救我的份上，我可以帮你们。"

叶由离和顾清弦听到他这么说，也都欣然答应下来。毕竟在这种地方，有一个了解的人帮助他们，调查的工作会简单许多。

少年名叫阿禾，是在野良坊长大的孤儿，从小和自己的养母相依为命。

"不过……她前不久去世了。"阿禾说到这里，眼中的光彩暗淡了下来。

"啊……对不起……请节哀……"顾清弦一时间有些手足无措，不知道该如何安慰对方，他急忙将话题又转回到那几起命案上，"对了，关于那几个死去的人，你了解多少？"

"那几个都是这里有名的恶霸。说实话，我还挺感谢凶手的。"阿禾苦笑，"他让我们日子好过了不少……听说那些人死的时候整个头颅都被砍掉了，身边还放了一个坏掉的人偶。"

这些都是顾清弦已经掌握的情报。

"然后呢？"

"对了。"阿禾似是想起了什么，突然说道，"前几天来了一个奇怪的人，也在问那些凶杀案的事。看他的穿着，应该是哪个富贵人家的家仆吧。"

"他都问了什么？"还有人插手这件案子，这顾清弦倒是第一次听说。不知道景辰知不知道点什么，他心想。

"并没有问什么，他当时来了之后，就让人带他去看那些出现在命案地方的人偶……"

又是人偶！

这时，从刚才就沉默不语的叶由离突然停下了脚步。

"那些人偶现在还在吗？"

"怎么可能在啊，不都被你们收拾干净了吗？"

叶由离望了一眼顾清弦，继续说道："那些东西我们也反复检查了好几遍，结果并没有发现什么特别的……那个人没有找到人偶，然后就离开了？"

阿禾摇摇头："他的确没有看到人偶，不过，不知他在现场哪里找到了一个木偶的残肢，那时候我和附近的几个年轻人也好奇跟去了，当时就看他死死盯着那个残肢，表情变得特别恐惧……"

"恐惧？"

"对。他离开得也很匆忙，将残肢收好之后，就一声不响地走了……"

之后，阿禾又提供了些许信息，还带着叶由离他们在野良坊转了两圈，但除了刚才的那个线索之外，叶由离二人并没有任何其他新的发现，他们见此处已经找不到什么新线索，便告别了阿禾，带着满腹疑问离开了野良坊。

对他们来说，突然出现的陌生人，让这个案子朝着更复杂的方向发展着。

"叶兄，为什么我现在脑袋里反而越来越乱了呢？"顾清弦垂头丧气地说道，"现在又冒出来一个奇怪的陌生人，他和这个案子又有什么关系？"

这件事绝不仅仅如申屠辰所描述得那么简单。叶由离心里清楚地明白了这点。若对方是第三方势力，如果让他们知道百花拼图的存在，自己必须要赶在他们之前得到那个拼图。

不过，在此之前，他还需要确定一件事。

"那些人偶……能让我看一眼吗？"

【4】食鬼灵偶

傍晚时分的余晖穿过窗户，投在屋内的桌面上。那上面零落地摆放着，无数自动人偶的残肢碎片，在昏暗的光线下，显得异常诡异。

叶由离此刻正细细端详着它们。人偶破损得很严重，像是被人故意损坏成这样的。残缺不全的头颅与人偶身散发着说不出的不祥气息。

"有头绪了？"申屠辰不知何时悄无声息地站在了他的身后。

"有是有，不知道卫长大人你想听什么？"叶由离知道，申屠辰希望自己查看这些人偶，是因为自己能看出他所不能发现的东西。

"拼图。"身后的男人言简意赅地吐露出这两个字。

"现在可以确定对方的目标就是百花拼图。"叶由离说道，"要说为什么的话，因为这里……全部都是食鬼灵偶。"

叶由离已经能确定凶手的目的。那些野良坊发生的命案，只是凶手用来破解封印的祭品……但结果很明显，凶手并没有找到他想要的那个灵偶。

"全部都是？"申屠辰有些惊诧，"那这里应该就是施阳内全部的灵偶了……毕竟这种东西十分稀有。"

"对了，我们白天打听到一个人……顾清弦跟你说了吗？"

叶由离突然想起白天与阿禾的对话。

"知道。"

"我觉得那个人很可疑，你最好去追查一下。"

"没有那个必要。"

"为什么？"

看着叶由离困惑不解的样子，申屠辰缓缓地摊开手掌，一个破烂不堪的人偶残肢赫然躺在他的掌心里。

"这也是接下来我要跟你说的事情。"

叶由离能够很容易想到那块残肢的来处，但他不明白的是……

"你找到他……不对，应该是他来找的你，他为什么会来找你？"叶由离不解地盯着面前人的眼睛，没人能在他的目光注视下欺骗他。

"在我们离开之后，伯商家也派人去了野良坊，因为现场几乎所有的物证都被我们带走，他们家的仆人只从那里带回来了这个……但是，仅仅这个也就足够了。"

申屠辰曾预言过伯商家与这个案子有着莫大的关系，可没想到，对方这么快就跑来证实他的想法。

"伯商家已经派人来寻求我们玄虎卫的帮助了……"说到这里，他停顿了下来，眼睛看着叶由离，"你想要一起来吗？"

"你不怕我趁乱把拼图拿走？"叶由离笑了。

"用商人的方式把东西带走，才是你擅长的吧……只要你不偷不抢，那就跟我们没有关系。"

"只是我不明白，之前伯商一族不是说，不需要麒骑的帮助吗？"

"之前他们的确是这样说，可现在情况不同……"申屠辰罕见地叹了一口气，缓缓说道，"事情变得棘手了……这次来找他们麻烦的，是一个咒言师。"

【5】咒言师

咒言师？

叶由离疑惑地低下头。对于以言灵能力著称的伯商家，那的确是个棘手的存在。

咒言师和言灵师同出一脉，性质却截然不同。言灵师通过言灵之力，召唤精灵，签署契约，并且通过使役它们来完成一些自己完成不了的事情。咒言师同样也能做到这些，但与言灵师的双向契约不同，咒言师可以达到单方面的强制契约，他们能够通过自己强大的咒言之力来束缚精灵，甚至是妖魔来成为他们的仆役。

由于咒言师的力量太过强大，因此他们一直被当作异类，不被言灵师一行承认，甚至被当成禁忌的存在。

"像这种言灵的大家族被一两个咒言师盯上也并不奇怪，可是区区一个咒言师，就让四大家族成员之一来向他人求援……"

"他们也没有让我们过多插手的意思，只是与他们手下的那些言灵师一同担任守卫巡逻的事宜而已。"

叶由离没有继续说下去。伯商家好歹是"四家"之一，这种被咒言师找上门来的状况，肯定也发生过不少，究竟是谁，能让他们谨慎到这种程度？

"守卫？他们把拼图藏在了自己家里？"

在他看来，这是一个很愚蠢的行为，可当他垂眼又看向那些破损的木偶时，又忽然觉得哪里不对劲。

"不对，伯商家的人才没有这么傻……"叶由离喃喃自语，"难道，拼图早已经不在人偶的身体里了？"

——这是个陷阱！

他抬起头，怔怔地望着申屠辰的眼睛。

"你们想要设计抓住他？"

被他识破之后，申屠辰只是浅浅一笑，丝毫也不紧张："想着也瞒不住你，但没想到你这么快就看出来了。"

"我能想到，对方未必考虑不到。万一他怀疑这是个陷阱，不来怎么办？"

"不会的，这是他唯一能找到拼图的线索，无论是不是陷阱，他都会一试。"已经担任玄虎卫卫长数载的申屠辰胸有成竹，他对这类人的心境最为了解。

"当然，为了确保万无一失，叶兄如果能来帮忙的话就更好了。"

叶由离没有说话，就目前的情况来看，他没有拒绝的理由，因为这的确是能见到伯商一族的好机会。

申屠辰也自动当他默认了，又继续说道："时间是明晚，到时候你来玄虎卫找我，你还有一天的时间，如果想改变主意的话，让清弦给我带句话就成了。"

说完，他头也不回地走出了房间，只留下叶由离一人站在原地，影子映着角落的烛火闪烁晃动……

夜色中，伯商家的宅子内，人影晃动。

伯商涅望着族里人，脚步急促却不慌乱地来回准备着。

他从族人那里听说，今晚伯商家会有个仇家找上门，而且比较棘手，如今看这周遭的气氛，也知道这个人定是来头不小。想到这里，他心里又别扭起来。

伯商涅原本跟父亲提出，自己今晚也要参与这件家族大事。但没想到，父亲竟然一口拒绝了他，而且不给任何商议的余地。他虽然是家中最小的孩子，但是十六岁对于言灵师来说，已经是可以独当一面的年纪了。

"同族的兄弟们都能去，我为什么不能？"伯商涅不甘心地问。

"我知道你想证明自己的能力。"在伯商涅面前端坐着的中年男子，是现任伯商家家主——伯商轩亮，他神色威严地说，"但是这一次不行，你还不够成熟。"

"可我已经……"伯商涅还想继续反驳，却被父亲凌厉的眼神吓得闭上了嘴巴。

伯商涅从小到大最怕的人，就是父亲。但是对于他这个年纪的男孩子来说，父亲的话还是压制不住他心中那股想要证明自己而跃跃欲试的冲动。他从房里偷溜出来，混迹在一队在宅子外围巡逻的族人之中，这样不仅可以躲避父亲的视线，还能在那个仇人来到之时，最先看到他。

正当他暗自高兴的时候，目光瞥到有一队身穿黑衣的人马，朝正门走了过来。不仅如此，他还发现父亲此刻正带着家中几位长辈，伫立在正门口。伯商涅慌张地躲进了附近的矮树丛里，生怕被父亲看到。

"申屠大人。"看到那一队人马走近，伯商轩亮拱手施礼。

走在队伍最前面的是一个英姿俊朗的年轻男子，他见到伯商轩亮，同样回礼："当主阁下，请放心好了，我们六卫这次一定会全力帮助你们的。"

之后他们又相互寒暄了几句，伯商涅也没有注意听，他心里奇怪，父亲为什么会请来玄虎卫帮忙？

——难道我们自己家的族人还应付不了那个人吗？

想到这里，他的内心里害怕和兴奋的情绪矛盾交织着，心也不由自主地狂跳，却并未发觉夜色中那抹渐渐靠近伯商宅邸的黑影……

【6】陷阱

"就是这里？"申屠辰停下脚步，有些迟疑地问道。

面前的房间，再怎么看也只是普通的主厅，正对门口挂起的字画，两边排列得十分整齐的桌椅，唯一与平常不同的是，此刻门外和屋内各自都有伯商家的族人严阵把守着。

"没错。"伯商轩亮挪步走在前面，径直朝屋子正中间的挂画走去。他抬起手，将其探到画下一把椅子的扶手处摸索着，突然"啪嗒"一声轻响，与此同时，房间正中间的地面霍然陷了下去，变化处出现一段向地下延伸的楼梯。

"真是隐蔽。"申屠辰赞叹。

"那当然，毕竟是极为危险的物品，防范措施定是要做足了的。"伯商轩亮理所当然地平静地说道。

"我能下去看看吗？"

伯商家主神色犹豫地看了申屠辰一眼："可以，不过……先让你的手下各自去执行职务吧。"

听言，申屠辰很合作地将自己手下的人马都派遣了出去，只留下顾清弦和一名个头矮小的亲信下属。他们跟随着伯商轩亮来到了地下的密室。地下的空间比他们想象中的要大许多，偌大的空间里，只有一处石台在正中央，而石台的周围又守卫着十几名族人。

"还真像那么回事。"申屠辰微笑地望向石台中心，一个幼童身形的人偶孤零零地坐在那里，它身上贴满了符纸，而且在那之外，身体上还盘虬着层层铁链。

"不弄得跟真的一样，如何诱引别人上钩？"

除了伯商轩亮之外，参与到这次行动中来的伯商家的人，都对真相毫不知情。所有的布置都是按照保护灵偶的目的来进行，为了确保能将对方引入"瓮"中，就连祭台上的灵偶也是货真价实的，只不过它的身体里并没有百花拼图……

"如之前所说，"伯商轩亮开口，"你的人只负责外围，抓人的事我们自己来。你们只要确保，在突发情况下对方不会逃离这座宅子。"

"您请放心。"

就在二人交谈之际，倏然间，从地宫入口处的上方传来一阵嘈杂声，而且越来越清晰响亮。

众人顿时警觉起来，申屠辰更是首当其冲，三步并作两步从楼梯冲了上去。

他离开时，回头对顾清弦两人嘱咐道："你们在这里好生守着！我去看看发生了什么事。"

说完，他便消失在出口处。

申屠辰离开之后，密室里异常寂静，气氛变得更加凝重紧张。所有人如同已在弦上的弓箭，蓄势待发，防备着随时可能出现的敌人。

顾清弦右手也暗暗握紧腰际的短剑，与玄虎卫的赤柄直刀不同，这把短剑连同剑鞘和剑柄，都镌刻着赤色的流云和顾清弦不认识的咒纹。这是为了今天的任务，叶由离专门给他的，临行前还专门嘱咐他。

"这把'浊影'你带在身上，它可以保护你不受一般精怪的伤害，今天晚上我可能顾不上你，自己小心点……"

这可是叶由离第一次送他这样的东西，顾清弦当时并没有多问，他能看到面前的人眼神里的复杂情绪。

顾清弦手不停地摩挲剑鞘，摸索着能够最快拔出短剑的握姿。

——这一次我要帮上叶兄的忙……

他在心里暗下决心。就在此时，上面突然安静下来，嘈杂声的戛然而止让众人心中顿时一紧。

伯商轩亮脸上的阴云也越加凝重，直觉告诉他，一股危险的气息正在离他们越来越近……

"你们两个！快向两边闪开！"

突然，伯商家家主冲顾清弦二人大喊。

这两人本身就处于高度紧张的状态，几乎就在伯商轩亮喊话的同时，他们二人敏捷地跳闪向不同的方向。紧随着他们离开，几道巨大的爪印凭空出现在两人刚才站立的位置。如果顾清弦他们再稍迟一会儿，估计现在已成爪下亡魂了。

"多谢了……"顾清弦惊魂未定地看着那几道狰狞的痕迹，神经依旧高度紧张。

"这是'隐兽'，人的肉眼是看不见它的，要小心防范。"伯商轩亮的声音在一旁响起。

顾清弦能够感觉到，这个空间里比之前多出一些异样的存在，虽然他看不见,但是他能够感觉出自己正在被注视着,被一种捕猎者看待猎物的眼神注视着。

"雪狙!"

话音甫落,伯商轩亮身后出现了一个巨大的白色身影。

那是与他签订契约的犬形妖魔,它身体庞大,嘴里还会呼出冰冷的寒气,令密室里的温度急剧下降。

顾清弦是第一次见到伯商家的人运用能力,一时间竟看得出神,直到他突然感觉,那股异样的存在好像就在自己的身后,一股温热的气息吐露在他的脖颈处。

顾清弦顿时大惊,他右手条件反射地抽出浊影,往身后刺去。

短剑没入肌肉的手感,他甚至听到背后传来的闷哼声。就这样,隐兽暴露了自己,另一边,刚被召唤出来的雪狙立马锁定了目标,它身形一动,原地还留有它的白色残影,真身已经来到顾清弦的面前,它的前爪往他周围虚抓了一把,众人便看见,密室的墙壁瞬间凹陷下去一块。随后,只听见"咚"的一声,一只通体黑色的怪兽出现在凹陷下的地面上。

怪兽有着强壮的前肢和巨大的爪子,但顾清弦看不出来它到底像那种动物,不如说,更像是多种动物的结合体。

就在众人刚想稍微松口气的时候,石台方向传来人的惨叫声。顾清弦闻声看了过去,发现已经有一个人倒在了血泊之中。

"大家注意!不止一只!"伯商轩亮脸色微变,冲四周的人继续喊道。

像是在呼应他的话,隐兽从四面八方攻击过来,虽然有雪狙保护,但是隐兽的数量实在太多,不到片刻,密室里还能站起来的人,就只剩顾清弦等寥寥数人了。

就当众人正与隐兽缠战之间,一个人影悄无声息地出现在石台上。最先发现人影的是伯商轩亮,因为有雪狙的保护,他在战斗期间可以用眼角余光,查看周边的情况。

"雪狙,不要让他靠近石台!"伯商轩亮焦急喊道。

白色巨兽收到命令，立刻转身朝石台的方向扑去。

然而令伯商轩亮没有想到的是，他的契约使魔竟然会败下阵来——只见白色巨兽被一股无形的力量抛到了半空中，无法控制自己，然后又被那股力量，重重地摔在了墙上。

雪狛倒下了，在地上没了声息。

伯商轩亮急忙施法将它收回了体内，对手的能耐远远超过了他的预期，现在光是要阻挡隐兽，他们就已经分不开身了，只能眼睁睁地看着那个人影，一步步地接近石台上的食鬼灵偶。

——现在只希望最后的手段能够奏效了……他暗自心想。

那个人已经站在了人偶的面前，望着人偶身上密密麻麻的符咒以及铁链，他停顿了一下之后，才缓慢伸出手去。

就在他的手指触碰到人偶的一刹那，异变发生了。

为了确保能将对方引入"瓮"中，就连祭台上的灵偶也是货真价实的，只不过它的身体里并没有百花拼图……而是囚笼陷阱！

【7】交易

人偶迅速发生着变化，它身上的符纸和铁链全都转移到了那个人影身上。

人影一时间有些惊诧，等回过神来，他的身体已经被纠缠在铁链之中。

与此同时，隐兽也停止了攻击。

成功了？

伯商轩亮期待地看了过去。他在人偶的身上下了多重禁锢，但凡是触碰过它的人，都会被囚禁于其中，无法脱身。

只见禁锢中的人，嘴角竟然微微扬起，露出一丝笑容。

"伯商家竟然布下这么强大的法阵来对付我，真是太看得起我了……"

　　说完，阵中的人影突然化作一团黑雾散开，原本束缚在他身上的锁链也因为失去着力点，纷纷掉落到地上，石台上此刻空无一人。

　　"是替身！"顾清弦失声喊道。

　　众人再次提高警惕。但与之前不同的是，伯商轩亮此刻内心已经乱作一团。他最后的手段也失效了，而从对方的能耐来看，他们的胜算实在太小。

　　"你们其实不用紧张。"空间里回荡着一个声音，"死亡不过眨眼之间的事，告诉我百花拼图在哪儿，我可以让你们死得痛快一些。"

　　"休想！"伯商轩亮语气严肃而坚决，他冲着周遭的空气大喊，"百花拼图是不可能给你的。"

　　"家主大人可要珍惜这次机会啊。"那个声音轻松地笑道，"不然到时候后悔了，可别怪我没有提醒你。"

　　"放马过来！"伯商轩亮不敢示弱，他堂堂伯商家家主，怎么可能死在一个来路不明的人的手上。

　　两人叫劲的当口，顾清弦感觉到周围的气息变动异常。

　　难道……

　　那股力量悄无声息地包围住他们，截断了退路。

　　"跟料想中的一样，的确是个很有骨气的人，不过……"那个声音停顿了一下，"不知看到这个，你的态度会不会有所改变呢？"

　　密室一处的空气随着说话声突然扭曲，就在众人诧异究竟要发生什么的时候，一个人从扭曲的空间中被挤了出来。

　　"涅……"伯商轩亮话说到一半，便卡在了喉咙里。

　　看到伯商轩亮情绪如此激动，那个声音很满意地说道："看来效果和我想象中的一样好，怎么样，家主阁下，你要不要重新考虑一下……拼图在哪儿？"

　　伯商轩亮望着昏迷之中的小儿子，面容冷峻，他强压着内心的情绪，欲言又止。

"……"

"怎么？你难道真的不在乎他的生死？"

"在……在石台下面。"

"家主……"顾清弦神色惊异地望着伯商轩亮，不仅仅是他，在场的所有人，包括幸存的伯商族人都不敢相信，自己家的家主竟那么容易就放弃了。

"没想到你竟是个重情义的人呢，真是意外。"那个声音里也透着微微的惊讶，"既然这样，你去帮我把它取来吧。"

经过之前的那次教训，他可不愿意再去冒险一次。

"你先把我儿子放了。"

"我要先看到拼图。"

"你先放人！"

"我怎么知道你不会像之前那样骗我？"

"这一次不会，你把他放了，我就把拼图给你。"

"……"

场面突然陷入一片沉静，所有人都不敢轻举妄动。

伯商轩亮双拳紧握，手心里冷汗涔涔。

"算了，"那个声音再度响起，却变得幽然阴森，"我不想玩这种把戏了。灵偶我还是自己去找，你们所有人都去死吧……"

顾清弦心中暗叫不好，他急忙看向伯商涅，只见少年摔倒在地，没有丝毫意识。

"既然你那么心疼儿子，你们就一起去死好了……"

伯商轩亮听完，瞳孔骤缩，他刚想朝伯商涅奔去，却发现顾清弦比他快了一步。

顾清弦扶起伯商涅，忽然察觉到周遭气流发生了异样变动，他连连向后退了几步，同时感受到无数隐形的风刃从自己面前划过。

"你们逃不掉的。"

隐兽仿佛接到命令一般,再次发动攻击。

眼看又是一场恶战,就在这时,一个黑色飞影闪现在顾清弦两人的身前,他一把抓起顾清弦的手,连带着手中的浊影一起向斜前方的空气中刺去。

顾清弦听到了一声闷哼。

然后,他看到,自己面前的空气中,逐渐显现出来一个熟悉的身影。

【8】意料之外的敌手

"阿禾?"顾清弦难以置信地望着眼前那个熟悉的单薄身影。

先前那个在野良坊遇见的弱不禁风的少年,竟然是杀人犯?

刚才如果不是那个一起同行的小个子卫士,他和伯商涅恐怕现在已身首异处了吧。

"为什么?"

"什么为什么?"阿禾缓慢地站起身,黑色的浊影插在他的小腹右侧,伤口渗出的血迹将大片衣襟染红了。

"这就是我……只不过才见过一面而已,不要装作很了解我的样子。"

顾清弦无法反驳,他看向阿禾的目光中充满了惋惜,但身体依旧以防范的姿势守护着伯商涅。

"真是让人吃惊。"

少年的脸色因失血过多而变得苍白,他用手将浊影从身体里拔出,随手丢到一边。这种行为看着就让人觉得痛苦,然而自始至终,少年的表情却十分平静。

"我还以为你会以更出其不意的方式出现呢……叶兄。"

他似笑非笑地看着面前的小个子卫士。只见对方用手在脸上轻轻一抹，一张熟悉的俊秀面容赫然出现在众人眼前。

"叶兄！"顾清弦再一次难以置信地叫了出来。却见少年椋郎首先给了他一个白眼，说道："真没用，连个人都保护不好……"

"你还有心思怪别人，明明自己就一副鬼鬼祟祟的样子不肯出来。"

叶由离没有理会，反而兀自地诘问少年："申屠辰呢？"

"在外面躺着呢。"阿禾轻蔑一笑，"还是玄虎卫卫长呢……两三招就不行了。"

"收手吧，百花拼图不是你能染指的东西。"

面前的少年一愣，突然大笑起来，像是听到了什么特别好笑的笑话。

"你让我现在放弃？"阿禾倒并不觉得自己的伤势有什么大碍，"你也不看一下，现在的情况是对谁有利。要我来告诉你吗……这里除了你之外，我并不觉得其他人能影响到我什么。伯商家的那个老头，没有了言灵根本就不值一提，那些杂鱼小兵就更不用提了。至于你身后的那位，恐怕光是保护个人就分身乏术吧……"

"你不可能同时保护他们还有拼图吧。"阿禾的眼睛里流光一闪，"更何况我已经知道拼图的真正位置了……"

阿禾话音未落，叶由离和伯商轩亮的脸色霎时变得难看起来。

少年很是满意他们的反应，他微眯起眼睛，目光越过叶由离，看向他身后的顾清弦。

"其实我应该早一点发觉的，那么明显的封印波动……伯商轩亮，百花拼图在你儿子的身体里吧。"

伯商家的家主没有说话，脸色阴沉得可怕。

——这也算是一种答案了。

"仔细想想就觉得不对劲，你怎么可能是那种为了儿子，而放弃家族的人。"

"不要装作你很了解我的样子……"伯商轩亮恶狠狠地用他自己之前的话反驳他。

阿禾的眼神骤然变得冰冷，森然说道："不，我很了解你，你就是个为了家族荣誉，连女人和婴儿都会杀的冷血浑蛋！"

"你……"伯商轩亮听言，吃惊地瞪大了双眼，"你到底是谁？"

"我是谁很重要吗？"阿禾说完，突然身形一晃，又消失在叶由离的眼前，几乎就在下一个瞬间，一道冷锋紧随而至。少年椽郎脚下挪着步伐，轻松躲过，之后才突然发觉不妙，对方的目标本来就不是他，眼见寒光迅速朝顾清弦两人刺去。

"铛！"

兵器相交的声音在空间中回荡，顾清弦手拿着赤柄直刀接下了阿禾的一击，但是强大的冲击力还是让刀身出现了裂痕。

"能够实实在在接下我攻击的，在施阳，你是第一个。"阿禾眼神欣赏地看着顾清弦，"不过，也到此为止了。"

直刀随着他的话音落下，碎成了无数残片，叶由离眼看着阿禾手中的寒光，朝顾清弦的颈部抹去……

就在这千钧一发之际，少年椽郎突然感觉眼前一花。紧接着，远处传来"咚"的一声闷响，转头看去，却见适才还欲对顾清弦痛下杀手的阿禾，他单薄的身体陷进了对面的墙壁中。

——这是怎么回事？顾清弦？

叶由离惊异地回过头，发现顾清弦也是一副惊魂未定的样子，面前却站着一个叶由离意想不到的人。

"你怎么在这里？"

年轻椽郎看清来人之后，语气不悦："王爷难道不应该在王府里好生待着吗？"

出现在众人面前的人，一身黑色斗篷，如瀑的银色长发从兜帽处垂下一缕，一金一赤的瞳孔深处，戾气暗涌。

"我可是刚刚救了你们啊。"夜迦陵故作伤心地说道，"连句谢谢都没有？"

"没有你我也能解决。"叶由离依旧态度冷淡。因为他知道,一旦这个人插手进来,自己想拿到拼图的机会几乎渺茫。

"哎,为什么你对我的态度一直都那么冷淡……"夜迦陵话说到一半,突然眉头微皱,目光注视前方。

原本倒在地上的阿禾,突然间化作一团黑雾。

——又是替身?!

叶由离心中一紧,慌忙转身查看伯商涅的情况。伯商家的小公子安然无恙地躺在顾清弦的身后,没有异状。

——他到哪儿去了?

就在叶由离四处感知阿禾的存在的时候,夜迦陵神色疑惑地侧着头,抬手朝伯商涅躺下的地方虚点了一下。就在这时,一个体形单薄的少年突然出现在伯商涅的身边。

夜迦陵看着他,微微笑道:"不错嘛,学会利用别人的影子隐蔽,我差点就被糊弄过去了。"说着,他勾了勾手指,阿禾被凭空提了起来。

"说吧,谁指使你来的?"

"我不受任何人控制。"因为脖子被扼住的缘故,阿禾说话很是吃力。

"说谎可不好。"夜迦陵加重了他脖颈处的力道,"我这个人别的不擅长,唯独擅长识破谎言。说,你,还有之前冬元祭的那件事情……你们到底在图谋什么?"

"反正不会波及你就是了,"阿禾嘴角艰难地露出一丝笑意,"夜王爷何必多管闲事。"

"唉,既然你不肯说的话,也没有办法了……"夜迦陵十分无奈的样子,但赤金异瞳之中却流动着明显的杀意。

"等一下!"

话无意识地脱口而出,等顾清弦意识过来的时候,发现在场的所有人都在奇怪地盯着他。

"嗯……王爷,说不定他还知道点什么,不如让我们玄虎卫带回去,也许还能审出点……"顾清弦心虚地小声说道,都不敢直视夜迦陵的眼睛。他在心里暗骂自己蠢,怎么会在这种节骨眼上,开口说这种话,得罪眼前这个大人物。

想到这里,他急忙改口道:"当然,如果不行的话,也没办法……"

"行,人你带走吧。"

"咦?"顾清弦不敢相信自己的耳朵。

"我说可以,你们既然要审,就把人带走吧。"夜迦陵无所谓地开口。

顾清弦还有些没有反应过来,倒是悬在半空中的少年,突然怪笑了起来:"还以为活了这么久的夜王,真的能够忘却一切情感呢。你这是觉得对他有歉意吗?"

众人被他这一番话,搞得一头雾水,唯独只有夜迦陵回应般抬眼看向他,面色阴沉如玄铁,目光里风起云涌。

"不知道你是从哪儿听来的,劝你还是闭上嘴,不然我可不敢保证你下次张嘴的时候,你的舌头还在它原来的位置……"

少年毫不在意,继续说道:"既然你还是他的朋友,就不要阻拦我们现在做的事。"他顿了顿,"如果你想让他继续活下去的话。"

夜迦陵听完,微微一怔,手上的力道也不自觉地减轻了。阿禾瞅准了这个机会,从控制中挣脱出去,身体开始在半空中逐渐雾化。

"他想逃走!"一直在旁边观战的伯商轩亮大喊。

但夜迦陵却没有出手阻止,他站在原地,冷眼看着阿禾化作一团黑雾消失在半空中。

【9】肖越

"都结束啦。"就在顾清弦带领着一些卫里的弟兄,收拾密室里残局的时候,一张脸从入口处探了进来。

"你跑哪儿去了？"顾清弦看见那张脸之后，气急败坏地说，"说你两三下就被放倒了我才不信，可也不见你下来帮忙……"

"有那两个人在的话，不需要我来帮忙吧。"申屠辰一副理所当然的模样，"与其下去添乱，不如在上面照顾一下伤患。"

听他这么一说，顾清弦也觉得有几分道理。

说到伤患，顾清弦脑海中出现了一个人。

"伯商家的小公子怎么样了？"

"只是昏迷过去了。如果你是问封印的话……好像有些松动，不过没什么大碍，改日请司马家的人来加固一下就行了。"申屠辰说道，"虽然今天伤损不少，但结果还是好的……对了，叶兄和王爷呢？"

听他这么问，顾清弦又头疼起来。

"不知道，阿禾消失之后，他们俩也紧跟着离开了。我也不知道他们去哪儿了。"

两人离开的时候神色都十分奇怪，这才是顾清弦真正担心的。

阿禾口中的那个人到底是谁？究竟有多棘手，顾清弦完全没有头绪。但叶由离的那个表情，从认识他以来，顾清弦还是第一次见到。

"刚才为什么那么轻易地放他走？"叶由离开口问道。

夜王府内，还是那处莲池旁的凉亭，两人对坐。夜风习习，拂动着夜迦陵额前的银色发丝。

"他对我来说已经没有价值了。"夜迦陵无所谓地说，"是生是死对我来说，没有意义。"

"我还以为，你放他走是别有深意……"

"你想太多了，我是真的失手……"夜迦陵停顿片刻，"然后懒得去追而已。"

叶由离听完满脸黑线。这就是他不擅长应付面前这个人的原因，夜迦陵是一个做事完全随着性子来的人，你根本不知道他心里在想些什么，下一步打算做什么。

"你叫我来……想问什么？"

"你认识肖越？"

叶由离一怔："认识，怎么了？"

"他还活着……"

"他当然还活着。"叶由离用奇怪的目光看着眼前的人。

听言，夜迦陵站起身，背对他看着一池水色。

"第一次见面时，你并没有说是他让你来的施阳。"

"这是我的事，当时也没有必要一一向你细说。"

"你也没有询问他为什么？"

"这不是我过问的事情……别人救我一命，我只是还别人一个恩情。"叶由离看着他的眼睛，平淡地答道，"况且，我并不想卷入到你们这帮人的事情中来。"

——施阳就像一座巨大的泥潭，稍有不慎，就会陷入中心，永远无法脱身。

还在未来到东煌之前，叶由离就曾被这样告诫过。

或许，自己这次真的是太过深入了，叶由离心想。椟郎本应游历四方，遍历众事，如无根之木，不该属于任何一个地方。

"那个人给我的期限是明年夏天，入秋之后我就会离开。"

见夜迦陵沉默着不说话，叶由离便起身准备离开："如果没什么别的事，我先告辞了。"

就在他快要离开的时候，身后的人突然叫住了他。

"既然你不想卷入到我们的这个世界中来，那就老实地做你的'本职'吧。"夜迦陵回头看他一眼，赤金异瞳在月色下散发着符合"不祥"之说的神采。

"好好保护那个人吧，不小心的话，他可是会消失的……"

叶由离听得莫名其妙，这段时间令他感到困惑的事情太多了，现在连他自己都开始怀疑，来施阳到底是不是一个错误的选择。

夜迦陵对自己说的话，叶由离没有心思去细想。

而后来发生的那件事，也是数个月之后的事了。

那之后叶由离曾不止一次地回想，夜迦陵这天晚上对他说的话。

——如果自己当时能仔细地想一想他说的话，现在也许就不会如此后悔吧……

卷六·血狖骨

尘世间,万物皆有灵。灵者有欲,椟郎便是令其实现之人。

【1】吸血惨案

秦枭一把推开人墙,刚想踏进房间,却被迎面而来的尸臭逼得停住了脚步,他急忙撩起外袍的袖子遮住口鼻,那股浓烈的臭味让他原本就不好的心情,变得更差了——

这是哪个天杀的浑蛋推来的鬼差事!

他一边在心里诅咒着那个中途将这个案子丢给他的人,一边移动着视线在屋内搜索起来。

"头儿!"

这时,从屋里传来一声呼唤。秦枭看见远远蹲在屋里一处的副卫钟弥,正在冲自己挥手。一开始,他是有走过去的打算的,可是当看到自己副卫身旁那个被白布掩盖的物体时,他又再次将自己抬起的脚放了下去,然后冲对面勾了勾手指。

"等……等一下!"

虽然后者的确很听话地向这边走了过来,可秦枭却没想到……那股恶臭随着自己部下的靠近,变得更加浓烈了!

"停！你站在那里就行了！"秦枭连连向后退了几步，胡乱指着屋内，脸上一副快要窒息了的表情，"那是个什么鬼东西，怎么这么臭？"

"头儿，这可是白府的大小姐……"钟弥见他站在离门口数步开外的地方，无奈地往旁侧斜了一眼。

"待会儿家属就会过来了，你这种态度可不行。"

"那我能有什么办法！就是忍不了啊……这种气味！"

"头儿，不是我说你，平时灭那些妖怪的时候，肠子、心脏什么的四处乱飞，血都糊到脸上，也没见你半点恶心……"钟弥一脸平淡地用报告似的语气说着，"一具干尸而已，再加上死的时间又不长，只过了一晚上……"

——装什么洁癖！当然，这句话钟弥只不过在心里这么想了想，嘴上并没有说出来。

他停顿了片刻，换了个话题，继续说道："这已经是王都'吸血案'第四个受害者了。"

"'吸血案'？那不是'冰山脸'的差事吗？"

秦枭脑海中立刻浮现出顾靖玄那张俊朗帅气，却永远只有一个表情，却很讨女孩子喜欢，自己又很想揍上几拳的脸，心中的怒火又烧高了几寸。

"我就说是哪个天杀的浑蛋，把这么个案子丢给我……再说，他的案子交给咱们干吗？白虎卫的差事，我们玄虎卫插手，不是逾越权限了吗？"

"顾卫长前几天晚上缉凶的时候受了重伤，现在在府里养着呢，昨晚莫医生去看了，说是伤口染了妖毒，好像还是挺厉害的那种……"钟弥仍旧是那副波澜不惊的口气，"既然是妖物作祟，那这件案子现在就理应是我们玄虎卫的案子了。"

只见面前这位玄虎四卫的卫长手托下巴，若有所思地说道："妖毒啊……那的确是我们的活儿了……这夜晚的王都可不同于白天，过了'逢魔时'，施阳可就是名副其实的'妖都'，白虎卫里的确高手如云，可是一旦踏入了这个领域,那些小白猫也只有给妖魔当点心的份儿。"

突然,秦枭像是想起什么似的,露出一脸幸灾乐祸的笑容:"'冰山脸'现在如何啦,还剩下几天?到时候大爷我,一定会毫不吝啬地抽出时间去见他最后一面的。"

钟弥一脸黑线地看着心情大好的上司,毫不留情地回答道:"莫医生说静养十几天便无大碍,可这案子自然是不能查了。老爷子说,眼看这玄虎卫三个卫长中就数头儿你最闲,所以……这案子给你查。"

秦枭听完不乐意地撇了撇嘴。

"我最闲!老爷子一定是怪我在上次雪狐妖的那件事上没有出力,公报私仇,我倒是无所谓……"他意味深长地往自己副卫长那边的方向看了一眼,笑道,"跟你说啊,刚才来的时候我还看见伯商家的那个小子捧着花,朝轩芜苑方向走了,啧啧……和人家比起来,你这个副卫当得可是相当辛苦寒酸啊。"

听完,后者只是相当冷淡地回了一个白眼。跟了他那么长时间,钟弥自然是猜到他心里打的小算盘——想借着自己的口,去向老爷子求情。

但命令就是命令,虽然他现在很想冲着自家不靠谱的老大愤怒地喊上一句"这还不都是因为你",可他的理智却告诉自己不能这样做……

"咳咳,伯商家的小公子刚来我们麒骑没几天,老头子再怎么丧心病狂,也不会让一个新人来跟'这种案子',你忘了五世子刚来的时候,偏要去跟一个剥皮行者的案子,那场面,别说是物证,整个犯罪现场都被他吐得不易进入了……"

"好了好了!别说了!这案子我接还不成嘛!"秦枭打了个哆嗦,像是想起了什么十分可怕的事情,急忙打断,不让他再说下去,"这次也一样,伤口在脖子上?"

秦枭将目光移到远处地上的白布,眼神锐利,仿佛能穿过布料,看到下面的尸体。

"是,死者脖颈侧有两个黄豆大小的洞形伤口,除此之外,身体上再无其他伤痕，尸体严重缺水……不，应该说，全身都被榨干了……头儿，你说这该不会真是……"

"血魔？"秦枭扬起嘴角看着向他投来疑惑目光的副卫，"弥弥啊弥弥，你跟了我这么久，这种荒唐的坊间传闻你也信？"

"可这千妖百鬼中，我们不可能见过其中全部，说不定真的有呢？还有……不许再用那个名字叫我！"

"那种东西早几百年前就已经在东陆上灭绝了。如果真的有，现在就不止死三个人这么简单了……为什么不许，我心情不好，叫几声你又会少块肉！"

"那你怎么解释尸体的血被吸干这件事……总而言之，不许就是不许！你这种把快乐建立在别人的痛苦之上的坏毛病，必须要改一改！"

"你胡说！我有这种毛病吗？"

眼看着两人讨论的话题逐渐偏离核心案件的时候，忽然，从摆放尸体的屋内传来一阵争吵声。

【2】赌约

"哎哎，我说你呢，怎么跑进来的，这里是罪案要地你不知道吗？闲杂人等一律禁止入内，快出去，出去！"

秦枭和钟弥同时探头看向屋内，看到尸体旁的验尸官正慌张地催促着脚边一个瘦小的青衣少年，可那个蹲在地上的身影却像是没听到一样，无动于衷地将手伸向那团白布。眼看着他就要掀开白色的遮尸布，验尸官一把拨开他的手。

验尸官情绪激动起来，脸涨得通红，嗓门又抬高了一些："哎，我说你这毛头小子怎么回事，说你还不听了，还擅自乱动尸体，要知道你这种行为被我们头儿知道了，绝对让你吃不了兜着走！快出去，谁让你进来的？"

眼看着冲突马上就要进入白热化，一个声音突然插了进来，语气紧张地打着圆场："盘大哥，不好意思。他是跟我一起的……"

说话的是一位二十岁左右的青年，他身着与秦枭他们一样的玄虎卫制服。

"他是请来帮忙的先生，别看年纪轻轻的，确实有真本事，我见识过……"

"身怀绝技的小个子术士……我不记得我有请过。"秦枭突然出现在青年身后，唐突地打断他。

眼前这位玄虎四卫的卫长，看起来不过二十多出头的年纪，五官像是被大师用刀精心雕琢过，棱角分明，眉宇间透着武将特有的英气，但此刻，那张俊朗的脸却在阴沉地散发着危险的气息。

青年见状，急忙解释道："啊……是秦卫长，我们是奉岳老将军之命，来帮你……"

"我没有收到这样的命令，这里也不需要你……你们的帮忙。"秦枭黑着脸，扫了面前的两人一眼。

"这是什么意思？这案子不是已经不归你哥管了吗？他这是干什么？怕我搞砸了，派他老弟来监视我，嗯？"

听到对方话里浓浓的火药味，青年急忙解释："真的是岳老叫我们来的……不信你问钟副卫……"

"的确有这回事。"自家副卫的声音十分适时地在一旁响起。

"这种事情你怎么不提前告诉我一声？"秦枭的声音很低，这句话几乎是从牙缝里挤出来的，他颤抖地扯着嘴角的肌肉，企图用僵硬得不能再僵硬的笑容，来掩饰自己内心快要突破极限的愤怒状态。

"当然不能提前告诉你，否则的话，你今天还可能出现吗？"钟弥依旧是那副平淡不惊的口气，仿佛自己这样做是理所应当的。

"弥——弥——"秦枭嘴角上扬的幅度更大了，笑意明显，可只要是在四卫待过的人都知道,那是自家卫长情绪处于爆发临界点的表现。

眼看着就要到爆发之际,只听见一旁验尸官愠怒的呵斥声却率先响了起来:"你干什么?不是说不准动尸体吗,快住手!"

在场所有人的目光都被吸引了过去,只见尸体上的白色遮尸布已经被人掀开,少女惨白冰冷的尸体展露在众人面前。

秦枭只觉得一阵浓烈的、令人作呕的气味向自己涌来,心中的怒火被冲刷得一干二净。现在他只感觉自己的胃里宛如翻江倒海,估计只要稍一控制不住,可能就会当场吐出来。

"不是血魔……"

从刚才就一直沉默的青衣少年,低声自语着这几个字,却可以明显感受到他语气中的失望。

同时,也就是这几个字,提起了秦枭对他的兴趣,他拦住了想再次上前阻挠的验尸官,目光注视着少年,问道:"你怎么知道?"

少年闻声,转过头看向他。那不过十七八岁少年特有的稍带着稚气的脸庞,透着说不出的清秀脱俗,身材也属于那种纤瘦的体形,皮肤很白,却是那种妙龄少女才拥有的白皙透明。秦枭不禁微微皱紧了眉头——他特别讨厌这种长得比女人还要女人的男人,因为他觉得那些特征出现在一个男人的身上完全是一种浪费。

"你不是早就'闻'出来了吗,何故来问我?"少年面无表情地说道,那双翡翠色如同猫一般的眼睛直直地注视着秦枭。

秦枭曾经见过一双相同瞳色的眼睛,属于一只修炼不过百年的猫妖,当时那双眼睛里充斥着临死前的恐惧……可眼前的这双眼睛竟然令自己也同样感受着从未有过的情绪,那和死亡的"恐惧"不同,迎面投来的清澈目光,像是能看透你的一切,如同冰冷的利箭穿透过自己的身体,也如同囚笼,使自己无处躲藏。

"你什么意思?"

"我先前听说过,玄虎卫的各位大人都天赋异禀……看来卫长大人您的异禀,恐怕就在鼻子上了。"

不知是因为浓烈的气味,还是少年的话,秦枭的脸色变得十分不悦,他没有回应少年,场面陷入了尴尬的沉默之中。

"啊……叶兄,你还是解释一下吧,我们现在可还是一头雾水呢……"同行而来的青年说着,但目光却是小心翼翼地瞄向秦枭。

"其实也并没有看出许多,不过……这只妖魔的怨念很深。"

少年像什么事都没有发生过一样,继续低头看着尸体。

"而且……非常得小心谨慎。看来现在唯一的线索,只有去问问这位姑娘死前见过的最后的那个人了。"

"据府里下人说,白小姐是来这里约见自己的闺中密友——章家三小姐的。这样看来,这位章小姐恐怕就是死者生前见过的最后一个人……当然,也不排除她是凶手的可能。"钟弥完全无视自己上司投来的杀人目光,十分配合地回答少年。

"嗯,这的确是个线索,那我们……"

"等一下!"少年的话被中途打断,对方以一副盛气凌人的架势睨着他,"我想小先生你误会了,这是我们查到的线索。"

"所以?"少年有些迷惑地歪着头,看着面前这位比自己高出一头的玄虎卫长,"有什么冲突吗?我来这里就是为了帮助你们的。"

"帮助我们?"秦枭挑了挑眉,"跟你说实话吧,小爷我并不需要任何人的帮助。但是如果你觉得难办的话,可以老老实实地跟着我们,但不许插手,这样兴许我会考虑一下带着你,让你好交差。"

看着自己上司那一副惯有的嚣张嘴脸,钟弥不禁在心中暗暗叹气,这个人到底什么时候才能表现得像个大人?!他刚想开口挽回一下局面,却被少年平淡的语调打断了。

"卫长大人你误会了,我和顾公子被托付着帮你结案之责,如果只是在一边看着,恐怕我们很难回去交差啊……"

"你怀疑我的能力?"秦枭微眯双眼,眼神中的危险气息逐渐加剧,

151/

"既然你这么自信,那不如我们来打个赌好了。"

"不行,不能打赌!"

一旁沉默了许久的钟弥突然情绪激动了起来。自家卫长经常为了赌约,而不顾正事的毛病,让他心里感到深深的隐忧。

"是啊,大家都退让一步,让这个案子快点结案才是……我说得对吧,叶兄。"

说话间,站在少年身旁的青年不住地朝他暗使眼色。

而少年这边,则选择直接无视同伴的暗示,询问秦枭:"什么赌约?"

"很简单,就比谁先查出来真凶。"秦枭望着他,"规则很简单,你和我们四卫分成两路,互不干扰……意思就是,我们的情报和资源你们不可以用,反之,我们也一样。最后那个先把真凶揪出来的人算赢。你赢了,我秦枭就佩服你,以后你有什么需要,我随叫随到……但如果,我赢了,你就要当众承认,自己和市井里那些只会几把三脚猫功夫的江湖骗子一样,以后也不要出现在我的面前……怎么样,赌不赌?"

"可以。"

几乎就在片刻之间,少年就决定了下来,现场的另外两人都吃惊不小。

"叶兄,你可要考虑清楚啊!"

"是啊,小先生,我们卫长可能会偶尔抽一下风,你可千万别当真。"

"喂,钟弥,你干吗向着外人!"

少年微微一笑:"我这样做也是为了更快地将案子解决,再说……你们不觉得这样很有趣吗?"

见当事人都这么开口了,另外两人也只好放弃劝说。

青衣少年又用他独特的翡翠色"猫眼"望向秦枭。秦枭浑身一怔,之前那种不舒服的感觉又蔓延全身,眼前的这个人好像一眼就能看透他似的,他的过去、他的能力、他的秘密,全都暴露无遗。

"对了,想想我还没有自我介绍。"少年冲他淡淡一笑,"在下名叫叶由离,是一位云游四方的梊郎。不过,现在暂居在九黔阁内,秦卫长应该知道那个地方吧,以后还有不少需要您帮忙的地方,希望您可不要忘记去那里的路啊……"

【3】冷香阁

楚江域,药斋街上,行人来往,两侧有不少买卖药材的店铺和摊位,就连空气中也夹杂着微许清淡的药香。走在这条街上,大多数行人都会不自觉地将目光在道路两旁的摊位上停留片刻,期待着或许能从这些刚从山野中回来的山客的铺子上,发现一些寻常见不到的珍奇药材。但其中却有两个人例外,一名青衣少年和身着麒骑卫制服的男子,两人一前一后,从街道中间破开人流,步履间未有丝毫流连,径直向前方走去。

"刚才打赌的时候,你怎么都不考虑一下?"顾清弦不解地询问。

"考虑什么?"叶由离头也不回地继续走着。他今天的心情很好,为了请他协助解决这个案子,申屠辰可是许诺给他一笔不少的酬金,这样,自己在施阳以后的生活费用,应该就不用担心了。

"这样更好玩不是吗?"

"可是没有玄虎卫的帮助,我们怎么查案?虽然秦枭说的只是他们四卫的资源和情报不能共享,可是有钟弥在……这样一来,整个玄虎三卫的情报源应该都是他们的了。而我哥所属的白虎卫肯定不会插手这件事,之前他查来的消息你也都已经知道……"

顾清弦努力地在脑海中找寻着方法,可自己所能想到的这方面的帮手,都和玄虎卫有着或多或少的联系。

"不行啊,我是没辙了。"顾清弦最终缴械投降,"现在就等于只有我们两个人,孤立无援,这案子怎么查?"

"谁说我们孤立无援了?我们现在不就是去找帮手嘛。"

"帮手?"顾清弦一头雾水,"对了,我刚才就想问了,你来药斋街干吗，这里只是一些卖药的，能有什么地方能帮到我们的？"

"一些卖药的？顾公子，有些事情可不要仅仅只看表面啊。"

说完，两人驻足在一家店铺的门前。

此处在街道的尽头，门外来往的行人也不如街道中央地段的多。店铺的门紧闭着，让人搞不清楚这间店现在到底是否在营业，可门口被打扫得非常干净的地面，却说明着店里确实有人。

"冷香阁？"顾清弦抬头望着上方的牌匾，"你说的帮手就在里面？"

"是啊，不过不知道她在不在……"叶由离一边像是在自言自语，一边将店铺的门推开。

冷香阁内的空间并不大，却十分整洁，屋内的摆设和寻常的药店相似，差不多占据了一整面墙的药柜，上面无数的小盒子上，被贴着各种草药的名字。一个十六七岁的少女正站在药柜前的桌子旁边，低头聚精会神地盯着桌面。

看到少女之后，叶由离朝桌子的方向走去。

"兰月，你师父呢？"

可能是叶由离靠近得有些急促，走到桌子旁边时，衣袂挟风，掠过了桌面。只见被称呼为兰月的少女，脸色瞬间阴沉了下来，她倒吸一口气，猛然挺直了身体，扭头恶狠狠地盯着叶由离，好像他犯了什么滔天大错。

"叶！由！离！"少女嗔怒的声音从牙缝里挤了出来，"你知道我为了把这个香拓完美地做出来，用了多长时间吗？！"

顺着她手指的方向，两人看到桌面上，一个用香灰拓成的篆字可怜地躺在那里，上面出现了几条轻微的裂痕，不用说，这一定是方才叶由离的杰作了。

"对不住，我不是故意的……你师父在哪儿？"

"一句对不住就完了？"兰月怒视着他，眼睛里仿佛要喷出火来，"我凭什么告诉你我师父在哪儿！"

"这次真的是有事情请她帮忙。"叶由离有些苦恼地摸着额头，"下次……下次我带一套上好的香具来给你赔不是怎么样？"

"我才不要，谁知道你下次什么时候来！"兰月生气地撅起嘴，在脑海中盘算起来，"这样吧，你把你手里的真珠梅种子给我，我就既往不咎。"

"那可真是不巧，那颗种子我几个月以前就用掉了。"

"用掉了？！"兰月难以置信地看着他，问道，"全用光了？你用了几次？"

"几次？"年轻的椋郎一脸困惑，"只用了一次啊。"

"你一次就把整颗全用掉了？"少女的眼睛瞪得更大了，持续片刻之后，她又换成一副好东西被糟蹋的惋惜表情，"啧啧，真是……这么好的东西，可惜了……"

"你也不要这个样子嘛，真珠梅的种子，世上也不只有那一颗……"

顾清弦看着叶由离语气轻松地宽慰着对方。但作为为数不多了解叶由离的人，他知道现在的叶由离一定也在心里深深懊悔……

"你看，我身边这位顾公子家里就有一株，到时候结了种子，我先给你好不好？"

"你说他家里有一株真珠梅？"兰月这才注意到被冷落在一旁许久的顾清弦，"这里？施阳城里？怎么可能！"

"真的。我可从来都没有骗过你……先不说这个，快告诉我你师父在哪儿。"

"不是已经跟你说了嘛，她不在店里，出诊去了。"

"什么时候回来？"

"她从来不告诉我的。你们找她到底有什么事？"

顾清弦原本以为，听到想要求助的人不在这里之后，叶由离会离开，令他没想到的是，叶由离接下来从怀中掏出了一块方帕，将其摊开放在了桌面上。

"你师父不在，可我现在也想不出别人了。兰月，你也在她手下待了那么多年,应该能看出些端倪吧。"

顾清弦也同时看向方帕里的东西,看了第一眼后,他就不淡定地叫了出来:"这是……这是……死者的头发!叶兄,这可是重要的证物,你怎么能随随便便把它带出来,还带在身上!"

"现在尸体在秦枭那里,你觉得他会让我们再看一次吗?"叶由离头也不抬地说道,"要是再不带点东西出来,我们就真的是什么也不用查了。"

"有一股奇怪的味道。"

本来顾清弦还想再说些什么,但是兰月疑惑的发言将他的注意力转移了过去。

"可能是尸臭吧,之前秦枭也厌恶得直捂鼻子呢。可是我却觉得气味并没有很重,至少没有那么重……"

"不是臭味,而是一股香味,特殊的香味。"兰月好奇地拿起那撮头发,她的目光转而落在了方帕的一处红色印迹上。

"这是死者死时涂的唇红。"叶由离解释道,"我只是觉得这颜色很特别……有种说不出的感觉。"

兰月仔细端详了那个红印一阵儿,嘴角露出一丝了然的笑容:"的确挺特别,这是升乐坊的唇脂,那里的唇脂可是全施阳最受欢迎的了,听说不仅颜色亮丽,涂上之后还可以保持整日色泽不褪。只可惜供不应求,每一次出货只是有限的几十盒……对了,听说那里的老板人也很美。"

"听说?你没去过吗?以你的个性,这种地方没有不去的道理啊。"

"师父不让我买那里的东西。"兰月没好气地瞪了叶由离一眼,"你也知道她,问她为什么也不说……"

听她说完,叶由离突然沉默了。他的目光又落回到手帕上,像是在静静地思考着什么。

"走吧。"就在顾清弦犹豫着要不要打断他的时候,沉默了许久的少年棪郎突然站起身,朝门外走去。

"叶兄，你有线索了？我们是不是要去那个叫升乐坊的地方？"

顾清弦急忙跟了上去询问，但青衣少年并没有回答，他在快要走到门口的时候停下脚步，扭头看向坐在屋里的兰月，开口道："真珠梅的事，以后你就直接找这位公子要吧。"

"咦？什么？我？可是，叶兄……"顾清弦在他身边不知所措。

"还有啊，听你师父的话，那种地方就不要去了……"

——她这样做是为了你好。

最后一句话叶由离没有说出来，他只是淡淡地冲少女笑了笑之后，带着一脸无措的顾清弦离开了冷香阁。

【4】升乐坊

"这是怎么回事？"

在这家闻名施阳的脂粉店里，麒骑四卫的卫长秦枭黑着脸站在入口左边的位置。而与此同时，在门的另一边，叶由离正站在那里，他闭着眼睛一言不发，仿佛在沉思。不过他清秀的容貌，倒是不时会引来一些想要恶作剧的少女，她们悄悄靠近，欲将脂粉涂在叶由离的脸上，可每一次快要抹上的时候，叶由离都会警惕地突然睁开眼睛。这个时候，少女们见状会一边迅速地将手背到身后，一边凑在一起笑嘻嘻地交头接耳，这样过一阵儿之后，她们的玩心渐渐地消了，便都各自散去，寻觅自己喜欢的东西了。

"卫长大人，真是巧啊。"叶由离也不看对方，垂着眼睑说道。

"什么巧不巧的。我记得我说过，这场赌约的双方是不可以打听对手的情报的。"

"我可是光明正大地自己查到这个地方的……之前觉得尸体唇脂的颜色很特别，向朋友打听了一下，觉得这家店是值得推敲的地方，所以就来看看。倒是卫长大人你，在这里干什么？"

"那的确是巧，方才拜访了一下死者最后所见的那位章小姐，据她而言，死者生前最喜爱这家店的唇脂，最重要的是，之前的三位死者生前也一直在用这家店的唇脂……"

"哦，原来如此……"

秦枭还想说些什么，却见副卫钟弥和顾清弦同时从店里走出来，身后跟着一个人，此人身着灰色长衫，外面披着一席同色的长褂，乌黑的长发也只是随意地散在身侧，全身上下都散发着温润随和的气息。

"你是赵启方？"秦枭面带疑惑地打量着眼前的人，"这家店的老板？"

"正是。"赵启方向前微微欠身施礼。看见他那副连女人都要羡慕的姣好面容，秦枭不禁又皱了皱眉——又是一个长得跟女人一样的家伙！

许是注意到叶由离那边投来的微妙目光，秦枭轻咳一声，继续说道："有件案子的死者与你家的商品有牵连，我想问你几个问题。"

"好的。"赵启方语气温和平淡，好像并没有因自己与凶杀案有关联而感到焦虑，他侧身将道路让了出来，"这里说话不太方便，还请几位大人随我到后堂去吧。"

"请慢。"秦枭打断了他，看向身旁的叶由离，"作为竞争者来说，我们肯定不能一起去。"

只见他伸出手，做出一个"请"的手势："毕竟在这施阳我是'主'，你是'客'……你和顾清弦先请吧，等你们结束了，我们再问也不迟……赵先生，你也不会有什么意见吧？"

后者虽然脸上写满了疑惑，但也没有多问，他引着叶由离、顾清弦两人往后堂的方向走去。

与前面店铺里的华丽热闹相比，赵启方所说的后堂却是出人意料的幽静，三人穿过月门之后，外面的声音仿佛被一道无形的墙壁屏蔽，空幽的走廊里只听见窸窣的脚步声。

"真神奇。"顾清弦小声轻叹,"好像到了另外一个世界一样……"

"是利用了回廊的曲折和树木的遮蔽,这才将外面的声音削弱了。"叶由离说道,"没想到赵老板对庭院的设计还有所研究啊……"

"才没有这么回事。"走在最前面的赵启方回头冲他们微微笑道,"这院子原本不是我的,当初就是看上它僻静,这才将它买了下来。"

走到一处凉亭,叶由离停下脚步。

"不用再往前走了,我觉得这里就挺适合聊天的。反正我们待不了多长时间,更何况,外面还有两个人在等着。"

"两位有什么想问就尽管问吧。"三人坐定之后,这里的主人语气温吞地说道。

"你难道不想先问一下我们的来历吗?"叶由离看着他,问道。

"来历的话……不是和先前的那两位一样,一目了然吗?"赵启方的目光自然地瞥向顾清弦的方向,"你们有什么想知道的就尽管问吧。"

麒骑卫的身份还真是便利啊……叶由离一边在心里这样想着,一边眼睛紧紧地盯着顾清弦。

"你……干吗一直盯着我!"大概被他盯了太久,浑身不舒服的顾清弦终于忍不住嚷道。

"那你一直在那儿傻愣着干什么,有什么问题抓紧问。"

"我来问?"

"我又不是麒骑卫,你才是吧。"

顾清弦用疑惑的眼神又向他确定了一遍之后,才开始谨慎询问……

【5】智斗

"这都多久了,怎么还不出来?"

在门口早已经坐不住的秦枭,终于爆发了。但结果却只招来部下的一顿白眼。

"刚才可是你让他们先进去的。"钟弥仔细地翻着手里的册子，凡是脑海中无法记下的情报，他都会写在里面，"与其在那里乱发脾气，你还不如了解了解这家老板的底细。"

秦枭立马凑过来看，却发现小册子上全是一些连符号都称不上的图案："这是什么？根本看不懂啊。"

"你当然看不懂，这是我自己独创的一种字体，只有我自己能看懂。"钟弥颇感自豪地看了他一眼，"不过，你想知道的东西并不在这上面。"

秦枭用奇怪的目光盯着他许久，说道："原来你平常空闲的时候都去干这种事了……怪不得你找不着姑娘。"

"这两件事完全没有关系好吗？！"钟弥气急败坏地将册子收了起来，尽管他很想扑上去揍自己的上司一拳，但还是强忍住了。

"赵启方，青州人士……"

"青州我知道，就是那个盛产香料的地方，对吧？"

"你别打断我行不行，这样很容易信息缺失的。"钟弥白了他一眼，继续说道，"一年前搬到施阳，经营这家脂粉店，从此名声大噪。不过，这些都不是重点……"

"哦？"秦枭示意他继续说下去。

"'吸血案'也是从一年前开始的……"

听完，秦枭闭上眼睛，陷入了思考。

"会是巧合吗？"

"什么巧合？"

一个熟悉的声音从背后传来，吓了他一跳。转身一看，叶由离三人不知什么时候已经站在了他身后。

"你们……怎么现在才出来？！"

"对不住。"回答他的竟是赵启方，"适才跟这位小先生聊了一些关于香料的事情，实在是尽兴，竟然忘了时间……"

"你还懂香料？"秦枭有些不相信地看着面前的小个子。

"略懂一二。"叶由离微笑。

"你这是过谦了。"赵启方看着他，"小先生不愧是游历四方的椟郎，真是见多识广啊，不仅是香料的名字，就连其气味和特性都知道得一清二楚……如若不嫌弃，下次鄙人备好茶，请你再来寒舍一叙。"

"一定……那我们先告辞了。"身边秦枭已经开始不耐烦地点着脚，叶由离就先告辞离开了升乐坊。

两人一出门，顾清弦就问叶由离："刚才有问到你想知道的事情吗？"从叶由离让他来发问的那刻起，他心里就带着疑惑。

"不多。"身旁的少年回答。

顾清弦问的都是一些基本的问题，的确无法对对方造成压力，或者在进度上取得突破，但是也拜顾清弦所赐，赵启方对他们警惕心也变小了，这让叶由离也能够更好地观察他的一举一动。

看到顾清弦一副沮丧的样子，叶由离问他："你呢？有什么发现？"

"所有的问题他都回答得没有纰漏，没有什么可疑的地方。可是……"顾清弦迟疑了一下，"我总是有一种奇怪的感觉。"

"什么感觉？"

"说不出来，就是一种让人很不舒服的感觉。"顾清弦表情纠结，苦苦思索着该如何向他形容这种感觉。

"好啦，你别想了，我明白了。"叶由离都有些不忍心看到他这个样子了，急忙摆了摆手。

"对了，叶兄。刚才你怎么不要求第二个问话呢，这样一来，我们就可以知道秦枭他们问的是什么了。"

"我们可是公平竞争，那种事算作弊吧。"叶由离的语气诚恳得都让人有些怀疑，他是不是忘记了自己的身份。

可又见他话锋一转："再说，好歹人家可是卫长级别的人物，怎么可能轻易地让我们知道他的线索。"

说完，叶由离冲身旁人露出微笑。

"就像……我们也没给他留下什么有用的信息一样。"

【6】神秘异香

"我想两位大人是误会什么了。"赵启方轻声辩解，"现在施阳城内不敢说是全部，但至少有九成的年轻女性都在用我的唇脂，你不能根据这个，就怀疑到我的头上。"

"好，那我们来换另一个问题。"秦枭说道，"昨天晚上，死者死去的那晚，你在哪里？"

"在家。"

"有人证明吗？"

"没有……但是这……"

秦枭抬手打断了他："这的确不能算是有力证据，你也不用紧张，我们并没有要给你定罪的意思。"

"那么最后一个问题。你是一年前从青州搬来的，是从青州哪里？为什么要搬到施阳来？"

"青州络化。络化是个小地方，一些香料的原材料都是没有的，要去不同的地方进货，店里的生意好了，就没有时间跑东跑西的，再来……也是想在王都试试运气。"

"现在看来，赵老板的这次尝试非常成功啊。"一旁的钟弥客气道。

"哪里……"

"走吧。"秦枭突然起身，也不管剩下的两人，径直朝门外走去。

"啊……那赵老板，我们先告辞了。"

等钟弥反应过来，自家卫长就已经大步走到门口了，他只好在匆忙中向主人简单告别，转身去追秦枭。

"怎么突然走出来了？"

"最后的一个问题都已经问完了，还有什么好待的。"秦枭用理所应当的语气说道，"而且我早就想走了，那个男的身上散发出的甜味浓得让我受不了。"

"什么甜味？"钟弥奇怪，"我怎么没闻到？"

"那么浓你竟然没闻到……"说到一半，秦枭突然停下，抬手摸了摸下巴，若有所思。

半晌后，他对钟弥说道："弥弥，你去详细调查一下，赵启方在络化时候的情况，还有……那段时间有没有年轻女子遇害的案子。"

"明白。"

"这个赵启方，我就不信查不出你什么来……"秦枭微眯起眼睛，喃喃说道，像是已经将猎物困在网中的捕猎者，静静等待收网的那一刻。

而另一边，叶由离、顾清弦两人已经从升乐坊离开几个时辰，那之后，一直在街道上没有目的地似的游荡着。

"叶兄，我们已经在外面待了很久了，你还没想到要去什么地方吗？"

走在前面的身影从刚才开始就陷入了无视周遭一切的深度思考之中，无论顾清弦怎么询问，他都毫无回应。

"作为一个椟郎，你宝贝那么多，难道就没有一个能帮得上我们的吗？"

顾清弦无心的一句抱怨，却让前方的人霎时停下了步伐。

"对啊，我怎么没有想到呢。"叶由离从刚才就皱紧的眉头终于舒展开来，嘴角也露出欣喜的笑容，"走！"

"去哪儿？"顾清弦完全没有跟上他的步调。

"回九黔阁。"

【7】狲骨

四周漆黑一片，空气里弥漫着他最爱的血腥味。

等他的意识恢复过来，自己全身已经被血染红，脚下躺着自己也不知道姓名的少女。

——我……又杀了一个？

自己对那种冲动的抑制又失败了，但这也是没有办法的事，毕竟自己根本一次都没有成功过。渐渐地，保持理智对于他来说，好像并没有这么重要了。

他用脚尖碰了碰少女的尸体。

——又要把尸体处理掉，真麻烦……

时而模糊时而清楚的视线看着被血染得通红的双手，那上面散发着诱人的味道。

——这不是我的错，要怪就怪他们太贪心了。

他舔了一下自己的手指，那种咸腥味让他觉得浑身舒爽，沉浸在其中无法自拔。欲望驱使他渴求更多，但心里残存的一丝理智告诉他，必须到此为止了。

这都是为长远做打算，他如此安慰自己。窗外的月亮掩在云的背后，散发着暧昧的光晕，地上的尸体毫无生气地躺在那里，他看着她，眼中没有任何情绪，就像是在看一个已经报废了的木偶。

他早已经感受不到愧疚，不知从什么时候开始，他就已经任由自己从内部开始坏掉了……

"啊，找到了！"叶由离从某处货架的最高处，取下一只精巧的木质盒子。

"这是什么？"顾清弦好奇地盯着。

盒子上面堆积着灰尘，连表面的花纹都已经看不清楚了，看来是被遗忘了很长一段时间，怪不得叶由离花了这么久才想到它。

"我记得是一种香料。"叶由离的语气不是很确定。这九黔阁是一位朋友留给他的，一同留下的，还有一些不方便或者不愿意带走的东西。当时这个盒子里的东西，印象中，他朋友只是轻描淡写地提了一句，他也没有太深的记忆。

他拂去盒子上的灰尘，轻轻打开。

"这是什么味道，好香啊。"当盒盖裂开一条缝的时候，一股异香从盒子内部喷涌而出，待盒子完全打开，顾清弦看到一截象牙白的圆筒状物体静静地躺在盒子中央。

"就是这个了。"叶由离看清盒子中的物体后，脸上的表情却沉了下来，"虽然赵启方在身上佩戴香囊，想掩盖掉这种血腥般的甜味，但还是能闻得到。"

"什么甜味，我怎么没闻到？"顾清弦看着他，"你怎么跟秦枭一个样子？"

"这方面我可不如他，那个人可是拥有雷兽血统的人类，很稀有的。"

"不要把别人说得像个物品一样啊。"顾清弦无奈地看了叶由离一眼，尽管知道这是叶由离改不了的商人本性，他每次都还是锲而不舍地给对方纠正。

"那这是个什么东西？"顾清弦将盒子里的圆筒形物体拿到面前，仔细端详着，他能感受到一股比之前更浓的香气迎面扑来。

"这是狹骨。"叶由离停顿了一下，继续说道，"是妖兽'狹'的骨头。"

听到"骨头"两个字，顾清弦受惊似的将手里的骨头丢进了盒子里。

"你怎么不早说？！"顾清弦表情依旧镇定，但还是下意识地在衣服上抹了几把手，"狹？我记得是一种犬型妖兽……它们不应该早就灭绝了吗？"

"此妖兽性喜食香料，久而久之，香料的精华沉淀于骨中，骨头磨成粉放入香炉内，会产生异香，珍惜无比。"叶由离默背着不知从哪本书里看到的关于狨兽的介绍，"狨兽是仁兽，而且很容易相信别人，所以才会被人利用这一点，捕杀殆尽……现在已经几乎看不到他们的身影了，即使还有残存的狨兽，估计也远远躲在人类找不到的地方了吧。"

"叶兄你曾经说过，你从赵老板身上闻到过这种味道，难道……他是狨兽？"说完，顾清弦又摇了摇头，"或许……他也只是喜爱这种香料，把其涂在身上……"

"喜欢的话，就不会试图用别的香料来掩盖身上的香味。"叶由离反驳他，"哎……我们两个在这里讨论也没什么用，到头来都只是我们各自的猜测而已。"

"你是说，我们还要去拜访那个赵老板一趟？"

顾清弦话音刚落，九黔阁的门突然被人从外面推开了。

【8】再访

"叶由离在吗？"

一个身影站在门口朝屋内喊着。

"兰月？"叶由离困惑地看着这位意料之外的客人，"你怎么来了？"

"师父让我带个话给你。"兰月说着话，视线同时四下打量着九黔阁，"她说她可以帮你，但事后，她要一样东西。"

"什么东西？"

兰月凑到叶由离耳边低语了几句。顾清弦听不见她在说什么，但他能看到叶由离的脸，在一瞬间变得惨白。

叶由离沉默了许久，才缓缓开口："回去告诉你师父，这件事我要和她当面谈……如果她不愿意，那这个忙她也可以不帮。"

兰月无所谓地耸了耸肩："我就跟她说嘛，你是不会答应的……不过，我觉得你这次真的应该认真考虑下哦，毕竟这种机会实在是太难得了。"

说完，兰月离开了九黟阁，留下沉默的叶由离和一脸不明所以的顾清弦呆愣在原地。

"她跟你说了什么？"见人走后，顾清弦终于忍不住询问。

"一场交易而已。"叶由离重重地叹了口气，"之后我再告诉你，当务之急，就是去找赵启方……"

麒骑卫本营里，秦枭坐在茶几前，百无聊赖地盯着面前茶杯中漂浮的茶叶，钟弥去查赵启方的底细已经好几个时辰了。

怎么去了这么久，现在应该回来了啊！

不知是不是因为赌注的缘故，秦枭早已坐不住了，可自己的副卫依旧还是不见踪影。

"弥弥，你要是再不回来，我可要扣你这个月的工钱了。"他盯着茶杯暗自说道。

"都说了不要再用那个称呼叫我了……你信不信我跳槽到别的卫长那儿去？"

这时，钟弥刚好从门口进来，手里拿着那本他随身携带的小册子。

"查到了吗？"秦枭见他进来，抬头便问，"这么晚回来肯定收获不小吧。"

"这次要查的信息范围有些广，所以费了些时间……"钟弥说道，"不过也没有很久啊，你着急什么？不会是害怕输给那个小梣郎吧？"

"开什么玩笑！"秦枭脸色沉了下来，"要是连他都比不过，我这个卫长也不用当了……别废话，快告诉我你查到了什么。"

钟弥久违地在自己的小册子里翻找着。

"赵启方之前在络化的时候开了一家香料店，在青州颇有名气，而且口碑很好，没有什么异常。"他简略地提及几句之后，话锋一转，"但你之前说的年轻女子遇害的案子，我倒是查出点有趣的东西……"

他用目光瞥了一眼秦枭脸上的表情，继续说道："类似的案子，络化的确发生过,一共两起,但是之间相差了十年。不过,我又扩大范围,搜查了一下青州境内,结果发现在青州各个城镇,都发生过相似的少女遇害的案子,光是立案调查的就有二十多起,时间也有近有远……前段时间,青州的一个官员声称自己发现了一些蛛丝马迹,想要将这些案子汇集重新调查,但查到最后,也还是无疾而终……更有趣的是,那个官员不久后竟死了。"

"死了?"

"对外宣称是病死的,但有传言说,他是被凶手报复杀死的,死相和那些死去的少女一模一样。"

秦枭眯起双眼:"真是有意思的'传言'……然后呢?"

"你还记得赵启方曾经说过,他在络化的那段时间,要去不同的地方进货吗?我将他离家的时间与青州那些案子发生的时间对比了一下……"

"时间几乎吻合,是吧?"秦枭嘴角微微上扬,这是他最想要的结果。

"没错。"

"总算抓住他的'尾巴'了……不过,也真有你的,这种消息是怎么查到的?当你上司这么久,可还是会被你怪物般的侦查能力吓到啊,连别人多少年前的日常行程都能……喂,改天你帮我查查'冰山脸'小时候有什么能当把柄的糗事呗。"

"不好意思,我的办事能力只能用在公务上。"钟弥面无表情地拒绝,"比起这个,你还是先想想怎么找出赵启方的把柄吧,这些信息虽然充足,但是都不能当缉拿他的证据。"

"这个不用你说我也知道。"秦枭完全没有担忧的样子,他拿起椅背上的麒骑卫披风,起身向门外走去。

"你去哪儿?"

"去找赵启方。"秦枭头也不回地朗声说道,"他会给我们证据的。"

【9】夜探"敌营"

夜晚的升乐坊大门紧闭,一片寂静,与白天那番门庭若市的景象截然不同。高大的门庭,朱漆的四开隔扇门,在夜色中仿佛透着森森寒气。

"叶兄,我们不是来找赵启方的吗?"顾清弦望着紧闭的朱漆大门,心中不自觉地打起了退堂鼓,"这么晚了,赵老板应该睡下了,我们明天再来吧。"

叶由离没有理会他,径直朝升乐坊的后门走去。

兰月来到九黔阁,不知对叶由离说了一番什么话,从那之后,叶由离的态度发生很大的变化,来这里的路上不仅一直一言不发,脚步也加快了不少,好像生怕耽误了什么事一样。

两人摸索从后门溜进了白天赵启方带他们来到的庭院。庭院里树木繁茂,层层树冠遮住了洒下的月光,让这里变得比外面还要漆黑。

"我们接下来往哪个方向走?"

顾清弦极力压低着声音,过了好长一段时间,眼睛才逐渐适应黑暗,但也只能隐约看清物体的轮廓。倒是叶由离仿佛并没有受到任何影响,脚下的速度也没有减慢,向着庭院深处的一处厢房走去。

就在他走到门前,刚想推门进去的时候,一个声音在两人背后响起。

"他不在里面。"

毫无防备,尤其是在这种情境下,顾清弦吓得脑海中一片空白,右手条件反射地拔出腰间的佩剑。

"你还是比我想象中来得早。"

叶由离却十分淡定,他转过身,望向从身后柱子后面走出来的身影。

顾清弦看不清楚那个人的脸,但是从声音能够判断出来是一个女人。

"你别紧张,我又没把他怎么样。"女人说道,"兰月已经把你的话,告诉我了……"

她停顿了一下:"我并没有和你伤了和气的打算,但是,你心里也

169

应该明白,那个人已经……"

"我是去救人,"叶由离打断她,"不是去杀人。"

"你觉得他现在还有退路?他只有两条路可以走,一条是死,而另一条是继续杀人。"女人语气冷漠,"你知道他是怎么对待那些少女的?他把她们的血都吸干,用余下的血来做唇脂,卖给他人。这种人,你还想着救他吗?"

顾清弦听完打了个冷战,脑海中浮现出白家小姐的死相,她嘴唇的颜色红得刺眼而诡异。

"即使你不动手,不代表别的人不会……"

"谁在那儿?"

话音未落,只见秦枭和钟弥从不远处的草丛中探出头来。

"怎么又是你们?"秦枭看清叶由离、顾清弦两人之后,语气里充满纠结,"老是阴魂不散啊你们!"

顾清弦突然想起了什么,再回过头看时,女人已经消失不见了。

"叶兄,她不见了。"

"谁不见了?"秦枭走过来,"你把佩剑拔出来干什么?"

"啊,防范别突然冒出什么东西……倒是你们,这么晚,怎么也跑到这升乐坊的后院里来了?"

"这话我还想问你们呢……"

"都别说话!"叶由离突然低声厉喝。

这两个人闻言立马乖乖闭上嘴,一同诧异地看向他。

"有声音。"经他这么一说,另外三人的确听到,从庭院的某个角落里传来细微响声。

"好像是个女孩的声音。"钟弥说道。

"你想姑娘了吧。"秦枭调笑着,"这么小的声音你都能听出来?"

"好像是从那里传来的。"钟弥黑着脸没有理他,指向不远处,隐蔽在矮树丛里的一口石井。那是一口枯井,井壁很干燥,想是许久之前,这里面就已经没有水了。

井底突然闪现微弱的光亮，那种人肉眼很难捕捉的微光，却没有逃过叶由离的眼睛。他趴在井口处，探头向下仔细地观察着，确定没有看错之后，他抬起脚踩在井沿上，一副要跳下去的架势。

"叶兄，你干什么？"顾清弦慌忙抓住他的衣袖，可是并没能阻止对方接下去的动作。

叶由离跳进了井里，由于枯井的外沿太低，顾清弦一没站稳，竟然也跟着一同歪倒了进去。

在下落的过程中，顾清弦用脚在井壁上轻轻一点，身体借助那股力量，在半空中调整着身形，这才使自己在落地的时候没有脑袋着地。

两人落地没多久，秦枭也从上面跳了下来。

"你发现什么了？"他冲在上面留守的钟弥发了一个安全着陆的暗号之后，便开始四处巡视。

井底的空间很大，像是一个房间，而之前那道微弱的光亮，就是从房间一面的甬道处散发出来的，同时，里面也传出了适才他们听到的那个声音。

"进去看看。"秦枭吸了吸鼻子，走在了最前面。那种熟悉的异香让他肯定，赵启方就在甬道尽头的某处。

三人蹑手蹑脚地循着光源而去，终于在尽头发现了一间隐藏的密室。密室里，蜡烛的火光晃动，三人隐藏在阴影处，看见屋内的地上躺着一个少女，她的身旁躺着一脸冷峻的赵启方。

秦枭见状，想起身冲过去，却被叶由离一把按了回去。

"先别轻举妄动，看看情况再说。"

"看什么情况，难道非要等他对那个姑娘下手吗？"

叶由离其实想回答"是的，不然我们没有证据怎么抓人"，但考虑到以秦枭的性子，听完肯定会二话不说地冲出去，他只好把这句话又咽了回去。

"也不是，我们就在这儿等着，一旦他有要伤害她的迹象，我们就冲出去。"

"可万一我们来不及怎么办？"

就在两人僵持不下的时候，旁边的顾清弦突然小声地惊呼一句："叶兄，你们快看！"

两人循声望去，只见赵启方已经蹲下了身子，低头仔细打量着少女，手里不知何时握着一把锋利的匕首。这次还未等叶由离开口，玄虎四卫长已经像风一样掠了出去。

"赵启方，住手！"

秦枭的突然出现让赵启方微微一愣，不过，他很快便又换上白天那副嘴角带笑的表情，询问道："卫长大人深夜造访，不知有何贵干？"

秦枭冷笑一声："先别问我，你为什么会在这儿？"

"这里是鄙人家里。"赵启方一副理所当然的表情，"倒是你……深夜闯进别人的家中，难道麒骑里的人都像你这样吗？"

"那倒没有。"秦枭竟然认真地回答，"我秦枭可是独一无二的……重要存在，像我一样的人，别说是在麒骑，在这世上都找不到第二个了。"

听到他自信心爆棚的宣言，不仅是赵启方，就连躲在暗处的叶由离、顾清弦两人，也尴尬地扶着额头。

"废话少说，赵启方，我怀疑你与近段时间多起少女死亡的案子有关，跟我回麒骑一趟吧……"

赵启方笑眯眯地看着他，不急不恼，仿佛对方话中的是与自己毫不相关的另外一个人。

"你还有什么想说的吗？"

"没有。"

对方出乎意料的配合让秦枭有些意外，他走上前去，手刚一触碰到赵启方，顿时感到一阵眩晕，接着，那股白天闻到的异香扑面而来，味道浓郁得让他胃里泛起一阵恶心。

"秦枭！"

秦枭的意识渐渐模糊，记忆的最后，他只听到小个子椋郎那仿佛从天外传来的喊声……

【10】狴兽的命运

"秦枭！"顾清弦大惊失色，想要上前去救倒在地上的秦枭，却被叶由离拦住。只见少年面沉似水，眼神冷漠地注视着赵启方。

"赵老板真是深藏不露啊。"叶由离开口，连语气都是冰冷的，"这'蜃骨香'可是违禁商品。"

赵启方同样注视着叶由离，眼中的笑意更深："叶兄连这个也知道啊？"

顾清弦闻言，警惕地凑到叶由离耳边，小声询问："你们说的该不会是那个'蜃骨香'吧？"

顾清弦所知晓的"蜃骨香"只有一种，那是能让人在幻觉中感受到醉生梦死的迷幻药，但是这种药却有很大的副作用，若服用的剂量稍有不慎，人便会在幻觉中死去。

"没错……"叶由离说道，"因为服用这种迷药而死去的人实在是太多了，所以各个国家都将其列为禁药，禁止在市面上流通。"

"那秦枭岂不是危险了？"

"我只用了微小的剂量，让他昏过去了而已。"赵启方答道，"放心吧，一点也不痛苦，待会儿你就知道了。"

顾清弦听言，神经立刻又紧绷起来。

"你想干什么？"

"我并不想杀你们，毕竟你们当中有麒骑的军官，我可不想惹麻烦上身。"赵启方缓缓说道，"当然如果你们能主动放我走的话，这也省去了不少麻烦……说实话，这蜃香在黑市上可贵了，能省一点是一点。"

"放你走？然后呢？"叶由离突然说道，"让你再找新的地方杀人？就此收手吧，如果你愿意，我可以帮你控制住那股欲望。"

赵启方听完一愣，用讶异的目光看向叶由离，嘴唇微动："你知道我是什么？"

见对方没有回答，赵启方更加确定了自己的想法。

身份已经暴露，那么，急于离开此地也已经没有必要。

"既然被人知道身份，那也代表我活不了多久了。"他的表情竟有些颓然，嘴角扬起一抹似是嘲讽的笑容。自己谨慎小心地躲避了大半生，最后还是逃离不了狌兽的命运……

"想杀我的话，就动手吧。"赵启方冷冷地说道，"不过，事先提醒你，我可不会乖乖束手就擒，你可要小心了。"

"我并不是来杀你的。"叶由离摇了摇头，又重复一遍之前的话，"我是来劝你收手的，如果你需要，我可以帮你控制住那股欲望。"

"哼！这种伪善的话，我从小到大不知听了多少遍。"赵启方不屑地望着他，"结果到头来，都还不是为了我身体里的那些骨头！"

他至今都还记得那些贪婪丑恶的嘴脸，人类欲望的恐怖，他从小就切身体会到了。

因为欲望，人类杀了自己的父母；因为欲望，人类亲手创造了他……

狌兽喜食香料的特性并不是天生而来，他们只是会喜食在出生时刻吃下的第一口东西。在幼兽出生之时，喂其母乳前，父母会将其抱到香炉前，让其舔食香气，这是这一种族历来的传统。但是在赵启方出生的时候，他并没有接受到这种传统的洗礼，父母被杀害，还是婴孩时期的他，因为第一口喝下了母亲的血液，从此便开始嗜血。

嗜血的狌兽，骨头会变成血红色，香味也会变得十分淡薄，作为香料来说，属于最下的劣品。

但是，它却有另外一种更加重要的作用——血狌骨能够续命，即使生命垂危之人服用过后，也能枯木回春。更有甚者，通过它来延长自己的寿命，如果坚持服用，能够长生不死也不是没有可能。

"看你从刚才就一副欲言又止的表情，肯定也被别人拜托过……"

被对方看穿了心思，叶由离脸色微变。

"你就承认吧。坦白承认你是来取血狲骨的，这样，或许我对你们的态度会有些许改变，至少有那么一丁点觉得，你们还没有太虚伪。"

"你不能将人一概而论，毕竟，你不可能憎恨所有人。"

"我没有恨。"赵启方注视着他的眼睛，一字一句地说着，"我只是不相信任何人罢了……"

【11】灵者有欲

原本最容易相信别人的狲兽，如今却不再相信任何人。

叶由离不禁在心中唏嘘。

——那个人无法被拯救……

方才那女人所说的话，浮现在他的脑海里。

叶由离原以为，赵启方会因为无法控制嗜血的欲望，而处于情绪脆弱的边缘。可眼前的这个人此刻却十分冷静，他清楚那股渴望的可怕，但他选择了接受，直到自己再也感受不到罪恶……

难道真的没有办法了？

"叶兄！"

顾清弦突然惊呼，将叶由离的思路打断。

叶由离一抬头，竟看见赵启方不知何时来到他的面前，一道寒光从眼前闪过，耳边响起对方冰冷的说话声。

"叶兄，我不是事先提醒过你了，我可不会乖乖等你来杀我……"

叶由离没有想到对方会先下杀手，再想出手隔挡时，已然来不及了。

眼看着赵启方手里的那道寒光就要刺进自己的小腹，叶由离也好像放弃了躲闪一般，闭上了眼睛。他知道这一刀并不会取了自己的性命，但还是会受重伤。

可是等了半晌，腹部也没有传来剧烈的刺痛。

叶由离奇怪地睁开眼睛——

一个身影横在他与赵启方中间，他一只手抓住了匕首，鲜血从手握之处缓缓滴下，另一只手中握着赤柄直刀，刀刃的末端深深没入了狍兽的身体中。

"叶兄，他可是杀人犯啊，你的警戒心什么时候变得这么弱了？"顾清弦的声音在颤抖，似是还未从刚才千钧一发的救场中缓过劲来。

然而，叶由离却并没有理会他，他怔怔地望着赵启方眼中的生气流失殆尽……他死了。

结果，还是如她所说的那样……

叶由离看着赵启方的尸体，沉默良久。

"接下来该怎么办？"顾清弦将昏迷中的秦枭扶到了自己背上，小心翼翼地询问。

"把尸体烧了。"

"烧了？！"

"没错，快动手吧，趁你上面的那个朋友没察觉之前……"

叶由离说到一半，突然听到顾清弦那边传来"咦"的一声。

"怎么了？"

"之前倒在地上的少女不见了。"

适才他们三个人的注意力一直都在赵启方身上，谁都没有觉察到，原本被赵启方抓来的少女去了哪里。

"奇怪……"

叶由离心里也暗暗觉得事情不对劲，他皱起眉，又陷入了沉思。

突然，不知从哪里来的一巴掌打在了叶由离背上。

他抬起头,愣愣地看着"罪魁祸首"。

"干什么?"

"怎么又在发呆……知道你心里不好受,不过有些事就是不遂人愿的,想开点……"

顾清弦如"人生导师"般冲叶由离灿烂一笑,安慰完,便继续又回去收拾屋内的残局,只留下叶由离莫名其妙地在原地凌乱。

顾清弦依照叶由离的要求,用火烧掉了密室,连同赵启方的尸体。

等钟弥察觉井底冒出的浓烟时,为时已晚,而起火的缘由,据顾清弦所说,是升乐坊的老板见自己杀人的事情败露,没有办法,在情急之下,竟产生了想要和他们同归于尽的念头,还好三人跑得快,才逃过一劫。

一开始钟弥也是半信半疑,但如今尸体和现场都已经被烧毁,所有的线索也都断了。无奈之下,这件案子又变成悬案。

对此反应最大的要数秦枭,他醒来之后,想起自己竟然是被最先放倒的那个,自尊心受到了严重的打击,以至于那之后好长一段时间内,脸色都阴沉得吓人,整个人也好像缠绕了一圈黑暗气场。除了钟弥之外,麒骑的其他弟兄见到他都吓得侧身避让,不敢招惹他。

这件事之后,又过了两三天,叶由离再一次踏进了冷香阁。

阁内,兰月依旧在桌子前摆弄着她的香篆,眼角余光瞟见叶由离后,她急忙说道:"你先别过来,在那儿等着。"

叶由离也不着急,随便找了一张椅子坐下,问道:"你师父仍不在吗?"

"不在,你找她干吗?"

"问她新到手的血狼骨,有没有卖到好价钱……"说完,少年眼神凌厉地看了过来。

与此同时,兰月手中的动作也停下了。

"你这么快就猜到啦。"兰月尴尬地笑了笑,"也是……你和她一样精明,怎么会猜不到。"

"那晚假装被赵启方抓去的少女是你吧。"叶由离冷哼一声,"我早就应该想到……"

"你说不帮我们,但不代表我们就不能亲自动手……"少女有些生气地说,"再说,又不是我们杀了他。"

叶由离摆摆手打断她:"事后说这些有什么用,我们都是杀人凶手,不是吗?"

"我们要那血狼骨是为了救人……"兰月情绪激动,话说到一半,突然意识到自己的失言,便顿了顿,含糊了过去。

"随你怎么想吧,在施阳这个地方,没有人能够独善其身,叶兄这样的人不属于这里,也不应该来。"

兰月凉薄地看了他一眼。

叶由离没有说话,他心里明白,这件事并不是兰月和她师父两个人的错。

赵启方的死,从他接受了那股嗜血的渴望之后,就已经注定了。也许他自己也意识到了,所以才会贸然地攻击叶由离,或许他已经厌倦了躲藏,希望死亡能够给自己带来解脱。

叶由离明白他的心思,之所以后来说要烧掉他的尸体,也只是因为希望他平静地离去。

所以,当叶由离知晓兰月偷走一截血狼骨时,他才会如此不悦。顾清弦当时同意把尸体烧掉,也是因为考虑到血狼骨这种东西一旦在世上露出端倪,定会招惹来不少麻烦。

——现在他们所做的一切都白费了。

叶由离叹了口气,站起身。

"希望你们救的那个人,值得你们付出那么多……"

兰月紧紧咬住嘴唇,没有回应。

叶由离转身离开,来到了冷香阁外面的街道上,那里还是一如既往的冷清,空无一人。

——尘世间,万物皆有灵。

这是叶由离第一次见到顾清弦时说的话,可这句话的后半句,自己却没有告诉他。

——灵者有欲,椟郎便是令其实现之人。

叶由离不自觉地笑了出来。

这人世间运转的一环便是欲望,如果没有了对其他事物的渴望,椟郎的存在还有什么意义呢……

卷七·龙王祭

椟郎不属于三界之内,他们非神非妖亦非人,他们推动万物众生的欲望齿轮,自身却并不受欲望的支配。

【楔子】

　　午夜，施阳城郊偏僻处，破败驿站里只有一间屋子里闪着烛火。烛火下，男人正拿着一块木片仔细端详着，房间里的布置十分简陋，只有用木板简易搭起的床和一副桌椅。

　　"还没看出来什么吗？"询问声突然从门口传来，只见一个白衣青年倚靠着门框站在门口。

　　"没有。"男人简短地以两个字作答，又转而问道，"他怎么样？伤势好些了吗？"

　　"放心吧，死不了的。"白衣青年语气轻松，丝毫看不出担心的样子，"都已经过去几个月，以他怪物般的恢复能力，噢……当然还有我妙手回春的绝妙医术，再过几天就能下地走啦。"

　　许是习惯了他这副样子，男人没有理会，只是将手中的木片推向青年，开口说道："拿着这个，把你未完成的事情做完吧。"

　　白衣青年也学着他的样子，将木片放在眼前装模作样地看着。

　　"你说，这真的是百花拼图的残片吗？"

"你怀疑他?"

"当然没有。"白衣青年反驳,"我只是觉得伯商一族把它当宝一样护着,不是还有封印吗……他就这么带了其中一片出来,你说,会不会是那些人的陷阱?"

"拼图是真的,这个我可以保证。"男人默然了片刻,再次开口时,语气有些犹豫,"但是我却感受不到任何气息。"

"你说,会不会是里面的妖魔关了太久,自己消失了?"白衣青年提出一个可能性,但立刻被男人否决了:"不可能。里面都是很强大的妖魔,就是因为消灭不了,才会被封印在拼图里。"

百花拼图原本属于几百年前东煌王族的百花公主,她用其封印了当时法力强大的五只妖魔,拼图共有五块,放在一起能够拼成繁花的形状,故此得名。由于里面封印了可怕的妖魔,百花拼图的存在一直被历代"异旌"四家所隐藏,为的就是防止它落到歹人手上,造成不可挽回的后果。

而现在,拼图的其中一片就在他的手上,这里面沉睡着妖魔。虽然这样做有些冒险,但是为了自己的目的,他必须铤而走险。

"成不成,一试便知。"他抬起眼,看向白衣青年,"拿着它去吧,你自己要多加小心。"

"你就放心吧。"白衣青年胸有成竹。他将木片收入怀中,刚想转身离开,却突然想起什么来似的,放下了前一刻才抬起的脚,"有什么话需要我帮忙传达吗?"

"不用。"男人语气干脆,"反正不久之后就要见面了,那时候再好好地叙叙旧……"

【1】源点

入夏后的施阳城里一片浓绿,到处都是浓密的树荫,炎炎夏日中,为街道上的行人提供阴凉的避暑地。

贯穿整个东煌国板块的洛水河，在临近施阳处分支了一条支流——泷河。泷河由北到南将施阳一分为二，河岸两旁更是有两排浓密如同巨伞一般的垂柳，映得河水也是绿莹莹的。

泷河上，一艘装饰雅致的木船悠闲地在河面上缓缓前行。木船上下一共有两层，下层是一个个形似房间的隔间，上层四周是通透的亭台，从这里望去，河边四周的风景皆可一览无余。

"哥哥，哥哥，你在哪儿？"

木船上，两道活泼轻快的身影在船舱之间穿梭，只见两个模样看起来十岁左右的小孩在船舱的上下层，锲而不舍地寻找着什么。两个小孩都身着华服，尤其是其中的那个男孩，一双赤色眸子更是昭示着他直系王族的尊贵身份。

"阿策哥哥，怎么办？找不到哥哥他们啊。"另外一个年纪稍小一点的女孩焦急地说道。此刻，她有些肉嘟嘟的脸颊，因剧烈地奔跑而变得粉红。

"怎么办啊？哥哥他们不见了啊！"女孩的眼里开始泛起泪花。对于年仅八岁的她来说，捉迷藏是游戏的这个意识还十分模糊，现在她是真的以为自己的哥哥消失了。

"青容乖，阿策哥哥再带你去找一遍好不好？"男孩现在其实已经筋疲力尽，他在心里不知诅咒了那顾家两兄弟多少遍。虽说认真对待每一个游戏是所有孩子的天性，但他们两个在船上找了将近两个时辰，连那两人的影儿都没见着。

——怪不得青容吓哭了呢，他们两个真的像从船上消失了一样。男孩暗暗腹诽。

想到这里，他突然眼珠转动，心生一计。

"青容，如果……他们真的消失了呢？"说话时，男孩又装作一副十分害怕的样子，"或许他们一不小心掉进河里，被水里的妖怪吃了！"

183/

女孩听完，先是一愣，之后眼泪就再也收不住，充满了整个眼眶，眼看着就要决堤的时候，一声清脆的厉喝霍然响起——

"阿策，你胡说什么呢？"

两个和男孩年纪相仿的少年，凭空出现在离他们不远处的甲板上，其中，年纪稍小的那个急匆匆地走过来，将女孩抱在怀里，轻轻地拍了拍她的头。

"没办法，你们藏的地方太难找了。"男孩耍赖似的抱怨着，"我和青容都快累死了。你们到底藏在哪儿了啊？"

"我才不要告诉你。"小小少年白了他一眼，"是大哥找的地方，想知道去问他吧。"

"不告诉我就算了。"男孩赌气地说道，"这一次我来藏，你们来找……"

"我也要，我也要！"小小少年怀里的女孩抹了抹眼角，跃跃欲试地说道。

"可是青容，你不是刚才……"小小少年话还没有说完，女孩就已经从他的怀里挣脱，追随着男孩跑了出去。

"你就等着吧，清弦。这一次你绝对找不到我们……"

小小少年眼前一花，突然觉得两人的身影逐渐模糊，声音也渐渐远去，到最后，仿佛是从遥远的地方传来。

他的眼前变成一片雪白，空无一人……

【2】水神祭

"哥……哥哥。"

"清弦！"

一阵推搡中，顾清弦清醒了过来。

他眼神茫然,不明情况地看着自己面前的两个人。

苏策此刻神色担忧,而花妖妹妹粉嫩的脸上,眼泪像是断了线的珠子,簌簌地往下掉。

"阿策……我这是怎么了?"顾清弦的眼神在宛珠的脸上一滞,突然气急败坏地说,"我说你又跟宛珠讲鬼故事了吧!看把她吓得……"

顾清弦本想起身,却发现自己无法控制住身体,无论脑海中再怎么传递信息,他的四肢都一动不动。

"哎……你瞎说什么呢?你哥这一掌难不成还把你打糊涂了?"苏策将他扶了起来,"今早的事你不记得了?我说你啊……平时这么随和的一个人,今天这是怎么了?"

苏策无奈地叹了口气,给顾清弦——这个大清早在麒骑本营里闹的肇事者一顿白眼。

近来,泷河频频发生幼童落水溺亡的事故。事情一开始,城中的百姓都以为那只是普通的意外,可过了一段时间之后,事情就变得诡异起来。如今,夏天才刚刚过了一个月,就已经有五个孩童消失于泷河之中了。施阳百姓人人自危,坊间更是有传言道,说是泷河里的水神龙王又开始收小孩去当祭品了。

麒骑卫的上层也觉得此事甚有蹊跷,于是便派遣白虎卫中陌清明带领的一卫去调查这件事情的来龙去脉。

冲突也就是在这时候发生的。

就在一卫接下任务的当天早上,顾清弦突然出现,拦在陌清明的身前,请求以个人名义,协助他们调查。陌清明深知顾清弦心里是放不下多年之前的那件事,但上头已经考虑到这一点,特别叮嘱他,此事绝对不能让顾清弦插手进来,以免顾清弦到时候意气用事,妨碍事件的调查。虽然无奈,但陌清明还是依照上层的吩咐,果断地拒绝了顾清弦。

可没想到,平时为人随和的顾清弦,在这个时候,竟不讲道理起来。他拦住陌清明,说不管怎么样,自己都要查这个案子。双方就这样在麒骑本营的大厅里僵持着。最后还是顾靖玄和苏策赶到，顾靖玄脸色铁青地打晕了自家弟弟，让苏策把他带了出去，而自己则留在现场，给一卫的弟兄们赔不是。

"你没看到，当时你哥那张脸哦……"苏策唏嘘，"想想都觉得可怕。"

"我哥现在在哪儿？"顾清弦也开始心虚。

顾靖玄虽然平时总是一副满脸冰霜的样子，却能将情绪收敛得很好，很少有人看到他动怒的样子。但顾清弦心知肚明，自家大哥生起气来的威力……想想，他都有些两腿发软。

"应该还在本营里吧，毕竟白虎卫手上又不止洨河那一件案子……不跟你多说了，我也要回去帮忙了。"苏策站起身，停顿片刻，"对了，差点忘了跟你说，你被上面下禁令啦，这几天就老老实实在家待着……"

"什么？"顾清弦情绪激动，但无奈手脚依旧不听使唤，他只能用喊声抗议，"为什么？！"

"哎……你就别这么固执啦，就当是转换一下心情。"苏策安慰他，"有宛珠陪着你呢，实在无聊的话就去找叶由离吧。这段时间他好像一直都待在九黔阁里，没有出来过……你要是去的话，帮我带声好……"

"哎，你先等等。"

顾清弦还未说完，苏策就像要逃离这里一样，匆匆忙忙离开了。

"什么好兄弟啊，连你也不帮我……"

望着他离去的背影，顾清弦嘴角动了动，神情失落。

【3】危机伺伏

九黔阁并不位于楚江域的中心地带，甚至可以说有些偏僻，因此，即使现在时值正午，阁前的道路上也没有太多的来往行人。

前堂的门大敞着，阁内前后通透，丝丝凉风吹入，在夏日中给屋内带来些微凉爽。叶由离身穿水色薄衫,盘坐在前堂的地上,闭目冥想。

赵启方的事情已经过去了两三个月,从新春到现在,自己的身边也没有再发生其他奇怪的事,从苏策那里打听来的,也只是些寻常妖魔骚扰人的事件,并没有太多有用的信息

可他心里仍似是有块石头在悬着,久久无法安心。

虽然冬天以后,他就再也没有肖越行动的迹象,但他心里依然浅浅地存有一种不好的预感。

"叶兄。"顾清弦一进门,就看到在地上坐着的叶由离,他先是一愣,而后神经兮兮地小声说,"我打扰到你练功了?"

"才不是,哥哥,先生是在冥想。"宛珠甜甜的声音从顾清弦背后传出来,她探出头看了叶由离一眼,"我们不要打扰他,在旁边等着就行了。"

"不用。"叶由离懒洋洋地睁开眼皮,余光瞥向对面的人,"怎么这时候来了?"

"宛珠说好久没见你了,来看看你……"顾清弦脸上堆满笑,还没在椅子上坐稳,就被对方下了逐客令。

"现在看到了?能走了吧?"

"宛珠好不容易来一趟,你这样说太过分了!"

"我不是说宛珠,是你。"叶由离又嫌弃地瞥了他一眼,"你今天晚上不是还要巡街吗?让宛珠在这里玩一会儿,晚上让你大哥来接她就成。"

"啊,时候还早,你就让我在这儿多待一会儿吧……"

望着欲言又止的顾清弦,叶由离没有说话,其实早上的事情,苏策早就已经告诉他了。

见面前的人也没有想坦白的意思,他沉默了半晌,开口说道:"如果是洮河的那件案子,请恕我敬谢不敏。"

"啊……"

顾清弦心里还在纠结着要怎么求他，却没想到对方竟先开口拒绝了。

"是阿策告诉你的吧？忙没帮上，消息倒是传得挺快。"他不满地撇起嘴，"怎么连叶兄你也跟他们一样？"

"这件事本身就是你有错在先。"叶由离平淡地说，"你现在这副容易激动的样子，无论是谁都不可能让你查案子的吧。若你只是单纯为了十年前的那件事情，换作是我，也会阻止你的。"

顾清弦被他的话语击中，良久没有出声。

"哥哥……"宛珠眉梢下弯，两只大眼睛小心翼翼地看着顾清弦，如同一汪清冽的泉水。

花妖虽小，却通灵性。顾清弦一直萦绕在心头多年的心结，她早已知晓。

"河里肯定是有东西的。"顾清弦嘴唇微动，声音细微却十分坚定，"这件事我一定要查清楚。"

"既然你这么固执，我也没办法。"

叶由离垂下眼睑，也没有再过多劝顾清弦。他最不擅长劝人这种事，更何况在这种状态下，顾清弦根本劝不动，那件事已在他心里郁结多年，哪能说让他轻易地放下。

叶由离原本以为，用自己不再帮助他这个说法作为胁迫，可以让顾清弦稍微知难而退，在家安生地待上几天，等白虎卫那边查出些头绪之后，再从长计议。可顾清弦听完之后，意外地没有对他继续纠缠，在这里发了一会儿呆之后，便告辞离开了。

"先生，你不去帮哥哥吗？"望着顾清弦离去的背影，宛珠甜甜的声音里透着明显的失落。物灵只会回应主人内心深处最强烈的愿望，由此亦被称为"愿引"。原本是一颗几乎不可能发芽的种子，却还幻化成他所期望的样子，目的，便是为了化解这个心结。

可她现在才终于明白，纵使顾清弦再怎么疼她宠她，她终究不是青容。

头顶上传来温暖的触感，叶由离轻抚着小花妖的头。

"先生……"

宛珠神色暗下去，吸了吸鼻子。

当初她还在瑶曦山上的时候，就对人世间的感情充满了好奇，梦想着有朝一日能够去尘世体验一把。不过，这个梦想一直被同伴们嗤之以鼻，毕竟修成仙道，才是草木精灵正统的人生目标。她自己也觉得是幻想，直到遇上叶由离，这个清秀好看的少年楼郎答应带她来到世间，代价只是一颗真珠梅果实。那时候的叶由离在宛珠眼里，和九重天的神仙并无区别。

"先生，哥哥他不喜欢我吗？"

"怎么会呢？"

"那他为什么忘不掉青容呢？明明宛珠也可以当他的妹妹呀！"宛珠倔强地抬起头，鼻子红红的。

叶由离沉默。他也不知道该如何向她解释。

人的情感复杂脆弱，也很难一成不变。

与他人之间的感情，也因人而异。重要之人的离去，遗留下的那份维系，也不会因为相似之人的出现而被延续继承。

宛珠不会明白，她无法分辨那些情感。她简单纯粹地认为，那个将自己唤醒的人，赋予了自己新的生命，所以，也应该就是她生命中最重要的那个人。

只因为这个理由，她付出了全部的感情。

只因为这个理由，那日花瓣飘零若雪下的相遇，花妖宛珠的眼里，从此就只有顾清弦一个人。

【4】十年的心结

阴暗死寂的水底，一道狰狞蜿蜒的暗影盘踞在泥沙之中。

——为什么？这些都不是，为什么找不到？

它翻滚着身子,四周的水域里,泥沙翻滚,猩红的双眼在混浊的河水中散发着诡异的凶光。

——可恶!那个人到底在哪儿?我要报仇!

报仇,愤恨,这是它睁开眼睛想到的第一件事。

抚摸着身上那块缺了半片肌肤的伤疤,它心中的怒火无法平息。

——再去抓些孩子来,找到他!一定要找到他!

暗影扭动着身躯,在水底迅速游动,转瞬间消失不见。泷河平静无澜,河面上无半个船只,水中潜伏的巨大黑影伺机而动……

"咦,你想借船?"船夫的目光透过斗笠边沿,仔细打量着对方。自己面前的这个年轻人看起来仪表堂堂、举止有礼,实在不像是脑子坏掉的样子。难道是自己听错了?于是,他又问了一遍,对方也同样又回答了一遍。

"小伙子,想开点。"老大爷一副过来人的样子,教导年轻人迷途知返。"这正赶上龙王爷收祭品呢,你干吗去添这个乱?"

"出事的不是只有小孩子吗?"

"之前如此,但今年龙王爷脾气可不太好……"船夫话没说完,像是触犯了什么禁忌似的,突然捂住嘴巴,"呸呸,刚才无心说了冒犯水神的话,还望龙王大人宽恕,大人不计小人过……"

说着,他朝向泷河拜了几拜,继续对年轻人说:"记得大概十年前的时候,泷河就有小孩子溺水的事件……好像也是发生在夏天。事情刚开始的时候啊,人们都以为是意外,可出事孩童的尸体却一个都没见着,像是被这条河给吞去了似的。后来,施阳城里来了一个术士,他在这泷河边上站了许久,说这条河里住着水神,小孩子的尸体之所以找不到,那是因为水神在收祭品。当时城里人心惶惶,他这么说,大家也都信了。那些失去孩子的人家听到这些,纵使心中有苦,但又不敢冒犯河神,再苦也得往自己肚里咽。而家里有小孩的,也都小心翼翼提防着,禁止自家孩子靠近这条河。但即便如此,那之后还是有一些孩子失踪了。"

船夫回忆起往事,唏嘘不已。

"那之后又过了十年啊……可是与十年前不同,这刚入夏一个月就收了好几个孩子,你看,现在这洺河上连划船的都没了,这以后可怎么办哦……"

听他说完,年轻人沉默良久,说道:"麒骑那边没有派人查吗?"

"你说十年前吗?查了,怎么没查,当时麒骑的大人们出动了不少,却都一无所获。你想想,连'盛世双虎'都没有办法……要不然大家怎么会相信,这河里有龙王神一说呢?"

"龙王吗……"年轻人嘴角喃喃自语,低头思索。

船夫见状,以为他动摇了心思,急忙劝道:"你还是回家去吧……"话未说完,年轻人猛然抬起头,眼睛直直地盯着他。

船夫吓了一跳。

"看来我真的要回去一趟……船先给我留着,我过段时间再来。"

"喂……你还想租船啊?"还没等船夫反应过来,年轻人就已经离开了。

望着他急匆匆的背影,船夫长叹一口气:"现在的年轻人,怎么都不听劝呢!"

时近正午,洺河表面平如光镜,水深如墨,越是这样平静的河流,里面往往暗流涌动,漩涡四伏。

苏策伫立在河边,赤色眸子出神地盯着水面。

"怎么?难道你也想下去见一见住在里面的龙王?"陌清明突然出现在他身旁,打趣道。

"你在的话,能不能提前知会一声?"苏策摸着自己的胸口,惊魂未定地瞪了对方一眼,"我真的差点就去见它了!"

"不要在河边发呆,这样很危险。"

"——有危险的话也是因为你！"苏策白了他一眼。

"弟兄们有什么发现吗？"

"没有。"陌清明摇了摇头，"我说，虽然你来我们一卫是为了打探消息，可也别光站着，倒是来帮帮忙啊，不然你对得起你这身衣服吗？"

苏策此刻和其他人一样，身着白虎卫制服，其款式与玄虎卫一模一样，唯一的不同就是，衣服以白色为基调，衣袖领口都绣以蓝银丝线作为点缀。

"卫长辛苦啦。"苏策态度立马一百八十度转变，凑到陌清明身边，赔笑说，"今天结束后，我请兄弟们去喝酒，犒劳犒劳大家！"

"不用破费了，我知道你也是为你的那个老朋友……十年前的那件事，我多少知道些。"陌清明缓缓说道，"不过，他说这泷河里面有东西……可我看这河水平缓宁静的样子，不像有东西寄宿其中的样子啊。"

"清弦不会无缘无故说些没有根据的话……"苏策回答他，语气坚定。

他的脑海中浮现出十年前的场景——小小少年歇斯底里地想挣脱大人们的控制，再一次奔向水中，而作为朋友的自己却只能呆立在一旁，惊惶地注视着一切，手脚僵硬得无法动弹。

"有妖魔，水里有妖魔啊，青容她被抓走了，你们快去救她啊！"

然而，在场的所有人，包括他自己都不相信小小少年，大人们以为这只是孩子因为溺水，惊吓过度而产生了幻觉。

没有人相信小小少年说的话……

"那时候我应该相信他的。"苏策喃喃自语，声音细微到连身旁的陌清明都没有听清。

"你说什么？"

"啊……没什么。"

苏策敷衍了一句，随即又转身面向泷河。

此时，河面依旧平如光镜，水中好似有一抹黑影，在众人未留意之时，悄悄潜入了河底……

【5】线索

"叶兄!"

顾清弦的突然出现,让叶由离吃惊不小。

"你怎么又来了,还有……你那是什么表情?"看见面前的人一脸难以抑制的激动,叶由离疑惑地皱起眉。

见到顾清弦,宛珠也亲昵地朝他跑过去,刚想撒娇似的叫声"哥哥",却被顾清弦激动的声音打断。

"龙,是龙啊!"

"什么龙?"

"泷河里的妖魔。"顾清弦回想起自己在河水中见到的那个黑影,"一定是龙。"

"虽然我也很想看见龙……但是,你这样说有什么证据?"

顾清弦突然想起那个船夫说的话,他将其又复述了一遍给叶由离听。

少年椟郎听完,脸上疑虑重重。

"虽然施阳里妖魔神怪众多,但要说其中有龙潜居,还是不太可信。"

叶由离伸出手指,指了指上面:"龙是一种很高傲的神兽,它们只会云游于那几重天上,是不会选择在人世逗留的,更别说在泷河里了,不过……"

少年椟郎脸上疑虑重重:"十年前的那个术士的确可疑,他一定是在庇护水里的那个东西……"

叶由离默然了片刻:"那水中定不是什么善物,你先别轻举妄动。"

"我知道。"顾清弦语气果断,"但我也不会坐以待毙,原本以为,时隔多年那怪物早已不在这泷河之中……如今它竟然再次作恶,这样的机会我绝不会放过。"

说到这里,顾清弦停顿了片刻。

"叶兄，我知道你们的用心，但是让我现在什么都不要做，是绝对不可能的……若这次你不帮我，我就去找别人帮忙，哪怕只有我一个人，我也要亲自将那怪物绳之于法。"

顾清弦一贯的顽固脾气，此时得到了淋漓充分的展现。叶由离嘴角抽搐几下。

——这家伙什么时候学会威胁自己了？！

"叶兄……"感觉袖口被人轻轻扯住。宛珠同样一脸诚恳地望着叶由离，叶由离被他们俩盯得心里直发毛。

"好吧好吧。"他缴械投降，"没想到最后还是要帮你……我记得你说过，你曾经看到过水里的那个东西，对吧？"

"对，但是时间太久，我记不太清了。"

叶由离摸着下巴，思索片刻，而后跑到角落的柜子旁翻找了一通，不知从哪里翻出来两顶帽子。

这两顶帽子做工精细，材质看起来也是上好的。帽子上面的图案虽然不同，但还是能看得出来它们是一对。

"我可以帮你查清那东西的真面目，但是……"叶由离急忙话锋一转，"你要答应我，知道真相后，不要自己一个人去跟那个东西对抗。"

"我明白了。"

叶由离将其中的一顶帽子递给他："所有的线索都在你的记忆之中，虽然你记不清楚，但不代表它不存在。你戴上帽子之后，我们两人意识便能相连，这样我们就能一同潜入你的记忆深处……"

这么神奇？顾清弦刚想伸手去接帽子，叶由离却迟疑了一下："这东西副作用有点大，而且不同的人表现的症状不同，我也没有把握……你确定要这样做？"

顾清弦明白他话里的意思，那段记忆对于自己来说很痛苦，他不知道自己完全记起来之后会是什么样子。

但是，他不能放过这次机会。

他将帽子戴在头上，冲叶由离坦然一笑。

"开始吧。"

【6】洈河龙王

当顾清弦再次恢复意识，睁开眼睛时，眼前竟是一片墨绿色的水域。

他的第一反应是自己溺水了。可挣扎了几下才发现，自己的呼吸并没有受到影响，他愣了片刻后，才明白自己真的身处于记忆之中。

"你醒啦。"叶由离和他一样悬浮在这片记忆中的水域里，"你可睡了好一会儿呢。"说完，他抬了抬手，两个人飞出了水面，来到水面的上空。

河面上，一艘装饰雅致的双层木船孤零零地缓缓前行着。

"你就等着吧，清弦，这一次你绝对找不到我们……"

甲板上，一个华服男孩手里拉着一名女孩叫嚣着，正当他们想往舱内走的时候，天气顿时骤变，原本的朗朗晴空，瞬间变成了灰沉色，洈河也变得不安分起来。

突然，一个稍大的水浪打在船体上，引起木船剧烈晃动。这时，站在甲板上最外围的小小少年一不留神间，脚下不稳，竟跌到船身外面去了。

"清弦！"

"哥哥！"

女孩离得最近，她也没有顾虑那么多，立马冲上前去，一把抓住了小小少年的手。但由于体形悬殊，女孩的身体太过娇小，反而也一同被带下了水。

"傻瓜！"顾清弦喊着，一时间竟忘了自己是在记忆之中。

"叶兄，我们快下去看看！"他想跟着年幼的自己进入洈河，但身后的人却没有反应。

"叶兄？"顾清弦疑惑地转过头，却发现叶由离表情奇怪地盯着河面。

"那段记忆被下了禁锢，我进不去。"叶由离摇了摇头，"你只能自己去了……"

记忆被下了禁锢？这听起来太诡异了。顾清弦暗自奇怪，但内心实在迫切地想知道水下的情况，他也没有多想，便一头扎进了水中。

水下是一片骇人的光景——年幼的顾清弦和青容，在水中挣扎着，周围笼罩着一团旋转的巨大黑影。

顾清弦眼看两人的动作逐渐缓慢，身子也开始不断地下沉。就在两人快要被黑影吞噬的时候，黑影的动作突然一滞，然后在水中不自然地扭动起来。

顾清弦这才看清它的真面貌。一条通体赭红、类似蟒蛇的妖魔，头上有一角，眼睛是瘆人的猩红色，它痛苦地在水中蜷曲着身体。顾清弦发现在它背后，有一处被人生生剜去了一大块皮肉。而就在那块狰狞伤口附近，一个男人手里抱着已经昏迷的年幼时的他和青容。

顾清弦浑身颤抖，脸色苍白地注视着那个男人。并不是因为男人的突然出现，而是因为他的容貌。

那简直就是另一个自己啊！

除了对方的头发中夹杂着些许白发之外，顾清弦差点就以为那是自己穿越回过去救了自己。

就在他觉得那三人能够顺利脱险的时候，那条形如巨蟒的妖魔又杀了回来，疼痛使它的攻击变得杂乱而激烈，每一次攻击都夹杂着愤怒，用尽全力。如雨点般密集的攻击袭向那个男人，几个回合下来之后，男人终于因为缺氧再加上体力不支，被巨蟒妖魔的尾巴击中。

遭受的攻击使男人手劲一松，两个孩子就这样从他手里飞了出去。男人迟疑了片刻，就在巨蟒妖魔再次发动攻击的时候，一个闪身，躲过了攻击，他一只手捞起年幼的顾清弦，却无暇去救已经漂去很远的女孩。

一道白光闪过，等顾清弦再次回过神来的时候，男人和年幼的自己已经不见了。巨蟒妖魔见状,一边愤怒地咆哮,一边在水中来回翻转穿行,像是在发泄余下未尽的怒火。

待情绪平复,巨蟒妖魔才向泷河深处游去。

最终,在顾清弦的眼前,那个赭红色身影将水中孤零零下沉的女孩卷起,一起带入了那如同深渊般的水底……

【7】苏醒的记忆

"谁?"

顾清弦眼前模模糊糊出现了一张人脸,他却始终都看不清。突然,他感觉右脸颊火辣辣作痛,痛得他眼泪都出来了。

"是谁啊?"他捂着脸,眼角湿润地怒喊,可当他再看向面前事物的时候,视线竟然清晰了。眼前是熟悉的九黔阁,少年梼郎坐在他视线的正前方,表情严肃地看着他。

"叶兄,我这是怎么了?"顾清弦只觉得头痛欲裂,完全记不起到底发生了什么。记忆中,最后的断片就是自己看到青容娇小的身体,沉入水底的深渊……

"情绪失控导致的记忆传输失败,我们两个人的记忆交界处发生了紊乱。"叶由离的话解释了顾清弦头疼的原因。

顾清弦也稍稍有点印象,失去意识之前,大量的记忆涌入脑海,内容像走马灯一样展示在他的眼前。

其中还有一些并不属于他的记忆……

"我昏迷了多久?"

"一个晚上……现在已经是第二天正午了。"

顾清弦听完,急忙坐起身,向屋外冲去。

"你又去哪儿?"叶由离见他头也不回地往外跑着,出声询问。

"找人!"

片刻之后,那个方向远远地传回来两个字。

顾清弦说找人这句话,是掺了半真半假在里头的,他只是在逃避叶由离而已。就在对方回答他问题的那一刻,那些因记忆紊乱而涌入脑海、原本属于叶由离的记忆在他的脑海中疯狂闪现。

他知道叶由离来施阳,其实是为了保护他;他也知道那个拜托叶由离保护他的男人,就是十年前在水中救下他的那个人。

之所以想要逃开,是因为他不知道,拥有了这些记忆之后,该怎么跟叶由离相处。

他已经无法像以前那样看待叶由离了。

顾清弦来到了河边,又去找之前的那个船夫。

船夫见他又折回来,神色惊奇:"小伙子,你怎么又回来了?"

"我记得之前离开的时候说过还会回来,船你帮我留好了吗?"

"船是肯定有。"船夫又劝他,"但这泷河真的很危险啊,去不得……"

"清弦,你在这里做什么?"

一个熟悉的声音从远处传来。

顾清弦扭头一看,心里暗叫不好。

苏策和一卫的人马刚好巡视至此,见到河边有两个人,便前来查看。当认清是顾清弦的时候,苏策也十分惊奇。

"你一个人跑来这里做什么?"苏策脸色变了变,凑到他身边小声问,"你不会自己在调查吧?"

"各位大人,你们也来劝劝这位小伙子吧。"船夫很适时地出现,插了一嘴,"他非要借船去河里啊。"

顾清弦恨不得找个地缝钻进去,因为此刻现场所有人,都在用一副看神经病的眼神望着他。

"你疯了吧……"就连苏策盯了他半天之后,也只冒出这一句话,"这河的情况还没查清楚，你贸然下去，出了事怎么办？"

"我查我的，你查你们的。"顾清弦心虚地别开眼睛。

苏策见他这般固执的样子，放任不管的话，迟早会把命给搭进去不可。

他冲陌清明使了个眼神，后者立即会意，冲手下吩咐道："既然你这么说，那我们就以妨碍公务的罪名，将你带回卫里待上几天，对不住了，兄弟……"

顾清弦没有料到他们会使出这一招，等反应过来，他已经被白虎卫的将士们三面围住了。

无奈之下，顾清弦无视了他对叶由离的承诺，纵身一跃，跳到了停泊在河边的小船上，他用脚在河岸上用力一点，小船便借力往河中心驶去。

"顾清弦你疯了啊！快回来！"苏策在岸上冲着顾清弦吼着，一股熟悉的恐惧感逐渐萦绕在心头。

顾清弦原本打算在河里待上一段时间，等苏策那帮人走开之后，再想办法回到岸上去。可当小船刚行驶到河中间时，头顶上方的天空忽然起了变化——原本的湛蓝晴空瞬间变成令人压抑的灰沉色，之前还如平镜一般的河面，如今也开始波澜起伏。

这种熟悉的光景，顾清弦曾经见过一次，在他的记忆中。

他嘴角咧起一抹苦笑，心情不知道是该郁闷还是该高兴。

——这也真是太巧了……

【8】泷谶

泷河中波浪翻滚，小船在水浪中挣扎着，有几次险些被打翻到水里。

"清弦！"河岸上，苏策一行人只能眼睁睁地看着顾清弦只身犯险，却无能为力。泷河的水浪太大，贸然乘船去救他的话，搞不好在救他之前，他们的船就已经翻了。

在场的所有人,都为顾清弦捏了一把汗……

"这天气刚才还是好好的,怎么突然就变成这样了?"

"是啊,你看这河水竟然无风起浪,实在是奇怪。"

"你们说……这河里是不是真住着妖魔?我们要不要请玄虎卫来帮忙?"

白虎卫的众人七嘴八舌地讨论着救人办法。

而听到"妖魔"二字时,苏策的脑海中自动蹦出了一个人——对啊!我怎么把他给忘了?

苏策像是抓到一根救命稻草一般,连招呼都没打,就急匆匆地离开了河岸。

河中间的情况越来越不乐观。小船里已经进了不少水,过不了多久,即使不会翻船,船也会自己沉下去。顾清弦用手探向腰间,叶由离给他的"浊影"静静地待在那里,自从伯商家的那个案子之后,"浊影"就一直是他保管着,有一次他跟叶由离提了一下这把剑的事,结果对方却只是说先寄放在他这里。

没想到这么快就又派上用场。顾清弦暗自庆幸。

就在顾清弦打算主动跳进河中,与水里的那个家伙拼命的时候,泷河又突然恢复了平静。

众人正感到奇怪,却发现周围不知什么时候,大雾弥漫,岸上的人看不清河面的情况,水面上的顾清弦也看不到对岸。

他环顾四周白蒙蒙的一片,提高警惕,右手一直握住"浊影"。

再往前行进了一段路程,顾清弦发现不远处河面上出现了一根似是圆柱般的影子,他心头一紧,因为在他的印象中,泷河上是没有类似的建筑物的。

只有一种可能……

黑影同样俯视着船中的人,迟迟没有发功攻击。它歪着头,猩红的双眼从迷雾中仔细地观察着河面上的小人。容貌没有错,那个害它在水底沉睡了十年的人，化成灰它都能认出来，但是他身上十年前的那股戾气却消失了。

不过，疑惑也只让它迟疑了片刻。

它从水中走了出来，四只爪子踩在半空中，然后开始围着小船，在半空中游走。这时，它的全貌也近距离地展现在顾清弦的面前。

眼前的庞然大物并不是类似巨蟒的妖魔。光滑的身体上覆满了散发着金属光泽的黑色鳞片，四只能在空气中着力的爪子，还有额上那根尖锐的角以及锋利的牙齿。那更像是他小时候在画书中看到的圣兽，它们腾云驾雾，在白色的云海里遨游，浑身散发着神圣的金色光芒，可眼前的这条"龙"，周身并没有金光环绕，反而散发着邪恶的气息。

黑色的"龙"围绕着小船打转，迟迟不发动攻击。

这是它的癖好，捉弄人类，欣赏着他们在死亡来临之时感受到恐惧的表情，并引以为乐。对它来说，那些如虫子般脆弱的人类，他们的命只有在取悦自己时，才会有存在的价值。

但它的兴致并没有持续多久。因为眼前的这个人类，并没有很好地取悦它，他的脸除了有一些苍白之外，几乎察觉不到恐惧情绪的痕迹。

真是无趣！

它放缓了行动的速度。猩红的双眼微眯，考虑着自己如何攻击，才不会一击致命，这样它就能欣赏到这个人在临死前有趣的表情。

心中许是察觉了那双眼睛透露出的危险气息，顾清弦再也忍受不住，从腰间拔出"浊影"挡在身前，身体也摆出防卫的架势。

看到眼前的人突然拔出的"浊影"，黑龙一怔，在半空中稍稍停下，它能感应到那把剑——"浊影"散发出的令人厌恶的气息，这是妖魔最基本的本能。但它对"浊影"的忌惮只持续了片刻，那把剑的出现让它突然意识到，眼前这个人既然拥有对付妖魔的法器，那么，他肯定和十年前那个人有关系，说不定就是"他"，只是十年间变化巨大，自己有些认不出来了。

它之前就听说过，人类寿命很短，十年对他们来说，是一段不短的时间。

想到这儿，它就越来越兴奋，不自觉间，身体已经朝河中的小船俯冲了下去。

——把他杀了，就能报了十年前的仇。就能让那些愚蠢的人类知道，弄伤自己的下场……

仇恨将报的兴奋感让它在此时疏于防范，眼看着顾清弦马上就要命丧"龙"口，只听见"咚"的一声，黑龙的身形僵立在离他只有一臂距离的半空中。

"孽畜！"一声厉喝从不远处传来。

顾清弦闻声望去，只见叶由离正站在离他不远的水面上。

"叶兄！"顾清弦心中松了口气，但是又马上察觉到叶由离的异样——少年目光死死地盯住他面前的黑色妖魔。

这是顾清弦第一次见他如此紧张。

叶由离脚尖轻点水面，来到顾清弦身边。

"事先答应好我的话呢？！"少年饱含怒火的诘问语气，让顾清弦心虚地低下头。

"不是，我……"

"现在没工夫听你解释！"叶由离打断他，"先把命保住再说吧。"

黑龙在距离两人不远的地方扭动着身体，用尾部抽打着他们之间的一道隐形屏障，就是因为这道屏障，顾清弦方才能保住性命。但屏障也支撑不了多久了，叶由离能看到内壁逐渐龟裂，出现无数发光的裂痕。

"这道屏障快支撑不住了……"叶由离脸色有些发白。

"没有别的办法了吗？"

"我现在手里唯一能够拦住它的就只有这个'天方壁'。"叶由离没好气地说，"你不是要报仇吗？我看待会儿等这'天方壁'破了，你干脆就冲出去跟它拼命好了！"

"我倒是想啊，只不过我连它的弱点是什么都不知道，冲上去岂不是送死！"关键时刻，顾清弦难得头脑清醒，"我们能不能借这个机会逃走？"

"晚了。"叶由离白了他一眼，"我们现在在他布的结界之中，看到这片雾没？我们无论怎么逃都只会在这片雾中瞎转悠，除非别人从外面进来救我们……"

"那我们就没有任何办法了吗？"顾清弦脸色难看，他终于意识到，眼前是连叶由离都无法解决的棘手事态。

"唉……"叶由离叹着气，"没想到这泷河里竟然住了这么个东西……"

"是龙吗？"

"是也不是。"

"什么意思？"

叶由离没有回答，只是从怀中掏出一把白色丝线。

这些丝线如白烟一般袅袅地在空中浮着，不仔细看，还真以为他手中攥了一团烟雾。

叶由离冲着屏障将其轻轻吹了出去，丝线随风而散，悉数飘向了屏障，在接触屏障的刹那，它们竟与屏障融为一体，随后，屏障上的裂痕也逐渐消失了一些。

"这是……"顾清弦一副"你果然留了一手"的表情，"你不是说没有解决办法吗？"

叶由离脸阴沉下来："我只有那些……下面就听天由命了。"

"对了，刚才你说'是也不是'……什么意思？你见过它？"

"只听说过，"叶由离望着外面气急败坏想要突破屏障的黑色身影，"它是泷谶。"

"泷谶？"

"它虽为龙种，却天性嗜杀，故被同族罚下界来，同时剥夺了它龙的身份，所以才会变成现在这副样子。"

"难道它就没有弱点？"

叶由离摇摇头。

"虽然是这副样子，但它本质上还是龙，我们充其量能够伤到它，但杀死它，不可能。"

"对不起，叶兄，是我拖累了你……"顾清弦满怀歉意地说。他的心里同样充斥着不甘，十年前那件事的罪魁祸首就在眼前，而现在自己别说是报仇，恐怕连命都要送出去。

——难道真的要到此为止了吗？

——不，我还不想就这样结束……

"天方壁"上布满了狰狞的裂痕，叶由离注视着半空，面色冷峻。

估计再承受几下攻击，它就要结束自己的使命了吧。

正当他这样在心里想的时候，一个男人的声音在身旁突然响起："看来，你又要欠我一份人情了。"

"咔嚓！"

话音甫落，"天方壁"也随之破碎……

【9】又见肖越

"顾……清弦？"

叶由离疑惑地看着身旁人，话还未来得及问出口，便觉得身子一轻，他已经被"顾清弦"夹在臂弯下，后者纵身一跃，两人便一同从小船中跳了出去。

就在他们俩逃开的下一秒，河中的小船，就被泷灦的攻击撕成了碎片。

"唔……真的好险啊！"

"顾清弦"潇洒轻松地落在远处的水面上，看那个方位一片狼藉，不禁唏嘘。

"你把我放下来。"被夹在臂弯里的人抗议道。

"你确定？"见泷戬又向这边发动攻击，"顾清弦"起身闪避。它的攻击再次落空，身子潜入了泷河之中。

"你确定你能逃得过它？"

"你也太小看我了！"在"顾清弦"再次落在水面上的时候，叶由离便挣脱开，从怀中掏出一个信封，信封里是一片银白色的枫叶。

"哦，竟然是雪霁叶。""顾清弦"一脸长见识的表情，看着叶由离将银叶丢在了水面之上。

银叶在接触水面的刹那，以叶片为中心，河面上竟迅速结起了一层冰，而且不断向远处的水面延伸……

"你这样可不是长远之计，这种程度的冰层，它迟早会突破出来的。"

"无所谓。"叶由离平静地说，"本来的目的就不是为了困住它。"

"哦？""顾清弦"挑了挑眉。

"我只是需要些时间……"叶由离注视着他的眼睛，脸上带着些许愠色，"你这样做可不行，肖越。"

"干吗这副样子？"许是对方的反应有些出乎意料，"顾清弦"不解地问，"我借用他的身体，是为了救你啊。"

"这样随意占据别人的身体，是不好的……"叶由离说完，犹豫再三，又开口问道，"你来施阳干什么？"

许是察觉到对方投来意味深长的目光，"顾清弦"微微叹了一口气："其实我是来告诉你，我们之间的约定到此为止……你不用再帮我保护这个人了。"

叶由离愣住，但很快便又恢复常态："可约定的时间并没有到……"

"我知道，是因为我的问题。""顾清弦"目光暗淡下去，轻声说道，"我的身体已经坚持不住了。"

"这就是你制造之前一系列事件的理由？"叶由离突然问道，心中久藏的疑问早已抑制不住,"我知道你的事我不应该多问,只是……"

这个人的许多行为都令人捉摸不透,这让他下意识地想起了,自己认识的另外一个人。

"理由吗……"

冰层下传来阵阵颤动,泷谶在水中已经开始不耐烦了,但"顾清弦"只是垂眼看了一下水中的黑影,面无表情地说道:"十年前,我的身体开始出现异样,那时候有心无力才让你逃脱……现在可不同了。"说完,他朝河中心虚空一点。

叶由离惊讶地看到雪霁叶制造出来的冰层瞬间碎裂成无数碎片,那道庞然黑影也在同一时间冲破冰层,在半空中旋转着身体,冲两人飞来,攻势如破空之箭。

"你怎么把它放出来了?"叶由离大喊,心中暗叫不妙。他和"顾清弦"连连往后跳跃躲避,手刚想伸进怀里,就被身边人出声阻止。

"你不要管了,把它交给我!"

"顾清弦"说完,脚尖在一块冰片上轻轻一点,身子竟朝着泷谶的方向飞去。黑龙许是没料到他会有如此动作,稍微一愣,身形便在半空里停滞了片刻。

"顾清弦"抓住这个间隙,伸手朝它虚空一抓。

刹那间,泷谶的身后突然出现一处黑洞。黑洞渐渐往外延展扩大,从里向外散发的强大吸力,竟将黑龙的身体吸了过去。

"这是……你打算把它封印起来?"

叶由离站立在原地,没有轻举妄动。他望着泷谶一点一点地被吸入黑洞之中,这条拥有一半龙之血统的妖魔,在这个黑洞面前竟然无能为力,它嘶吼着,扭动身体挣扎着,但都无济于事。

直到泷谶完全消失在那片如同无尽深渊的黑色中,叶由离才暗自舒了口气,面前的黑洞也开始缩小,眨眼之间,竟变成一块巴掌大小的木片。

"你就乖乖地给里面的家伙当点心吧。"

叶由离变了脸色，幽幽说道："百花拼图……还是被你拿走了一片。"

木片稳稳地落在"顾清弦"的手心。

"如之前所说，我的那具身体已经不行了……是时候找一具新的身体寄宿了。"他解释道，"我不否认，适才你说的那些事情的确跟我有关系，但那都是必要的准备。"

"新的身体？"叶由离心中一紧，连询问的声音都有些飘忽不定，"你找到了？"

"你在迷糊什么？""顾清弦"有些好笑地望着他，手指点了点自己的胸口，"不就是你眼前的这位吗？"

"……"叶由离僵立在原地，如坠冰窟，身心皆凉。

"刚才只是试验一下我与这具身体的适应程度……""顾清弦"自顾自地说着，"比想象中的要好，我对仪式都已经迫不及待了……"

"你觉得我会眼睁睁地看着你把顾清弦的身体夺走？"叶由离语气冰冷，身体也与对方拉开了距离。

"叶由离，我太了解你了。""顾清弦"眼中依旧带着笑意，但那是属于另外一个人的陌生情绪，"你表面上总是对人疏远冷淡，但心里其实比谁都要在乎……"

"我知道这段时间里，你一定会对他产生感情。""顾清弦"嘴角带着陌生的笑容，"如果我告诉你，没有新的身体寄宿，我和他都会死……你还会想阻止我吗？"

叶由离愣在原地，一时间不知道该如何应答："你什么意思？"

"顾清弦本来就是我的一部分。"他抬起手，在眼前仔细打量起来，"我把他分离出来，就是为了这个时刻，一旦与他的身体完全契合，我的转生也就完成了。"

"反之，如果我死了……而顾清弦作为我自身的一部分，也会跟着死去。"

他垂眼瞥向叶由离，目光冷冽："从他出生的那刻起，一切就已经注定了，这就是他的命运。"

"可是……"

叶由离欲言又止，肖越的话让他脑海中一片混乱，他已经弄不清自己究竟该怎么做。

肖越没有必要对他撒谎，如果顾清弦真是他自身的一部分，那么两个人的生命相互联系，的确合乎常理，因此进行转生仪式可以救下两个人的性命，同时也是唯一的办法……

可是，如果真的实施了转生，也就意味着，顾清弦这个存在将会永远消失在世上。

那个总是被自己拉下水，却从不往心里去的顾清弦……

那个总是在自己身边问东问西，让人不胜其烦的顾清弦……

那个总是平平凡凡，却比谁都能觉察自己情绪的顾清弦……

——会永远地消失。

叶由离突然抓住面前人的衣袖，借力一跃而起。

即便如此，他还是期待着能有其他解决方法的存在，一个真正能解救顾清弦的办法，虽然那种希望渺茫……

"刚才我就说过了吧……约定的时间并没有到，所以在那之前，我仍有保护他的义务！"

"啪"的一声，叶由离将一张形似符纸的纸片拍在"顾清弦"的额头上，面前的人完全没有防备，连连后退了几步。

——奏效了？

叶由离焦急地期盼结果，但身体却依旧在原地一动不动地观察"顾清弦"。

却见对方弯下的身体，突然剧烈地颤抖起来，紧接着，传来一阵情不自禁的大笑声。

"哈哈哈！""顾清弦"捧腹大笑，将额头上的纸片撕下，随手丢到一旁，"你太有趣了。我又不是什么恶灵，这种符咒怎么可能对我有用？"

叶由离面色阴沉下来，他的心里其实另有盘算。

那张不是普通的符纸，它理应对所有无主且没有实态的虚灵都会起作用。

——他竟然已经和顾清弦的身体融合到如此程度？连那张符都已经分辨不出，里面的意识其实并不是原本身体的主人……

"顾清弦"清咳几声，止住了笑："我也该走了。等这雾彻底散去，结界就会消失，到时候你就能看到河岸了。"

"等一下，你不能就这样把他带走。"

"不然？"

对方眼角斜视而来的冷光，让叶由离心中一凛。

"你心里应该清楚，以你的力量是阻止不了我的……更何况，你救了他，他也不会感谢你的。"

"顾清弦"缓缓说道："你我约定的事，他都知道了……"

叶由离怔怔地看着他。

"他现在，心里可是认为你与我一伙，从头到尾都在骗他。"

"顾清弦"的声音逐渐变得越来越远，若即若离，待到周围完全寂静，叶由离才回过神来。

之前弥漫四周的浓雾已经完全散去，"顾清弦"也早已不见踪影，河面上除了叶由离，已空无一人……

卷八·赤楚剑

瑶曦有仙草,艳美人间情,熟知红尘苦,嗟叹惜宛行。

【楔子】

是夜,雷雨交加,瓢泼暴雨倾盆而落。

夜空中,紫色的闪电狰狞地划破黑幕,照亮了施阳城内相互纵横的街道。"七街十六坊"内,许是这般恶劣天气的缘故,早已不见任何行人和车辆。漆黑的街道上,只有一辆黑篷马车,疾驰着往城外驶去。

马车行至东边的升门,城门早已落锁,守护城门的玄虎卫将士见远方疾疾奔来一辆马车,在这种雨夜,这种情形着实有些诡异。

"停车!"

守门将士抬手示意。马车车夫见状,手上缰绳一紧,前方拉车的两匹骏马霎时缓下了步伐,停在守门将士的面前。

待马车停在自己面前,守门将士方才看清,眼前的这辆马车通体黑色,就连车上的车夫也是一身玄色布衣装扮,面容被黑色布条遮掩住,看不清楚表情。车前的那两匹黑色骏马壮美,从刚才的脚程和反应上来看,恐怕也是不可多得的良驹。

只不过这样的阵势……

守门将士一开始只觉得在哪里听说过，仔细想了想，忽然脑中灵光一闪。

"原来是夜王爷，实在对不住，现在城门已经关上了，不知您着急要出城去干什么……"

"你们玄虎卫的人都这么爱管闲事吗？"

马车内传来一个冰冷的男声。声音并不大，但在这雷电交加的雨夜，却很清楚地传到守门将士的耳中。

"不……当然不是。"守门将士慌张地解释，心中也暗暗叫苦——看来马车里的那位主子今天心情不是很好。

"只是……现在这个时间打开城门，对上头不好交代……"

"戎黎！"

还未等他说完，马车里又传来一声冷喝。

车夫闻令，从怀中掏出一枚黑金令牌丢给了守门将士。

马车里的声音继续说道："若是有人问，就把这个拿给他看便是。好了，别那么多废话，赶快给我打开城门……耽误了我的时间，到时我就提着你的人头，去跟你的上级解释！"

马车里的声音自始至终都很平静，但守门将士听完最后的半句话之后，瞬间全身冰冷，恐惧感像一只巨掌将他紧紧攥住，他甚至感受不到雨水刺骨的冰凉。

"快！快开城门！"守门将士再也不想忍受这种感觉，他立刻通知其他同僚将城门打开放行。

马车通过升门，马不停蹄地朝郊外的树林深处跑去，最终停在了一间茅草屋前。草屋被茂盛的林木簇拥着，几乎与墨绿色的树林融为一体，十分隐蔽，在雨夜中单凭肉眼很难发现，只有些许微弱的烛光，从紧闭的窗缝中透出来。

马车还未在屋前停稳，车上便急匆匆地下来一人，来者是个二十岁左右的年轻男子，他身披玄色斗篷，一缕银色长发垂在外面，被雨水打湿，银丝上沾着晶莹的水珠。

他冲进屋内,见一名年轻的红衣女子正跪坐在床边,床上躺着一位奄奄一息的老者,他的手宛如枯死的老松树一般,被女子紧紧地握着。

"君侯。"

红衣女子看见他,轻轻地唤着那个只在妖魔之间流传的称呼。

"红莲,他怎么样了?"

男子解下斗篷,露出如瀑的银发和俊美的面庞。

红衣女子凄然地望了一眼床上的人。

"不知道能不能撑得过今晚……"

倏然间,床前的老人突然睁开眼睛,没有血色的嘴唇急速地动着,他的声音轻微而沙哑:"迦陵,夜迦陵……是你来了吗?"

"我在。"银发男子上前,让老人能够看见他。

"我有些话要跟你说……"

红衣女子见状,一言不发地退到门外去,将门阖上。

"人找到了吗?"老人语气急速,每次说话,都被忍不住的轻咳打断。

"嗯。"

对方尽管只有一个字的回答,还是让老人的表情轻松了不少。

"是……是个什么样的孩子?"

"是你们苏家的孩子。"夜迦陵觉得这样的回答有些欠妥,顿了顿,继续说道,"小小年纪说起话来没大没小的,也不害怕那些妖魔,第一次去我家就和戎黎他们玩成一片了……"

老人听言,有些失神地望着屋顶,半晌才缓缓开口:"那不就和当年的肖越一个样子嘛……"

夜迦陵瞳孔一紧,没有回答。

屋内陷入了长久的沉寂,屋外雨打树叶的声音清晰可闻。

"这么多年了,我知道你顾及我的感受,一直没有在我面前提起过他。"老人微弱地说道,"都已经这个时候了,也没有什么该说不该说的……"

"他的死,不是任何人的过错。"

"我知道。"老人抬起如树皮般粗糙的手。

夜迦陵见状,双手轻轻将其握住。

"可我后悔的是,那时候本来有机会救他,我却犹豫了……"

夜迦陵能够看透老人眼底的悲伤。

"你和他,是我苏炼这一生中最重要的朋友,然而,他却因为我的懦弱……"

"这不是你的错,每一任赤楚剑的主人都面临过这种抉择。"夜迦陵轻声说,"你当时做了最理智的选择,肖越绝不会怪你。"

"让我猜猜,那每一任赤楚剑的主人最后都没有善终吧……"老人呵呵地笑着,语气满是自嘲。

"答应我。"老人突然剧烈地咳嗽起来,混浊无神的眼睛不知道在看着什么,"那个孩子……如果每一任赤楚剑的主人都是这样的命运,至少让他不要像我一样……让他好好地活下去,不要被这把剑毁了……答应我。"

"我知道。"手上的力道突然加重,老人似乎将自己余下的全部力量,都加诸在握住夜迦陵的那只手上。

"我知道。"夜迦陵又清晰地说了一遍。

老人听完后,脸上的表情也跟着放松了。

"夜迦陵,我啊……"老人颤动的嘴唇被落在近处的闪电映成衰竭的灰白色,紧随着,雷霆声起,整座草屋仿佛都随之颤抖。

待屋外又恢复熟悉的雨声时,老人那已经无力的手,缓缓从夜迦陵的双手中滑落……

【1】营救顾清弦

等叶由离恢复意识,发现自己躺在一个陌生的房间里,四围布置得纷繁华丽，与自己九黔阁后堂那简洁的小屋子截然不同。

"叶老板？叶由离？"

他一睁开眼睛，苏策的那张大脸就突然冒了出来。

"你怎么样？知道我是谁吗？"

叶由离被他一连串如同连珠炮似的提问搞得心情烦躁，刚想开口，却发现自己的喉咙嘶哑得说不出话来。

"你现在先别说话，莫医生刚来过，他说你是一时情绪起伏巨大，心口急火所以才导致的昏迷。"苏策扶他起身，递过一杯水，"我去九黔阁没找到你，返回来的时候，就看见你被一卫的那些人从水里抬了出来⋯⋯发生什么事了？"

这时宛珠凑了过来，小脸上写满了焦急："先生，哥哥呢？"

叶由离脸色沉重，一言不发，他也不顾苏策的劝阻，从床上走了下来。

"你倒是说话啊。"苏策焦急地看着他。

却见叶由离收拾停当，回头只冲他说了一句："我去找夜迦陵，你来吗？"

"先生，把我也带去吧。"一个清脆的声音抢在苏策之前开了口。

"宛珠，这可不行，大人的世界可是很危险的，你要是出了什么事，清弦回来不得生吞活剥了我啊⋯⋯"

"先生，求你了，带我去吧。"宛珠没有理会苏策的劝阻。她一眨不眨地看着叶由离，那恳求的目光一如叶由离那日在瑶曦山上见到的那般澄澈。

"带你去可以，不过你要躲在我的衣袖里，我说可以你才能出来。"

"叶由离，你⋯⋯"

"谢谢先生！"宛珠马上又换回往日甜美可爱的笑容，蓦地化作一道白光，钻入叶由离的衣袖内。

"走吧。"一声走，说得干脆果断，也不容苏策置喙，叶由离已经大步走出大门。

顾清弦不知道自己身在何处，眼前一片漆黑，阵阵寒意从身体下面传来。

突然，一点冰凉滴到他滚烫的额头上。

顾清弦眼皮动了动，觉得沉重非常。

他的知觉逐渐恢复，难以忍受的疼痛也开始向身体各处袭来。

这种强烈的痛感来得莫名，让人觉得奇怪，他眉头微皱了一下，身旁好像有人的气息。

"恢复意识了吗？不用担心，第一次转生的过程都会让人觉得痛苦，很快你就感受不到了……"

陌生的声音，不知是从耳边，还是从四面八方传来的，顾清弦只觉得那声音空洞而缥缈，仿佛并不与自己在同一个空间。

——你是谁？

他的视线也终于恢复，但相比之前，却并没有好多少。视线所及的上方是暗绿色的石顶，整个空间昏暗一片，只有个别角落里散发着微弱的火光。

——这是哪儿？

顾清弦挣扎着坐起身，身体上的疼痛感还在，但比起那些，他更担心自己现在的处境。通过微弱的火光，他只能大概辨认出周围的环境，这里像是一个地下宫殿，四角燃烧着火炬，中间是个巨大的圆台。顾清弦隐约觉得这里和冬宫的青铜祭台有些相似。

"这里很长一段时间都没有人来过了。"

男人说话的声音从背后传来。

顾清弦一惊，转头朝身后看去，发现那个在记忆中见到的"自己"，此刻正活生生站在身后，身穿和记忆中一样的白衣，连鬓角的银发都一模一样。

"你到底是谁？"本能的恐惧让顾清弦挣扎着，想与对方拉开距离，但随后身体传来的悲鸣又让他倒在地上，缩成一团。

"我是谁并不重要。你只要知道，我不是你的敌人……"

顾清弦沉默着，他此刻的记忆是混乱的，脑海中的最后片段，便是与叶由离共同对抗泷谶。

叶由离……泷谶……

"叶由离在哪儿？"

"我只能告诉你他没事，至于他现在在哪儿，我也不知道。"

"泷谶呢？"

"被封印了。"

顾清弦再次默然，眼前的男人表情好奇地看着他。

"你比我想象中的要冷静许多。"

"你想象中的我是什么样的？"顾清弦没好气地说，"是大呼救命，还是大哭着求饶？"

"那倒不至于……"男子淡淡一笑，"我以为你会问一大堆问题。"

顾清弦心里的确有许多疑问。

"我问了你会回答我吗？"

"当然。"

没料到面前的人竟然如此爽快，顾清弦一时间不知道该问什么好。他思索了许久，才开口问道："你为什么要救我？叶由离和你的约定又是怎么回事？"

顾清弦有太多的问题想问，但斟酌再三，还是更想知道眼前的这个男人，到底跟自己有什么关系，他为什么和自己长得一模一样，而叶由离在其中又究竟充当了什么角色。

"这个问题解释起来说难也不难，说容易也不容易……全部取决于你。"

"我？"

"没错。"男子微眯起眼睛，一眨不眨地盯着顾清弦，"取决于你是否相信我说的话……"

【2】封印

夜迦陵孤独地站在庭院里的莲池边上，一个人出神地望着红莲。

自冬天以来，他就会时常一个人发呆，这让在他府上寄宿的妖怪精灵都着实感到奇怪。

"君侯这段时间怎么了？怎么老是在发呆？"

"对啊，对啊，最近一段时间总是往红莲姐姐这里跑呢。"

"可不是，我有时候还会看到他冲着池子自言自语呢……"

庭院里四处无人，却从黑夜深处传来窸窣的窃窃私语。

长久的朝夕相处下来，夜王府里的这些妖魔，胆子变得大了些，不再惧怕眼前的这位人物，原本乖戾的本性也慢慢显露出来。

"夜迦陵。"

不远处突然传来一个不和谐的声音，窃语声戛然而止，池边的银发青年闻声，微微转过身。只见一个青衣少年，神色凝重地站在庭院的入口。

"你来做什么？"

夜迦陵语气淡薄，他这段时间实在没有心情应付别人，语气中逐客的意味十分明显。

"我都说了吧，他这段时间心情不好。"苏策紧随着少年走了进来，有些心虚地朝夜迦陵看了一眼，"顾清弦的事，我们再去找别人想办法吧……"

他的后半句话让莲池边的人，有了点反应。

而叶由离却没有理会苏策，冲着夜迦陵的背影只说了三个字："是肖越。"

背影微微一颤，夜迦陵再次转身看向叶由离，与上次不同，这次他目光冷冽。

"你确定？"

"是他。他想完成转生之术，把顾清弦抓走了。"叶由离的语气虽然与往常无异，却无法掩饰眼神中流露出来的焦急，"帮我去救他吧。"

夜迦陵看着他，一动不动，半晌开口说道："为什么？"

这一句疑问让叶由离摸不着头绪。

"你与他只有不到一年的相处，作为一名楔郎，你完全没有必要救他。"

仿佛睡梦中的人被点醒一般，叶由离愣在原地。的确，自从见到肖越占据了顾清弦的身体之后，自己就不同于往日，做事也变得冲动，原本应该与尘世毫无瓜葛的他，现在却被一个顾清弦牵制住了。

——你表面上总是对人疏远冷淡，但心里其实比谁都要在乎……

他是什么样的人，肖越其实早已经看透。

一旁的苏策听完，开始沉不住气，他愠怒地看了看夜迦陵，又看了看叶由离。

"什么叫没有必要？清弦可是我的好兄弟。你们也太冷血了吧……叶老板，不会真听进去他的话了吧。"

"不，的确。"

"叶由离？"苏策一脸难以置信的神情。

"作为一个楔郎，救人对我来说，的确属于多管闲事……但是，我与别人的约定还没有完成，失信于人可是有损职业操守的。"

夜迦陵审视的目光透过微眯的双眼，又重新打量着叶由离。眼前的这个柔弱少年，与自己之前所见过的楔郎都不一样。

——这一个，倒是更像人一些。

作为三界中特殊的存在，楔郎不属于三界的任何一处，那便意味着他们非神非妖亦非人。他们就是楔郎，这不仅仅是这个职业的名字，更是他们这类存在的称呼。

他们推动着万物众生的欲望齿轮，自身却并不受欲望的支配。

对于救顾清弦的这件事，夜迦陵原本只想采取旁观的态度。作为肖越的挚友，他更应该让其顺利地完成转生仪式，而且在某种意义上，这对顾清弦来说，同样也是一种拯救。

"你不帮我的话也可以。"叶由离平静地说道，"不过，希望你能收下这孩子……你这里精灵众多，帮我看着她点儿。"

叶由离衣袖一甩，白光闪现。接着，宛珠清脆的声音响起："先生你骗人，你不是说要带我去找哥哥的吗？"

"你在这儿老老实实等我们回来。"

现在这样的局面，如果夜迦陵直截了当地拒绝，那两个人肯定还会想出什么别的法子，去救顾清弦。叶由离他倒不在乎，可是苏策，他答应过那个人，要让他这一生好好地活下去……

"你……"

正当夜迦陵在心中盘算的时候，倏然间，对面苏策顿觉胸口一阵钻心的疼痛，那种痛感来得迅速，也来得猛烈。他捂着心口，闷哼一声，只觉得眼前瞬间黑了下来。

"五世子你怎么了？"叶由离诧异的询问声让夜迦陵回过神来，他眼见苏策瘫倒在地，瞳孔骤缩。

"不要碰他！"

夜迦陵突如其来的厉喝让叶由离刚伸出去的手，僵在了半空中。他迅速蹲下，将苏策平放在地上，此时的桓阳王五世子嘴唇紧闭，面如死灰，若不是还能感受到他一丝微弱的鼻息，叶由离一时间真的以为他死了。

"他竟然动了封印……"夜迦陵喃喃说道，声音中听不出情绪。

话音未落，面前苏策的身体突然发出耀眼的红光。

夜迦陵两人急忙用手臂挡在眼前，待光芒散去，他们发现原本苏策躺着的地方，竟空无一人。

"消失了？"叶由离将疑问的目光投向身边的人。夜迦陵没有意料之中的慌张困惑，他神色淡然，似是已经预料到如今的发展。

"他被带去了剑鞘封印的地方……"

"剑鞘？"

叶由离脑海中唯一与"剑鞘"挨得上边的记忆，就是在冬天的那个幽蓝冰洞中，那名叫"阿雪"的男子跟他说过的话。

"你说的是赤楚剑的剑鞘？"叶由离说得很小声，因为他也不知道这个信息是否真实。

"看来你也不是什么都不知道……"对方抬头看了他一眼，"我们时间不多了，必须阻止肖越，不能让他再削弱封印了……"

【3】容器

"你说……我是你的一部分……"

顾清弦一脸纠结的表情，他不知该如何理解对方话中的含义。灵魂的一部分？肉体的一部分？可他也同别人一样，被母亲十月怀胎生下来，之后也健康地活了二十年，现在突然被人说自己原本是别人身上的一部分，他实在有些难以接受。

"其实也没有你想象中的那么匪夷所思。"男人轻笑着说，"这样说吧，你更像是我的影子，只不过失去了记忆……我们两个现在都是残缺不全的个体，等仪式结束后，一切就都会恢复……"

见顾清弦闷不作声，男人询问道："这样的解释你满意吗？"

顾清弦还是不说话。他内心知道，眼前的这个人屡次救他的原因十分简单，自己救自己的命，理所当然。

可如今令他默然的，是摆在面前的另一个令他手足无措的现状。

"这件事跟叶由离有什么关系？"他突然想起那道青色单薄的身影。

"十年前，我虽然打伤了泷谶，让它陷入沉睡，但同时也得知了，我的这具身体已经濒临崩溃，当时的那种情况下，我只能救得了你……"男人意味深长地看了他一眼，继续说道，"如你所见，我现在已经如同一个快要散架的木偶，一碰就碎，这样的身体已经什么都干不了了……我算准了十年后，泷谶苏醒过来就一定会找人报仇，你肯定是首当其冲的对象，所以才拜托叶由离来保护你。"

"所以，他并不知道……"

"我当时只告诉他来保护你，别的什么都没跟他说。"

顾清弦在心中暗暗松了一口气，不知为何，听到这个消息，他原本一直都紧绷的神经，才稍稍缓和了一下。

"也就是说……"顾清弦微微提高了说话声，眼睛第一次直视面前这个，与自己有着相同面容的男人，"我之后只要什么都不做，让你的意识进入我的身体就可行了？"

"是的。"

"那我会怎么样？"

"毫发无损。"

"我不是那个意思。我是说'我'会怎么样？"

男人迟疑了片刻，回答道："你会恢复记忆，与我的意识融为一体。"

——也就是消失的意思啊……

这句话顾清弦没有说出来，他只是苦笑着。

男人看出了他的犹豫，继续说道："我们所剩的时间并不多，如果在这具身体陨灭之前，仪式仍没有进行，我们两个都会死……"

"如果那样的话，就两个人一起死好了……"

男人表情冻结了，他嘴角的浅笑还在，只是凝固了，像一个面具覆盖在脸上。空间内维持了数秒的寂静，霍然，一道红光闪现，出现在离两人不远处的半空中。

顾清弦只听见光亮处传来"咚"的一声闷响，等到光芒散去，他惊奇地发现苏策正躺在不远处的地面上。

男人见到苏策后也是微微皱着眉头。

"雪时！"随着他的一声轻喊，一个白衣白发的青年从巨大祭台的后面，探出了半个身子。

青年看到苏策，表情也稍稍有些吃惊："这么快就来了？"

青年从祭坛后面走了出来，顾清弦见他一只手里拿着一堆已经断成几段的封条，而另一只手拿着一块类似木片的东西。

"他就是赤楚剑的现任容器吗？"

"应该就是了。"男人平淡地说，"你手里的活儿也该停下了，我不想到时候局面变得无法收拾。"

白衣青年玩味地瞥了男人一眼："肖越，我们当中最没资格说这句话的就是你吧。"说完，他打了个响指，不知从哪儿冒出来的，如触手般的白色丝线，将顾清弦缠住。顾清弦的注意力之前一直都在苏策的身上，完全没有发觉这些靠近他的丝状触手。

"一起死？别开玩笑了。"那个名叫肖越的男人哼笑一声，"你知道为了这一刻我失去了多少，等待了多久？我是不会让任何人来阻止我……"

白色丝线将顾清弦的全身包裹起来，最终覆盖到他的脸上，视线消失的最后，他仿佛听见不远处，叶由离正呼唤着他的名字……

眼前是一座庞大的地下宫殿，殿中央的圆形祭台与地上冬宫的青铜祭台如出一辙。

叶由离的视线在这空旷的大殿内来回扫视了好几遍，最后还是选择放弃。

"一个人也没有，真的是这里吗？"他看向站在祭台前的那道黑色身影。

夜迦陵围着祭台走动，目光仔细地打量着祭台四周，眉头紧锁。

"不对……"

刚巧走过来的叶由离听到他的低语，便问道："什么不对？"

"感觉不对……他们一定就在这儿，但是地宫里感觉怪怪的。"夜迦陵指出祭台上的几处给他看，"这里的封条少了几道。"

"你怎么知道？"

眼前的祭台上密密麻麻贴满了这样的封条，少说也有几百道，如果真的缺了几道，肉眼也根本看不出来。

"这里的封条一共有七百二十一道，是当年经过精确演算推断出来的数字。"夜迦陵解释，"包括它们所在的位置，也是事先由术士确定好的，封印主要的'封眼'一共有二十七处，将其封住之后，又会在其周围或者其上施加以辅助封条……这里缺失的就是几道辅助封条。"

夜迦陵讲得仔细清楚，仿佛亲临过当年的封印现场一样。

叶由离心中好奇，询问道："但这封印现在安全吗？"

"其中的一个'封眼'松动了，泄露出来一些力量……其余没什么大碍。"夜迦陵心中依旧疑云重重，"苏策身体里的赤楚剑，应该就是与这里泄露出的力量产生了共鸣……"

叶由离听完微微一愣。

关于苏策是赤楚剑寄主的这件事，他还需要些时间来适应。

在来的路上，当夜迦陵告诉叶由离这件事的时候，叶由离差点没一个趔趄，俯面摔倒在地上。创世之时的四大神器之一，在前段时间，天天在自己面前晃悠，现在回想起来，都无法想象那个画面。

相传在创世之时，神界的一位天神将四件强大的神器分别留在了四个大陆之中。而留在青陆的便是这把赤楚剑。传言，这把剑可以杀死三界的任何生灵，但它却有自己的意识，会反噬持剑者，消耗他们的生命。

不久之后，赤楚剑突然消失在人们视野中。关于它的消失有许多的流言，有人说，之前的那位天神见人类无法驾驭这样的神器，就把它收了回去；还有人说，因为这把剑的力量太过强大，一些人类的领导者觉得若其落入歹人的手中，必将酿成滔天灾祸，于是他们把剑封印了起来；也有一些人说，赤楚剑根本没有消失，它就被陈放在东煌最高象征的椒凌殿里……

想到这里，叶由离心里不禁开始佩服起苏策来。身体里有一个如此危险的物品，每天还能优哉游哉地活着，若是平常人，估计早就找个与世隔绝的地方虚度残生了。

"那他能被带去哪里，会和顾清弦在一起吗？"叶由离这才想起当事人现在下落不明，"肖越要赤楚剑做什么？"

"事情恐怕没有想象中的那么简单……"

"咦？"

"怎么了？"

夜迦陵抬头看向叶由离。

少年桉郎站在原地，手托下巴，眼神疑惑地打量着四周。

"这里我好像刚才走过？奇怪……这里明明空间那么大，怎么这么快就转回来了？"

听完他的话，夜迦陵顿时明白过来，他嘴角扬起一丝玩味的笑容。

"真是聪明的一招。"

他朝着叶由离走过来，在他感觉不对劲的地方反复走了几遍。

"原来如此。"

他浅笑着，手指在面前的空气中轻轻一点。

叶由离仿佛听到了玻璃破碎的声音，他们面前的景象像是一面布满裂痕的镜子，碎片一点点掉落。

叶由离透过缺口，看到另外一面的宫殿，与之前不同，那里面已经站了两个人，都是叶由离并不陌生的人。

"你们比我想象中的敏锐得多……"肖越透过那层屏障，微笑着将注意力移到了这边，隔着破碎的屏障，昔日故友四目相对。

"没想到这么快就见面了，叶由离，还有你……老朋友。"

【4】旧友重逢

"顾清弦和苏策在哪儿？"

叶由离穿过那道屏障来到对面，一眼就看到祭台上像人形一样的白茧。

"又是你的把戏。"叶由离看了站在旁边的白衣青年一眼，轻跃上祭台，刚想伸手去碰白茧，背后突然传来对方的制止声。

"我劝你还是不要碰。"

但叶由离的手还是触碰到了白茧，只见茧上的线状触手像是受了刺激一般，立马缠住了他的手。

叶由离大吃一惊，急忙向后退去，同时奋力将手上的白线甩掉。茧上的触手纷纷掉落，迅速在祭台上扩散开来。经过上一次的教训，叶由离迅速后退，直到他跳下祭台，那些触手的攻击才算停止。

"我可是已经提醒你了。"雪时无奈地耸了耸肩，"只要有'千舞蚕'在，你们就不要想救他出去。"

局面一时间陷入了僵持，唯有夜迦陵和肖越不被场上的气氛影响，只见肖越熟络地跟老朋友打着招呼。

"迦陵，好久不见啦，你还是一点都没变呢。"

"哦，听你的语气是羡慕我了？"夜迦陵语气淡薄，"所以才搞这个什么转生仪式，想变得跟我一样？"

"哈哈，你说话还是一如既往的难听。"

"你办事还是一如既往的不带脑子……"

两人原本应该相互寒暄的对话，却让这地宫里的气氛变得更加尴尬。

最终，还是夜迦陵叹了口气，先开口道："人我带走。"

"哎哎，你真的想让我死啊？"肖越挥了挥自己如枯木一般的手，向他抗议。

"顾清弦就算了，你要赤楚剑做什么？"

"当然是转生仪式要用啦。"肖越说道，"虽然是我自身的一部分，但顾清弦已经分离出去很久了,所以想要让我的意识和那具身体融合为一体,需要很强大的力量……本来重生这样事情就违背了常理规律,现在只有赤楚剑能够助我。"

"你知道那把剑……"

"有起死回生的能力?当然,我也知道那种能力是以剑主人的生命为代价,一命换一命。"

"你一开始就在打剑的主意,松动剑鞘的封印除了将苏策引出来之外,还是个幌子……"

"第一个目的多一点,"肖越冲他笑了笑,"你把他保护得太好了,我根本察觉不到任何气息。"

"我这么做就是为了不让任何人打那把剑的主意。"夜迦陵冰冷地说道,"可我没想到第一个人竟然是你。"

肖越摇了摇头:"我这样做没有坏处吧……毕竟,终结赤楚剑寄主的悲惨命运,不是一直以来我们都想做的事吗?"

夜迦陵没有答话。

"……当时封印赤楚剑的时候,全都以失败告终。如果没有夜氏一族的血脉作为缓冲之计,估计这世上除了它最初的主人,谁都无法封印这把剑……可将赤楚剑困在人的身体里并不是长远之计,应该说,将它封印起来本身就是个错误。"

"你说得轻松,控制这样一把神器谈何容易?"

"你们都没有尝试过将它解放出来,怎么确定就不行?"肖越抬眼看他,神色严肃,"你们都太过胆怯,连试都没有试过,为何就确信控制不了它?"

"除了它最初的主人,谁都无法控制那把剑。"夜迦陵斩钉截铁地说道,"如果你的转生是以苏策身体里的封印为代价,那就别怪我不顾我们之间的交情……"

唯独这一点,他无法退让。夜迦陵曾近亲眼见识过那把剑失控的情形,当时的寄主擅自解除封印，导致了整座城池的覆灭，那时的记忆依稀历历在目，放眼望去，无垠的炙热焦土，他感觉自己像是置身在一个巨大的火山口中，所有的生命都已泯灭。

——他绝不会让那种事再次发生！

察觉到对方一触即发的情绪，肖越却依旧不紧不慢地说道："我有能够控制它的方法。"

"我不相信。"

在夜迦陵的记忆中，那种东西根本不存在。

"为什么不相信？你什么时候变得如此墨守成规……"肖越皱了皱眉，"你难道不想让这种可笑的封印消失掉吗？赤楚剑不会杀死寄宿者，但它却会慢慢地夺去他们身边人的生命，直到他们最后孤独地死去……苏炼的悲剧难道你还想继续重演吗？"

肖越的话似是戳碰到心底的某处，夜迦陵的脸色瞬间阴沉下来。

"不要跟我提苏炼……"

低沉而压抑的声音，在空旷的地宫中回荡。

——还好没有害死你……

那个雨夜，电闪雷霆间，快要油尽灯枯的老者在弥留之际，最后在他耳边留下的话……

"苏炼他……临死都在后悔自己没能救你！"

这句话结束，紧接着便是大殿中空气的冻结，四面八方的石壁上结满薄薄的冰层，空气吸入体内觉得针扎一般疼。

"夜迦陵……"叶由离不知道这个一向都深藏不露的人，为何会突然如此激动，诧异地唤着对方的名字。

只有肖越一脸平静地张望四周。

"你的力量还没有回来……现在的你还无法阻止我。"

【5】无奈的对立

"呃……虽然在这个时候说不太好。"雪时突然尴尬地说，"不过，肖越，我们好像遇到些小麻烦。"

他话音刚落，只听"咚"的一声闷响，一个单薄的身影从半空裂开的缝隙中跌了出来，然后，一个新空间又出现在众人面前。

叶由离终于见到了苏策，他依旧昏迷不醒地躺在地上，面前站着两位衣着华丽的男女，女的十六七岁年纪，容颜靓丽，好看却不妩媚的丹凤眼里含着愠火，而她的身边，站着一个比她高出许多的青年，青年有着火焰般的红发，五官硬朗英俊，眉宇之间给人一种不怒自威的感觉。

"凤族双主？"肖越微微吃惊，不过马上又恢复了笑容，"怪不得，我就说嘛，单凭如今的迦陵，一个人怎么可能抑制得住赤楚剑的戾气？这小子身边，至今还没有人被这把剑耗尽生命力而死，恐怕就是托二位的福吧。"

"你少套近乎。"少女指着他，语气不耐烦，"快把五世子恢复原状！"

"红磐，唉……"红发青年用宽大的手掌抚了抚少女的额头，示意她先不要激动，然后抬眼看了夜迦陵一眼。

"我们兄妹二人也是受人之托，与你并没有私人怨仇，只要你就此停手，这件事我们就到此为止，各不相扰。"

"哼！只不过是两个寄宿别人身体的凤凰，神气什么！"刚才对决中败下阵来的阿禾，抹了抹嘴角，眼中露出狠光。

"你再说一遍！"少女又激动起来，但碍于兄长在自己面前，也不好发作，她只能站在原地，同样气愤地盯着阿禾，眼神如刀一般在对方身上来回刮了好几遍。

"阿禾。"肖越首先开口，喝住了少年，"你的态度太失礼了。"

"二位话里的意思，肖越当然明白……"他顿了顿，目光又转向夜迦陵，神色无奈，"你对朋友还真是无情，就为了那种东西，想眼睁睁地看我死吗？"

"我的朋友肖越在六十年前就已经死了。"赤金异瞳注视着对方，冰冷而诡谲。

"你并不是他。"

夜迦陵语气冰冷，仿佛四周的空气都要结上一层寒霜。

他原本心中还带着一丝期许，昔日的好友还活着，他们或许还能再回到那个时光，自己又不再是孤独一人了……可现实却狠狠地嘲笑了他一把。六十年的时间对他来说并不长，可却彻底改变了面前的这个人。那个随时愿意为朋友豁出性命的肖越早已经死了，现在站在自己面前的仅仅是一具空壳而已。

空间静默，面前的人瞳孔稍稍紧缩，难得表现出失神，甚至是失落。

"迦陵，我原本以为你会理解我，愿意站在我这一边……既然如此，这便是我最后的手段。"

察觉到对方话语中带着异样，夜迦陵疑惑地看过去，发现肖越的身体竟然开始融化！

"你说得没错，这地宫里的封印的确是个幌子，不然我怎么能把你们全都引到这儿来呢？"

肖越脸上的五官变得扭曲，声音也逐渐变调，最后只能发出嗫嚅似的声音，像是一个蜡人在被火焰烘烤，渐渐在地上化作一摊黑色黏稠物，其他几人甚至包括苏策也同时出现相同的状况，原本在祭台上的人形白茧此刻也消失无踪。

"这……这是怎么回事？"许是从没有见过如此可怖的场面，红磐吓得依偎在哥哥的怀里，花容失色，"他们这是怎么了？"

"不要怕，这些都不是真的人。"红发男子安抚着妹妹。

"这些是替身。"夜迦陵冷冷说道。阿禾单薄的身影在他的脑海中一闪而过。

——真是小瞧了那个臭小子！

"那我们下一步该怎么办?"红发男子问道。

"想办法出去吧……既然他把我们引到这儿来,肯定不会让我们轻易出去。"

夜迦陵心里全是想要出去的急切,就在这时,沉默许久的红磬突然发出一声疑问:

"咦,叶由离去哪儿了?"

【6】转生仪式

深夜的泷河如同一块墨玉,看不见河中深处隐藏的端倪。

河底的一处洞穴中,顾清弦躺在地上,虽然没有被包成人形茧的样子,但他的手脚还是被白色触手给束缚着。

一个人影缓缓走到他身边。

肖越垂眼看了他半响,说道:"开始吧。"

这三个字的号令唤醒了角落中的火炬,照亮了整个洞穴,这里更像是封印剑鞘地宫的缩小版,也是他原本打算真正举行转生仪式的地方。

"这边也准备好了。"雪时的声音从旁边传来。

苏策躺在他的脚边,上衣襟被敞开了,整个精实的胸膛和腹部都被赭红色咒文覆盖,散发着不祥的气息。

肖越目不转睛地看着那狰狞的咒文,默不作声。他的心在狂跳着,只要把那把剑取出来,自己便离成功更近一步了。

他看向自己缠满绷带的一只手,另外一只已形如枯木,他舍弃了那只手,只为了能够让自己撑到仪式的这一天。

绷带脱落,露出里面同样满是符文的手臂,这就是他所说的,能够控制赤楚剑的方法。这个方法根本不可能被测试过,所有的怀疑都是无用,他把自己所有的一切都赌在它上,成败,生死,皆在今晚。

倏然间，一条熟悉的白色丝线缠绕在他的手腕上。

肖越皱了皱眉："雪时，你在做什么？"

关键时刻，一点点的异象都会让肖越烦躁不安。

"不是我啊……"白衣青年无辜地举起双手。

肖越见状，目光沿着丝线延伸的方向看去。

"住手吧。"

熟悉的声音让肖越一怔，那个声音的主人现在应该还被困在地宫里才对……

"叶由离？"肖越疑惑地望着火光中时隐时现的瘦小人影，"你怎么会在这儿？"

"我只是对曾经的对手多加留意了一下而已……"叶由离瞥了雪时一眼，"发现白茧中没有人并不是什么难事。"

"而且还学会用我的'千舞蚕'？"雪时笑吟吟的，听不出他的语气里是佩服还是妒忌。

叶由离控制着"千舞蚕"将肖越的手束缚住，符文全部包裹在了丝线中。他对肖越手臂上的符文一无所知，只能通过这种方法来阻止肖越的动作。

"住手吧，现在还来得及。"

肖越嘴角露出一丝自嘲的笑："来不及了，我早就已经别无选择……"

话音甫落，他的手臂处传出"刺啦"声响，缠绕在那里的"千舞蚕"被迅速腐蚀融化，脱落下来。

还未等叶由离作出反应，肖越就将自己覆满符文的手，直接伸进了苏策的体内，苏策的腹部处出现了一个黑洞似的入口，在里面停留了片刻，肖越的手才缓慢地退了出来。

叶由离看到他的手里握着一把黑色的宽体短剑，短剑通体骏黑，上面时隐时现的赤色光斑，以人呼吸的频率闪现着，像是它的心脏。

短剑从苏策体内出来的一刹那，四周的气氛骤然变化，从剑体散发出来的黑色瘴气，许是在苏策的体内沉积已久，瞬间释放到周围，在场的人，只觉得心脏被一股无形的力量紧紧地攥住，生与死之间仿佛只差一瞬。

虽然在自己的控制下，赤楚剑散发出的瘴气渐渐收敛，但肖越也消耗了不少力量，他脸色苍白，原本就虚弱的身体，连同意识都处在濒临崩溃的边缘。这把剑的自我意识比他想象中的还要强烈，如果现在的他稍微大意一点，自己可能就会被这把剑控制。接下来要做的，就只有将自己的意识与顾清弦的身体融合……

正当肖越转过身，却看到有一道身影比他更早来到顾清弦身边。

"刚才就没能阻止我，你觉得现在，你成功的概率又有多大？"他轻蔑地看了叶由离一眼，此时的青衣少年已经被黑色瘴气折磨得十分虚弱，"让开，你会死的……"

叶由离没有动，他也不知道自己是哪根筋出了问题，明明没有义务拼上自己的性命去救顾清弦才对，明明自己应该与这件事情无关才对，可内心的深处却并不是那样，他的潜意识里，一直在说服自己留下。

肖越从身旁走过，叶由离已无力去阻止，他的手曾尝试着去抓住对方的衣角，却因为视线的衰弱而扑空。直到黑色瘴气夺走他最后一丝气力，他倒在了地上。

在逐渐模糊的视线中，叶由离看到，肖越用赤楚剑的利刃同时划破了自己与顾清弦的手掌。

两人的手同时握住了黑色短剑，血液在赤楚剑上流淌交错……

【7】失控

"如果你真想报答我的救命之恩，就去施阳帮我去保护一个人。"

待叶由离回过神来，他发现自己坐在一年多前的那个北疆山洞中，肖越隔着篝火坐在他的对面。

"他叫什么名字？"

"我也不知道。"

"那我该怎么找?"叶由离的嘴唇不受自己的控制,重复着当初的对话。

对面的身影将头上的兜帽缓缓拿下,那张熟悉的面容清晰地映在叶由离的眼中。

"到时候你自然就明白了……如何,你答应吗?"

自己的声音迟疑了片刻。

"好。"

从那一刻起,命运的齿轮冥冥之中开始转动……

"轰"的一声,赤楚剑突然散发出玄赤色的火焰。火焰缠绕在剑身,狰狞地跃动着。

在场的所有人都怔住了。

肖越的脸色也变得越加惨白。火焰渐渐地往两人身上蔓延,虽然过程缓慢,但还是在一点一点地吞噬。

叶由离手足冰冷,他无力地看着这一切。赤楚剑的反噬,剑上火焰出现的那一瞬间,他的心也仿佛被冻结。

肖越的确有抑制反噬的方法,但他没有考虑到,他的身体现在极度虚弱,已经无法控制住那股力量了。

上古神器蠢蠢欲动的力量势如山海,就在叶由离心知自己已回天乏术之时,一道白光突然闪现。肖越和顾清弦之间出现了一个白色的亮点,亮点飞舞着,围着顾清弦转了好几圈。

叶由离怔怔地看着光点,顿时意识到了什么。

"不行……快住手!"

光芒绽现,如同冲破禁锢,光明将整座洞穴照亮。

叶由离的视线中,无数蜿蜒枝丫从光源处延伸出来,那些柔软纤细的枝干有着他熟悉的气息,它们迅速在顾清弦身上包裹着,虬结成网,许多枝节在这一过程中已经被黑色火焰焚烧成粉末，但树枝从未停止过生长，旧的毁灭，马上就会有新的枝干补充进来。

——我不后悔的，先生……

宛珠清亮柔软的声音传到叶由离的耳中。

她是什么时候跟过来的？也许是苏策昏迷时候的骚动，让她偷偷又溜进了他的衣袖中，而他那时心在别处，未曾察觉。

叶由离满心愧疚："宛珠……"

赤楚剑燃烧掉的不只有生命，还有存在。这也是为什么它上一次的失控，会鲜有人知晓。被赤黑火焰夺去性命的人，也一并会消失在别人的记忆里。目睹过那场失控的人全都死了，而他们也永远被抹去在世人的记忆中。

除了一个人。

真珠梅树枝化作黑色粉末，连同那些美好的回忆，消逝在空气里。

——宛珠……

剑里渗出的黑色瘴气也越加浓烈，真珠梅的再生速度已经开始力不从心。

——这尘世间的感情，没有你想象的那么美好。

初见时的真珠梅还未成人形，玉色枝丫上躲藏着可爱的饱满花苞。

摇晃着衣袖要吃糖葫芦的笑脸仿佛还在昨天，却不想这些笑脸正逐渐变成一堆灰烬。

——我知道，无论什么结果，我不会后悔的，先生……

笼罩在顾清弦周遭的笼状树网，在黑色火焰的洗礼下，如同蛇在蜕皮一般，一层层迅速脱落。混合着噼啪的声音，光点逐渐暗淡了下去，仿佛在昭示着生命的枯竭。

——这就是所谓的……结果……

叶由离觉得身体的温度在一点点被夺去，视线都已经不是自己的了。迷离之际，他恍惚看到，一道黑色的影子，还有那醒目的银色长发，那个身影遮挡在自己面前，但同时，他的视野也突然暗了下去。

【8】新生

叶由离再次睁开眼睛，夜迦陵正低着头看他。他本能地想起身，但身体各处随之而来的痛楚，让他的动作停滞了。

他歪着头，看向之前的位置，那里只有顾清弦一人静静地躺着，周围散落一地黑色的尘埃。

叶由离的心底仿佛被什么揪紧了。

"肖越逃走了。"

叶由离听完一愣，他缓缓抬起头，一脸讶异。

"那个会用'千舞蚕'的小子事先在他身上下了一道保护措施，虽然被烧得不成样子，但应该没断气……"夜迦陵面无表情地说。看他的样子，似乎并不是在讨论自己许久之前的挚友，而是一个陌生人，他的脸上没有庆幸，没有愤怒，没有任何表情，就连眼底也是冷的。

"好在我及时赶到，赤楚剑的反噬还没有太过严重，不过，在我中断仪式，修复封印的时候，雪时和阿禾抓住这个间隙，把肖越带走了。"

叶由离没有答话，他的视线一直停留在昏迷的顾清弦身上。相同的样貌，但肖越变成什么样子，他并不在乎。

"我看过了，他没事。只要肖越还活着，他的生命就无碍。看他现在这个样子，对方应该还活得好好的。"说着，夜迦陵冷笑一声，"到底是肖越，怎么可能没有后备的保命方案……"

说到这里，夜迦陵突然停顿下来，眉头微皱："另一个……你也不用太过内疚，这是她的选择，不是你的错。"

叶由离默然，他没有觉得愧疚，他只是伤心，还有失落。

那确实是宛珠的选择。

他游历四方，见过太多被世间的残忍所淹没的人与非人。他们怀揣着期许，憧憬着爱意，到最后，又被一直以来所执着的那份感情毁灭。

叶由离的脑海中，又浮现出宛珠清澈可爱的笑颜。

她的笑容是那么幸福，还未被人世的尘埃所染……

他原本以为，能够拥有如此笑容的人，说不定能够避免那样的命运。

但，他还是低估了这尘世的无情。

"咦，我怎么会在这儿……啊啊啊！变态啊！"突然，苏策惊恐的尖叫声毫无征兆地从不远处传来。

"啊，不好……"夜迦陵一脸纠结。

他话还未说完，就看见苏策从阴影处跟跟跄跄地跑了出来，当看到两人时，他先是愣了一下，然后立马撒开腿朝两人冲过来。

"王爷，叶兄！救我！"

苏策身后，"裴枢凡"也紧跟了出来，他身上背着仍在昏迷的姐姐，一脸"你倒是听我解释啊"的无奈表情。

"他、他……我刚才躺在地上，上衣大敞着，他就……那样，躺在我怀里？！"苏策连手带脚地比画着，语无伦次。

"你们……这是怎么了？"

苏策感受到气氛有些不对劲，面前的两个人一个表情严肃，一个面色惨白。尤其是叶由离，原本身形清秀瘦弱的他，现在看起来更加弱不禁风，脆弱得仿佛一碰就会坏掉的人偶。

"是清弦他……"

苏策看到昏倒在地的顾清弦，面色顿时紧张起来。

"不是他，看他呼吸平稳，没什么大碍……是他身边的那个小妹妹……"

"裴枢凡"走过来纠正,他的内在此时是凤主红槃,裴枢凡真正的意识依旧在沉睡之中。

凤族双主的意识一直都在裴氏姐弟的身体里,直到必要时才会出现。适才帮助夜迦陵修复封印消耗兄妹俩过多的能量,导致二人陷入了昏迷。而红槃,又恰好在昏迷之时倒在了苏策身上……先前双主的本来面貌,都是靠两人用法力维持,而现在,红槃也没有多余的精力去干这种事,她的意识依旧存在,但样貌却已经恢复成裴枢凡的样子,于是,才会出现刚才令人误会的一幕——一个大男人躺在另一个大男人的胸前,而且对方的上衣还大敞着……

见苏策警惕地朝远离自己的方向挪了几步,"裴枢凡"面色尴尬,眼神转向一边。

"那个小妹妹为了救顾清弦,而被玄火灼烧,恐怕……"

"什么妹妹?青容早就在十年前死了啊……"苏策打断"裴枢凡",望着叶由离,"叶兄你是知道的呀。"

赤楚剑燃烧掉的不只有生命,还有存在。除了夜迦陵他们之外,没有人记得那个曾经拥有温暖可爱笑容的小花妖。

叶由离悲凉地看了昏迷之人一眼——顾清弦也不例外。

"你过来。"沉默良久的夜迦陵突然冲"裴枢凡"说道。

后者面色奇怪地走近,刚想开口询问,夜迦陵猝不及防抓起"裴枢凡"的手臂,众人还未看清他的动作,"裴枢凡"的小臂上已经新添了一道伤口。

"你干什么?"裴枢凡,不,现在应该是红槃大惊失色,眼里噙着泪,浑身发抖,"我要告诉哥哥去!"

红槃活了这么久,从来都没有被人弄伤过。凤凰华雅高贵,法力高强,但却行迹缥缈,连栖息地都极其隐秘,不被外人知晓。但知晓其中缘由的人都明白——

"得罪了,凤凰的血有涅槃的功效,我只能赌一把……"夜迦陵淡淡地说,但语气里却听不出任何抱歉的意思。他轻瞥了叶由离一眼,那眼神的意思分明是"别抱太大希望"。

鲜血顺着手臂滴落在黑色灰烬上。

涅槃的奇迹不可能在任何人身上都能发生,叶由离也明白,他目光紧盯血液滴落的地方,只一滴,灰烬处便凹陷出一个小坑,并不断向四周扩大,青烟缭绕,直到一颗葡萄大小的干瘪圆球显露出来。

"还好种子还在,不然我的血流再多也没用!"红槃气哼哼收起袖子,眼圈红红的。

叶由离小心翼翼地将种子捧在手上,喉咙像是有什么堵着,不知道该问什么,也不知道该说什么。

——先生,这人世间的情我不太懂,但我只想让清弦哥哥幸福。

那日,少女清亮的眸子里水色流转。

——若是他的幸福需要代价,那便由我来付。

叶由离一言不发地抚摸着种子,视线变得模糊,上面已经感受不到任何妖力,也不如以前那般圆润,干瘪瘪的,像极了炒坏缩水的糖炒栗子。

叶由离突然"扑哧"一声笑了,一滴晶莹的水滴落在种子上,溅起细小的水花……

【尾声】

顾清弦醒来时,发现自己躺在卧房里,屋内空无一人,香炉上微烟袅袅。

之后的一个月,顾清弦被强制在家休养,每天都过着在院子里面晒晒太阳、散散步、养养花、修修树的闲散无聊的日子。

静养期间,有一件事一直令顾清弦在意。从自己房间的窗口望去,后院有一个偏僻角落,每当他目光停留在那里的时候,心中总会油然而生一股莫名的孤独与悲伤。

那里明明什么都没有,为什么自己会莫名地感到难过?那种感觉,总是让顾清弦回想起青容去世的那个时候……

除此之外，还有一件让他感到奇怪的事——这些日子，除了早出晚归的大哥外，其他人，甚至连苏策他都没有见到，大家全都跟消失了一样。

后来他才知道——

在他获救那日，苏策突然昏迷的这件事，不知怎么传到椒凌殿的陛下耳中。

而后果，就是——苏策被东煌的最高权力象征禁了整整一个月的足。在此期间，桓阳王府上，更是有司天监的御用术士和异旌四家的人接连不断地登门拜访。但这其中的真正缘由，苏策并不知晓，周围的人只是解释，他昏迷的原因，是因为那个水下洞穴的污秽之气太重，他身体承受不住才会晕倒。

但苏策也不在意。这个桓阳王五世子原本就神经大条，再加上他从小很少生病，但一旦生病，家里就是这样一番大阵势，他早就见怪不怪了。

长得帅的人，总是要比别人多一些关注。嗯，苏策心里就是这么给自己解释的。

——那个孩子……如果每一任赤楚剑的主人都是这样的命运，至少让他不要像我一样，让他好好地活下去……

多年之前对好友的约定，夜迦陵一直小心翼翼地履行着。

不知道封印的存在，让他一生不用担惊受怕，无忧无虑地过下去。

这便是夜迦陵的承诺。

而叶由离却没有这么幸运了。他被夜迦陵拉去，说是让他帮忙做些"善后工作"，整整消失了一个月。

等众人再次见到他时，本身就柔弱的少年椟郎，整个人比之前更加清瘦，脸色和脾气也都变差了。

"夜迦陵那个家伙，什么善后，明明做的都是与那无关的事吧！"说完，他狠瞪了顾清弦一眼，"还不都是因为你！"

什么都不知道，感觉只是多睡了几觉的顾清弦感觉更无辜了。

这是叶由离在一个月后回到九黔阁，还未和顾清弦寒暄之前，就爆发出来的抱怨。

又过了一段时间，苏策终于也恢复了自由身，他一踏进九黔阁，就嚷嚷着让叶由离帮他寻找他的意中人，说是在泷河下的洞穴，他在昏迷之中，恍惚间仿佛看到一位红衣少女，她有着一双好看却不妩媚的丹凤眼，笑起来很美。

"叶兄，她一定是你请来救我的神仙姐姐吧。"苏策一脸谄媚。

"你一定是在做梦吧……"叶由离一脸黑线，嘴上搪塞。

——那个时候，你还喊人家"变态"呢……

为了这件事，苏策纠缠了叶由离好久，就是不明白为什么叶由离一直不肯告诉他。

三人就这样嘻嘻闹闹地过了两三个月，施阳又迎来了盛夏，叶由离约定离开的时间也到了。

顾清弦原本想将叶由离挽留下来，毕竟现在的生活对他来说还算不错，至少不用四处奔波。

无奈少年楗郎去意已决，用叶由离的话说，楗郎本应游历四方，遍历众事，如无根之木，不该属于任何一个地方。

更何况，他在别的地方还有一些事情未完……

"若是有缘，我们一定还会再见面的。"

临别之际，叶由离突然说话客气起来。

看他这副样子，顾清弦事先准备好的一大堆挽留词，却是怎么也说不出来，只是冲他笑了笑。

"是啊，以后一定还会见面的。"

"以后是什么时候啊？"苏策抹着眼角在一旁询问。这场送别会中，情绪最为激动的就数他，话还没说两句，眼角就不争气地泛起了泪花。这两人见他这副样子，就更没有心情说什么煽情的话了。

临别之际，叶由离突然塞给顾清弦一样东西。

那是一个用陶泥做的简易花盆，深色的泥土中空无一物。

"这是真珠梅，好生养着。"

见顾清弦怔怔地望着花盆，叶由离继续解释："算是我送你的临别礼物吧。记得，发芽之前，每天浇两次水……"

"日出和日落时分。"

叶由离顿时愣住，他抬起头，见顾清弦用手指挠了挠脸颊，不可思议地笑着说："猜对了吗？我瞎猜的，我之前也没有养过这种花，但刚才脑海里面，这句话突然就蹦出来了。"

"是啊，真是不可思议。"叶由离也笑了，只不过那笑容里带着旁人未能察觉的苦涩……

少年椟郎离开了。

苏策望着叶由离渐渐远去的背影，神情怅然若失。

"不知道这一别下次见面是什么时候……"

"应该很快就能见到了吧。"顾清弦说道。他心里不知从哪里来的预感，他们与叶由离的下次相见，很快就会到来。

顾清弦望着璀璨金日下那一抹青色身影，蓦然想起，自己小时候在一本志异上看来的句子——

椟郎者，游历四海之地，通晓列国之事，行于云海之商也。

【官方QQ群：555047509】
每周丰富多彩的群活动，好礼不停送！
作者编辑齐驾到，访谈八卦聊不停！

扫一扫看更多图书番外，作者专访

后记

　　《花间异闻录》是我的第一部长篇小说，还记得，当初写它的时候，自己刚考完学期考试，日日在学校图书馆苦逼码字，朋友圈里有二三损友，时而旅游炫照片，时而聚餐炫照片，每每瞅见，总是怨念地关掉手机，望而嗟叹。

　　不过，写完之后再次回忆那段时光，却是不一样的感受。

　　回忆起来，《花间异闻录》这个故事最初只是一个自己一时"抽风"，突如其来的脑洞，那时的脑海里总是幻想着，有一位喜欢穿着青衣的猫眼少年，在夜晚的盛世都城，与那些隐藏在黑夜里的非人精怪打交道……

　　这个故事最初的灵感，是源自面堂兄的《长安幻夜》，还有小野不由美的《十二国记》。同样是东方幻想题材，但是给读者的感受却不一样，面堂兄绚丽的文字与离奇的情节，小野主上宏大壮阔的世界观，都对我影响颇深。

　　那时候的我，沉迷在古风幻想的小说中，不能自拔。

　　古代的神兽精怪，架空的异世界大陆，身怀异术的神秘少年……各种各样的幻想，就像洪水在大脑里泛滥，拦都拦不住。

　　于是，这个故事的雏形就诞生了。

　　一开始，我给它起的名字叫《楈郎行》，顾名思义，我想将它用接近游记的方式来写，神秘的少年楈郎，游历四方，不属于三界中任何一处。

与整个架空的世界一样，"椟郎"也是我自己创造出来的。"椟"有匣子的意思，这个职业的性质很像古代的行商，只不过他们贩卖的，却不是寻常商品，而且，来找他买东西的顾客，大部分也都不是寻常人类。

　　"椟郎"不是指一个人，而是对一类人的称呼，叶由离算是他们中比较特别的一个。遇到顾清弦他们之前，他一直独来独往，如同无根之叶，随风四处漂泊游离。叶由离是一个很成功的商人，与他清秀柔弱的形象不符，他性格腹黑又"唯利是图"，时刻面带着微笑，然后趁人不备便会宰你一刀。我很喜欢写他和顾清弦在一起的部分，因为他的这个性格，顾清弦总是被坑得很惨，却又吃瘪，有苦说不出……

　　说到正文，这几个故事里，《凤凰羽》是我印象最为深刻的一个。它是我花费最久时间，才完成的一个故事。还记得那时在"腐国"留学，晚上在图书馆里，我一个人对着电脑屏幕发呆，无从下手。这个故事大纲其实在最开始的时候就已经定好了，问题是怎么将这个故事很好地讲述出来。问题也就在这里——《凤凰羽》中，出现了我最喜欢的几个配角——裴氏姐弟，还有"夜王"夜迦陵。他们都很重要，但实在是篇幅有限，不能将他们的魅力尽数展现出来。

　　裴氏姐弟是凤主转世，他们输了棋局，答应夜迦陵来到凡间保护苏策，却不料在转生的时候出了些小差错（性别搞错了……），这才有了后来裴氏姐弟性格异常的情况。夜迦陵也在这个故事中初次登场，他是一个从头到脚都满是谜团的人，一直活跃在施阳的夜晚中，如同"夜之君主"。但纵使是这样的一个人，还是会面临与故友反目的无奈，《赤楚剑》的最后，肖越从仪式中幸存逃走，夜迦陵冷笑嘲讽，其实他的心底，何尝没有一丝对方仍然幸存着的侥幸。

世间人，终逃不过一个"情"字。除了夜迦陵，还有一直无法忘却十年前火灾的裴枢凡，还有最后为顾清弦牺牲的宛珠……"他们怀揣着期许，憧憬着爱意，到最后，又被一直以来所执着的那份感情毁灭。"

尘世的欲望与情感，叶由离看得透彻，就连他自己也没能真正的独善其身。

正如他与顾清弦第一次见面时所说的——"尘世间，万物皆有灵……灵者有欲，梼郎便是令其实现之人。"

这八个故事，便是讲述欲望和情感的故事。"梼郎"不仅是经历者，又是讲述者。结尾叶由离的离去是必然的，"梼郎本应游历四方，遍历众事，如无根之木，不该属于任何一个地方。"而且，在其他地方，还有新的故事在等着他……

但是，又诚如顾清弦最后所说的，下一次的相见也不会太远，因为他们之间的故事仍在继续……

寒月声
2016年10月7日晚

浮生若梦系列
− 试读 −

现已上市

≪沉鳞≫

楚国是一个人与异兽共存的国家,每一朝都会有异兽从昆吾山而来,成为楚国的国巫。这一朝的国巫,是条白蛟。

却不想……

【蛟落平阳被鱼欺!还是被小鱼欺!】

姬沉鳞 & 安知鱼 虐狗二则

但还没闭上眼睛,就整个人都被从被子里提了起来。姬沉鳞苦着个脸,不用想都知道是安知鱼,她拼命地挣扎。

"姬大人,我觉得你现在最好快点洗漱穿好朝服,做一条堂堂正正的蛟。"

"我怎么就不是一条堂堂正正的蛟了!堂堂正正的蛟就不需要睡觉了吗!"

"我觉得我现在提着的是一条扭来扭去的黄鳝。"

黄鳝!

海风卷起酒楼里的锅铲声与烟火气息,安知鱼牵起姬沉鳞的手说:"你知道吗,我安知鱼除了聪明,还有钱。"

"哦……"

虽然说得如此不要脸,但又好像是实话。

FU SHENG RUO MENG XI LIE SHI DU

浮生若梦系列
– 试读 –
现已上市

《惊蛰月半》

画师的猫成精了，就在昨天刮着风的夜里。

少女懒懒地翻了个身子，一双眼角凌厉地挑起来，满眼都是慵懒的风情。少女半梦半醒地掀开眼皮瞧了瞧，看到画师呆呆地拿着一颗破珠子，嫌弃道："真蠢。"

画师气得青筋暴起，估摸着一会儿少女要是再说出什么大逆不道的话来，画师的脑浆子恐怕就要崩出来了。
"小兔崽子，你看看你干的……"指着一旁在地上弹个没完的鱼目珠子，画师随便拎起少女的一只胳膊将其拎出被子。被子顺势滑落，没有了毛皮的猫姑娘的身上连个半丝半缕都没有，白皙如雪的身子就这么闯入了画师的眼中，硬生生地打断了画师的话。

少女还浑然不觉，对画师的训斥也不以为意，上前一跃就挂在了画师的身上，凑上前亲昵讨好地舔了舔呆若木鸡的画师的脸。见画师没反应，少女又卖力地舔了舔画师的脖子，看起来，像是某种宠物的习惯，嘴里还慢条斯理地说着："蠢货，老子饿了，老子的饭呢？"
好一会儿，画师都没反应，猫姑娘等得不耐烦了伸出手在画师的身上打了几下，怒声质问："连个饭都准备不好，我养你何用！！"可能是还不解气吧，猫姑娘抬起头皱着鼻子对着画师狠狠地哼了一下，继续呵斥，"养你何用！"

FU SHENG RUO MENG XI LIE SHI DU